理性與感性

Sense and Sensibility

珍・奧斯汀（Jane Austen）

作品導讀

智慧而幽默的平凡人生

——珍・奧斯汀和她的愛情小說

英國漢普郡的斯蒂文頓村四面環山，到處是幽谷叢林，景色秀麗迷人。十八世紀後期，在這個寧靜的小山村住著奧斯汀一家人，父親喬治・奧斯汀是位鄉村牧師，做了四十多年的教區區長，母親是位勤勞善良的家庭主婦，他們養育了七個孩子，其中五個男孩，兩個女孩，珍・奧斯汀就是其中之一。一七七五年十二月十六日，珍・奧斯汀（Jane Austen）出生在美麗的斯蒂文頓，並在這裡度過了快樂的童年。喬治・奧斯汀不僅學識淵博，還能即興賦詩，對各種文學形式具有敏銳的興趣，收藏了許多古典文學書籍和當時的流行小說。在父親的影響下，孩子們逐漸培養起了對文學、戲劇的興趣，毫無疑問，珍・奧斯汀是受影響最為深刻的一個。大哥詹姆斯比珍・奧斯汀大十歲，對英國文學有相當的造詣，這對珍・奧斯汀從小對優美的文體產生濃厚興趣有很大的幫助。

珍・奧斯汀一生對歷史和文學的閱讀非常廣泛，而且記憶力驚人，她最欣賞的作家是英國古典詩人喬治・克萊布（George Crabbe，1754-1832）和作家詹森（作品有《格雷傳》）、威廉・考柏爾（William Copwer, 1731-1800，英國古典浪漫主義詩人），也喜愛菲爾丁（作品有《湯姆・鐘斯》）、理查生（作品有《克萊麗莎・哈洛》）、司各特（作品有《艾凡赫》）、拜倫（作品有敘事長詩《恰爾德・哈羅爾德遊記》）等人的著作。十四歲時，珍・奧斯汀撰寫了處女作《愛情和友誼》，十六時開始創作《第一印象》，即後來的《理性與感性》，並於一七九五年完成。儘管這部作品遭到了出版商的拒絕，但珍・奧斯汀並不氣餒，仍然醉心於她的文學創作，在一七九六至一七九九年間，先後完成了《傲慢與偏見》（Pride and Prejudice）、《諾桑覺寺》（Northanger Abbey）。

長大成人之後，珍・奧斯汀從一個文靜的少女變成了一個舉止嫻靜優美的姑娘，具有非凡的個人魅力，不僅聲音甜美、容貌姣好、氣質典雅，而且敏感、仁慈、理性，她喜歡繪畫、音樂，品位相當高雅，還喜歡跳舞，且精於此道。珍・奧斯汀的性情與她的智慧一樣，優雅而精緻，而她的氣質神韻與她的性情又是那麼融洽，快樂、溫暖、和善。她對一切總是滿懷希望，名和利並不能侵蝕她智慧而幽默的心靈，她完全是因為趣味和愛好而成為一個飽含熱情的文學創作者。同時，珍·奧斯汀是個虔誠的基督徒，無論她對上帝的愛還是對人的愛，從來沒有止息過，她的仁慈總是使她能找到原諒、寬恕他人的理由。

一八○一年，一生恪盡職守的喬治·奧斯汀把牧師職位讓給長子詹姆斯，帶著妻子和女兒們去了巴思，在這裡消磨了四年時光，直到喬治·奧斯汀去世。巴思在當時是英國著名的療養休閒勝地，這裡聚集著各種各樣的人物，珍·奧斯汀敏銳的觀察力捕捉到了這些訊息，並保存在她的腦海裡，成為日後創作的素材。在這期間，珍·奧斯汀到德文郡（Devonshire）旅行時認識了一位紳士，他們彼此愛慕，很快就墜入愛河。但世事難料，熱戀中的男友突然不幸去世，珍·奧斯汀深陷痛苦之中。儘管第二年珍·奧斯汀曾答應了一個富有的鄉紳的求婚，但是第二天早上就改變了主意，因為她清醒地意識到，沒有愛情的婚姻是不幸福的，也是不道德的，單純為了財產和地位而結婚是錯誤的。後來，珍·奧斯汀再沒有遇到自己喜歡的人，因而終生未婚。

一八○六年，為了讓身體衰弱的母親得到更好的休養，珍·奧斯汀一家搬到了薩伍塞姆頓，薩伍塞姆頓臨海，海風清新宜人。一八○九年，珍·奧斯汀與母親、姊姊卡珊多拉（Cassandra）來到漢普郡阿爾頓小城西南一英里處的查烏頓村，並一直居住在這裡。

這個愜意的小山村距離珍・奥斯汀的出生地斯蒂文頓僅十英里，和英國的其他鄉村景色一樣，風景如畫，令人陶醉。珍・奥斯汀居住的房屋是一幢樸實無華的兩層樓建築，一面臨路，三面有花園環抱，芳草萋萋，綠樹成蔭，在這裡她創作出了《曼斯費爾德莊園》（Mansfield Park）、《艾瑪》（Emma）、《勸導》（Persuasion）。

因為寫作過度，創作幾乎耗費了珍・奥斯汀的全部身體能量，但是開始時衰弱總是緩慢而隱蔽的，直到一八一六年的春天，結核病的各種症狀才顯現，這令她的親人痛苦萬分，但她仍然堅持寫作。一八一七年五月，在家人的再三勸阻下，珍・奥斯汀停止了寫作，來到溫徹斯特治療，但奇蹟並沒有出現。在經歷了兩個月的痛苦、苦悶之後，她提出要提前接受聖禮，以免越來越虛弱的身體使她難以完成自己的意願。在醫院裡，她只要能握住筆，就進行寫作，當水筆使她感到乏力了，她就使用鉛筆，就在她去世的前一天，她還在創作。一八一七年七月十八日，星期五，也許珍・奥斯汀感覺到了上帝的召喚，在詢問她的遺願時，她平靜地說：「除了死去，我不需要任何東西。」一會兒，珍・奥斯汀躺在姊姊的臂彎裡安然辭世。

珍・奥斯汀長期居住在鄉村小鎮，接觸到的大多數人過著悠閒、恬靜、舒適的生活，但是，狹窄的生活圈子並沒有束縛她的創造靈感和想像力，她以女性細緻入微的敏感觀察力，真實地描繪了她周圍平凡的社會生活，尤其是紳士、淑女間的婚姻和愛情，被著名作家司各特譽為「英國攝政時期最敏銳的觀察家」。

珍・奧斯汀的作品可貴之處在於，她繼承了菲爾丁的古典現實主義寫作風格，是如實地描寫平凡生活中的平凡人物的小說家，她的作品藝術地再現了十八至十九世紀之交的社會關係和人情世態。從十八世紀末到十九世紀初，英國文壇充斥著「感傷小說」和「哥德式小說」，表現的大多是誇張傳奇的虛幻故事，珍・奧斯汀則一反誇張的文學創作潮流，以優雅的散文筆法、巧妙曲折的故事結構和細節、機智和風趣，將現實生活中一個個平凡的有血有肉的人物鮮活地呈現在人們面前，在英國小說的發展史上有著承上啟下的意義。

珍・奧斯汀善於從本質裡抓取人物、從平凡中揭示不平凡，她創作人物的能力看起來是直覺的，也幾乎是沒有局限的，側重於探索少女成長中丟掉幻想錯覺、認識現實、自我發現的過程，尤其是關於年輕女性婚姻和愛情的描寫更是別具一格。她的作品具有獨特的風格，格調輕鬆詼諧，富有喜劇性衝突，因而深受讀者的喜愛。

在珍・奧斯汀看來，只有男女彼此平等、尊重、相愛的婚姻才是合乎人性和道德的，這樣的婚姻才會有幸福，女性和男性具有平等的追求愛情的權利，並把自己對戀愛婚姻的理想寄託於她的小說中。英國文藝評論家安・塞・布雷德利說：「珍・奧斯汀有兩個明顯的傾向，她是一個道德家，同時是一個幽默家，這兩個傾向經常混同在一起，甚至是完全融合的。」

《理性與感性》是珍・奧斯汀的第一部小說，它開創了作者獨特的幽默風格——模仿加反諷的諷刺風趣手法，寫作技巧已相當成熟，筆法樸實、細膩，故事情節構思巧妙，結局給人出乎意料的喜劇效果。

《理性與感性》圍繞著姊妹艾莉諾、瑪麗安兩位女主人翁的戀愛和婚姻展開，文中表現了「理性」與「感性」的矛盾衝突。姊姊艾莉諾頭腦冷靜，既重感情又有理智，瑪麗安是理性不足而感情有餘，約翰・達什伍德夫婦是理性有餘而感性不足，而威洛比在感情上則表現得十分虛偽，表面上似乎很有情感，實際上卻冷漠無情，自私透頂。珍・奧斯汀在小說中表達了她的觀點，那就是人不能沒有感情，但感情應受理性的制約。

《傲慢與偏見》是珍・奧斯汀的代表作，透過四對男女的戀愛婚姻的描寫，即伊莉莎白和達西、簡和賓格萊、夏洛蒂和柯林斯、麗迪雅跟韋翰的婚姻，展開了當時社會生活的一幅幅平凡畫面，表達了作者對婚姻的見解和看法，即主張女性和男性在思想感情的平等交流與溝通，女性有選擇男子的自由、有追求幸福婚姻的自由。

《理性與感性》和《傲慢與偏見》可以說是姊妹作，兩部作品都描述了英國逝去的那個年代的戀愛和婚姻，透過平凡的社會生活，鮮活地展現了人物的內心世界和時代帶給人物的悲喜劇，以幽默的手法表達了作者對婚姻的理想——有感情的婚姻才是幸福的。

《曼斯費爾德莊園》也表達了同樣的愛情理念，那就是愛情是兩個人心靈和靈魂的美好結合，有愛情的婚姻才是合乎道德和理性的，才會有真正的婚姻。女主人翁芬妮寬容、善良、美麗，她拒絕了擁有財產和地位的亨利，而愛上了人品正直的艾德蒙，在經歷了一系列的事件後，芬妮與艾德蒙幸福地結合在一起。

《艾瑪》被評論家看作是珍．奧斯汀最成功的作品，主要情節圍繞女主人翁艾瑪與海伯里村幾個主要家庭中人物的關係展開，栩栩如生地刻畫出了十九世紀初英國社會的眾生相。艾瑪是個受到嬌慣、滿腦子門第觀念的自負的姑娘，不過，她和珍．奧斯汀小說中其他女主人翁一樣，是有理性思維能力、能進行獨立分析判斷的自主的人，而不是尋求男性保護的沒有頭腦的弱女子。在小說的結尾處，當一切真相大白之後，艾瑪在震動中認識到了自己的錯誤，並獲得了真摯的愛情。

最後，值得一提的是，珍．奧斯汀生活在女性地位低下的時代，她生前發表的作品

《理性與感性》（一八一一出版）、《傲慢與偏見》（一八一三年出版）、《曼斯費爾德莊園》（一八一四年出版）、《艾瑪》（一八一五年出版）等作者名字都是虛構的，直到珍・奧斯汀因病去世之後，一八一八年她的哥哥亨利主持出版《諾桑覺寺》和《勸導》時，才公布了她的真實名字和身分。

名著正文

1

達什伍德家族定居在蘇塞克斯（英格蘭東南部）已經很久了，他們擁有豐厚的財產，包括占地廣大的諾蘭田莊，好幾代人都居住在田莊中心的諾蘭莊園裡。這個家族的人一直過著受人尊敬的優雅生活，在周圍鄉鄰贏得了好聲譽。已故諾蘭莊園主人是個年老的單身漢，他妹妹長年陪伴著他，替他料理家務，不料妹妹比他早十年去世，突發的變故讓他有些不知所措，不知道日後的生活該怎麼辦。為了填補妹妹離去留下的空虛，也為了管理龐大的家業，老紳士邀請侄子亨利·達什伍德一家到莊園居住。亨利·達什伍德先生原本就是諾蘭莊園的法定繼承人，老亨利打算把財產留給他。有了亨利·達什伍德夫婦和他們的孩子們的朝夕相伴，老亨利孤獨的心得到了慰藉，日子過得十分快樂，並越來越喜愛侄子一家人。亨利·達什伍德夫婦心地善良，他們之所以決定來諾蘭莊園，並不單單是因為利益關係，更基於善良的天性，希望能夠照顧好老亨利，使他晚年享受到天倫之樂。夫婦倆總是順從老亨利的意願，孩子們也為老亨利的生活增添了許多樂趣。

亨利．達什伍德先生與已故的前妻生有一個兒子——約翰．達什伍德，與現任的太太生有三個女兒。約翰是個穩重而有教養的年輕人，他的母親留下了一大筆遺產，其中的一半到他成年時交給了他，使他有了殷實的家產，另一半遺產則由父親掌管，但亨利先生在有生之年只能從中領取利息，去世後這一半也歸兒子繼承。後來，約翰結了婚，婚姻又給他帶來了一筆財產。因此，對於約翰來說，父親是否繼承諾蘭莊園遠遠不如他的幾個妹妹那麼重要。不過，即使父親繼承了田莊，妹妹們的財產也會少得可憐，因為她們的母親一無所有，而父親掌管的錢僅僅只有七千鎊。

老亨利死了，人們宣讀了他的遺囑，而就像大多數遺囑一樣，老人的遺囑既令人高興，又令人失望。老人把田莊的財產遺留給了侄子，但是卻附加了條件，這使得亨利．達什伍德先生繼承的遺產價值喪失了一半。本來，達什伍德先生希望這份遺囑更有利於他的妻子和女兒，而不是他的兒子，因為約翰已經擁有了一大筆財產，但是，這份遺囑卻確保了他的兒子和四歲的小孫子哈里的利益，達什伍德根本無權動用田莊的財產或變賣田莊的林木。現在，為了小哈里的利益，全部產業都被凍結了。當初，哈里只是偶爾隨父母來到諾蘭莊園，和其他兩、三歲的孩子一樣，乖巧的舉止總是惹人憐愛，具有奇特的吸引力，比如口齒不清的發音、稚氣十足的任性、頑皮的小把戲、無拘無束的嬉笑等，由此贏得了老亨利的歡心，老人對這孩子的感情勝於對侄子一家人的——儘管多年來他們無微不至地關懷照顧他。不過，老人並非無情的人，為了表示對三個女孩的疼愛，他給了她們每人一千鎊。

達什伍德先生起初感到十分失望，不過他生性開朗、樂觀，覺得自己並不算老，希望日後能改善經營、勤儉持家，在幾年時間內為妻子和女兒攢下一筆可觀的錢財。但是，天總不從人願，老亨利死後一年左右，亨利．達什伍德也撒手人寰，給他的妻子和女兒留下的財產，包括老亨利的遺產在內，總共只有一萬鎊。

當亨利．達什伍德感到自己即將離開人世時，把約翰叫到跟前，強撐著虛弱的身體，反覆囑託兒子照顧繼母和妹妹們。

約翰．達什伍德不像家裡其他人那樣有同情心，可是，面對父親在生命垂危時刻的囑託，他也深受感動，答應一定盡力照顧她們，讓她們過舒適的生活。聽到這樣充滿感情的承諾，亨利．達什伍德先生平靜地走了。之後，約翰先生開始考慮，在自己所能承受的範圍內，能夠為繼母和妹妹們做些什麼事。

約翰的心眼並不壞，除非你把冷漠無情、自私自利視為壞心眼。總之，約翰做事一向得體，受人尊敬，不過，如果他娶了一個溫和善良的女人的話，也許會更受人尊重，而他自己也可能會變得溫和善良一些。但是，約翰太早結婚了，十分寵妻子芬妮，而芬妮比丈夫更為冷酷自私，是一個心胸狹隘、脾氣乖僻的人。

約翰在向父親承諾照顧繼母和妹妹們的時候，打算贈與三個妹妹每人一千鎊，當時他確信自己有能力做到這一點。對於約翰來說，在他父親去世後，除了得到他母親留下的另一半遺產外，每年還可望從諾蘭莊園獲得四千鎊的收入，再加上定期的收益，這使他成為一個非常富有的人，躊躇滿志的他認為慷慨一點也無妨。

「是的，我要給她們三千鎊，這能讓她們過得十分安穩、舒適。多慷慨大方啊！三千鎊，儘管一下子要拿出這麼一大筆錢，但這對於我的財產來說並沒有什麼損傷。」

接連好幾天，他一直在考慮這件事，也未曾感到絲毫後悔。

亨利．達什伍德的葬禮剛一結束，約翰．達什伍德夫人沒有告知任何人，就帶著孩子、僕人住進了諾蘭莊園。根據老亨利的遺囑，從亨利先生死去的那一刻起，這所房子就屬於她丈夫了，誰也無權指責她，不過她的行為實在很無禮。按照人之常情，任何一個女人處在亨利．達什伍德太太（婆婆）的位置上，對媳婦的冒犯都會感到不愉快，更何況，達什伍德太太還是個自尊心強、慷慨大方、灑脫開朗的女人，受到如此粗魯的對待，應該也會感到難堪和厭惡。約翰．達什伍德夫人在婆家從來就不討人喜歡，不過直到今天，她才有機會向達什伍德太太和女兒們擺明她的姿態——在別人需要安慰的時候，她可以冷酷無情完全不顧別人感受。

達什伍德太太十分鄙視媳婦這種無禮的行為，恨不得馬上離開莊園，永遠不要回來，但是在大女兒艾莉諾的再三勸阻下，她開始冷靜思考離開莊園是否妥當，加上對三個女兒的疼愛，為了避免她們和哥哥鬧翻而影響女兒的利益，她最後決定留下來。

大女兒艾莉諾溫柔善良、思想敏銳、頭腦冷靜，雖然只有十九歲，但卻能為母親分憂解難。

達什伍德太太性格急躁，衝動時難免做出一些不理智的事，而艾莉諾則會顧全大局，婉言勸阻母親，這一次又是她的勸解發揮了作用。艾莉諾是個感情豐富的姑娘，但她卻能克制自己的感情，而這正是她的母親和妹妹瑪麗安所欠缺的。

瑪麗安聰慧、敏感，對所有事物都充滿熱情，在許多方面的才能都可以與艾莉諾相媲美，但她單純、任性，總是毫不掩飾自己的情感，無論是憂傷，還是快樂，都會在臉上表露無遺。瑪麗安為人寬容、親切，也很風趣，具備一切優點，只是處事缺乏慎重。

艾莉諾看到瑪麗安過於感情用事，不免有些擔心，但是亨利．達什伍德太太卻格外珍視這種率真的性格。如今達什伍德太太和瑪麗安一直沉浸在極度悲哀之中，她們互相感染，一遍遍地回憶起過去所有的悲傷和不幸，而且越想越覺得悲痛欲絕，彷彿什麼也無法安慰她們。其實，艾莉諾也很痛苦，但她儘量控制自己的情感，努力去做她該做的事，比如和哥哥商議事情、在嫂子來到莊園時禮貌地接待、勸說母親多多忍讓等等。

最小的妹妹瑪格麗特十三歲，是個性情溫和的小姑娘，但因為受到瑪麗安浪漫氣質的影響，她也表現出了感情用事的一面，再加上年紀尚小，又缺乏理智，所以不可能像兩個姊姊那樣懂事。

2

約翰．達什伍德夫人（芬妮）儼然已是諾蘭莊園的女主人，而達什伍德太太和女兒們反倒成了客人，不過她待她們還算客氣。約翰對她們也是以禮相待，還懇請她們把諾蘭莊園當作自己的家。對於達什伍德太太來說，在找到合適的房子之前，住在這裡是最好的選擇，於是接受了約翰的挽留。

事實上，達什伍德太太是很樂意繼續留在諾蘭莊園的，這裡的一切都能勾起往昔美好的回憶。每當想起那些快樂的日子，沒有人比她更快樂，或者說沒有人比她對幸福充滿更樂觀的期待，彷彿期待本身就是一種幸福；而每當想起那些悲傷的日子，同樣沒有人比她更悲哀，彷彿什麼也無法撫慰她那顆痛苦的心。

約翰．達什伍德夫人根本不贊同她丈夫打算為他的三個妹妹所做的事，因此她請求丈夫慎重考慮。在她看來，從他們的兒子的財產中拿走三千鎊，無異於把小哈里變成窮光蛋，而哈里可是他們唯一的孩子，他怎麼能狠心奪去孩子的一大筆錢呢？達什伍德小姐們和她丈夫之間的關係只不過是同父異母的兄妹，這等於沒什麼關係，她們憑什麼得到這麼一大筆錢呢？眾所周知的是，同父異母的兄弟姊妹之間從來就毫無感情可言，可是她丈夫為什麼要把自己的錢送給同父異母的妹妹，而毀掉可憐的小哈里呢？

「我一定要幫助她們，這是我父親臨終時對我提出的最後請求。」

「我敢肯定，你父親當時已經神志不清了，根本不知道自己在說什麼，要不然他就不會要求你把自己的一半財產送人，而不是留給你的兒子。」

「親愛的芬妮，他並沒有要求我給她們多少錢，只是要我幫助她們，讓她們過得舒適一些。就算我父親沒有向我提出請求，也許我也會這麼做的，他從來沒想過我會棄她們於不顧。可是，既然他讓我許下諾言，我就得遵從，至少我當時是這麼想的，而且必須履行諾言。無論她們什麼時候離開這裡，那時我都得為她們做點什麼。」

「好呀！那我們就為她們做點什麼吧！可是也用不著拿出三千鎊啊！你想想，你妹妹們將來都會出嫁的，這筆錢一旦出手，我們可就永遠失去了。如果這筆錢以後能還給可憐的小哈里……」

「是啊！情況當然會不一樣。如果將來哈里的家庭人口眾多，這筆錢可就派上用場了，那時哈里一定會怨恨我們的。」約翰嚴肅地說。

「那當然！」

「要不然把錢減一半，這對大家都好一些，五百鎊也讓她們的財產增加不少了。」

「啊哈，真是太偉大了！世上哪個做哥哥的能為他的妹妹——即使親妹妹——做到你所做的一半呢！更何況你們只有一半血緣，而你卻如此慷慨。」

「我不想太吝嗇，在目前這種情況下，與其小氣不如大方一些，至少不會讓人覺得我虧待她們，也不會讓她們產生這樣的看法。其實，她們根本不會有太多的奢望。」

「我們怎麼清楚她們有什麼奢望，也用不著考慮，關鍵是你能做什麼。」

「我想，就我的能力而言，我可以給她們每人五百鎊。其實，即使我不給她們這筆錢，她們在母親死後每人也會得到三千多鎊，對於一個年輕小姐來說，這一筆錢夠用啦！」

「是啊！在我看來，她們三個人可以平分一萬鎊，根本就不需要再增加財產了。如果她們結婚了，一定會過得很舒適，如果她們不結婚，靠這一萬鎊的利息也可以很愜意地生活在一起。」

「是啊！就各方面的情況來說，我倒有一個好主意，只是不知這樣做是不是更妥當。與其給她們一筆錢，還不如為她們的母親做點事，我的意思是，給她一筆年金。我想，她們一定會贊同，一年一百鎊夠她們過得非常舒適。」

可是，約翰．達什伍德夫人對這個主意並不滿意。

「當然啦，這比一下子拿出一千五百鎊要好些。但是，如果達什伍德太太再活十五年，我們可就虧大了。」

「十五年？親愛的芬妮，她連這一半的時間也活不到。」

「我知道，但是世事難料。你仔細觀察一下就會發現，人們如果能領到一筆年金，往往活得很長久，更何況她還不到四十歲，她還健康、精力旺盛。一筆年金可不是兒戲，必須一年又一年地支付下去，完全擺脫不掉。你根本不瞭解支付年金的後果，我太清楚其中的麻煩了，因為我母親就是遵照我父親的遺囑，支付年金給三個老僕人，結果被弄得煩惱不堪。她必須每年分兩次支付年金，而且把錢交到他們手裡也是挺麻煩的，後來聽說一個僕人死了，結果發現並沒有這回事。我母親的錢每年就這樣不斷地支付出去，她感覺自己的財產都成了別人的，為此傷透了腦筋。這一切都是我父親造成的，如果不必支付年金，我母親就可以自由地支配這筆財產。所以，我非常討厭提供年金的做法，無論如何，我才不會給別人一筆年金而束縛自己的手腳呢！」

「每年給別人一筆錢的確是件不愉快的事，你母親說得對，這樣做就不能自由地支配自己的財產，並且完全受此約束，無異於剝奪了一個人的自主權。」

「而且人家也不會感激你，因為她們認為年金是自己應得的，而你每年又不會多給半毛。如果我是你，就會把一切權利掌握在自己手中，絕不讓自己受到任何束縛，也絕不向任何人許諾。想想吧！每年從我們的收入中拿出一百鎊，甚至五十鎊，都可能招來很大的麻煩。」

「親愛的，你說得對，那就不給年金了。我想，偶爾給她們一點錢，會比給年金對她們的幫助更大些。如果錢給多了，她們認為每年都有一筆固定的收入，花起錢來自然闊氣，一年下來剩不了多少錢；如果我們不定時地給她們五十鎊，她們永遠不會覺得缺錢用，而我也履行了對父親許下的諾言。」

「好極了！說真的，我認為你父親要你幫助她們，根本不是要你給她們一筆錢，只是要你為她們做些力所能及的事，比如替她們找一所舒適的房子、幫她們搬搬東西、給她們送些鮮魚和獵物等等，我敢以性命打賭，你父親根本沒別的意思，否則就不合乎情理了。你好好想一想，你的繼母和三個妹妹單單靠七千鎊的利息，就可以過舒適愜意的生活，更何況你的妹妹們每人還有一千鎊，這能給她們每人每年帶來五十鎊的收入，她們會從中拿些錢給她們的母親的。這樣一算，她們一年有五百鎊的收入，對於四個女人來說，這筆錢還不夠用嗎？她們只需要很少的生活費，她們的家務簡單，不需要支出管理費；她們用不著使用馬車、馬匹，也用不著僕人，她們也不跟外人來往，無須任何交際費用！你完全可以設想她們的生活將會多麼舒適。天哪，一年五百鎊！我看她們根本連一半也花不完，假如你再給她們錢，也未免太荒唐了，她們還有能力給你錢呢！」

「太正確了，親愛的，我相信，你所說的正是我父親對我的要求。好啦，現在一切都清楚了，我將要像你講的那樣親切地對待她們、幫助她們，嚴格履行我的諾言。等我母親搬家的時候，我會盡力幫助她們，到時送一些家具之類的禮物也會令她們感到心滿意足。」

「理當如此！但是，有件事你還得考慮一下。你父母搬到諾蘭莊園來的時候，雖然把斯坦希爾的家具都賣了，可是所有的瓷器、金銀器皿和亞麻臺布都帶來了，現在全留給你母親，一旦她們把這些東西搬進新居，那她們的屋子就太闊氣、漂亮了。」約翰・達什伍德夫人說。

「這的確應該考慮到，那可是一筆珍貴的財富，如果一些金銀器皿能歸我們所有就太棒啦！」

「是啊！那套早餐用的瓷器就比我們現在用的漂亮多了，我看她們的房子裡根本不配擺設這麼精美的東西。但是，事情就是這樣不公平，你父親心裡只想著她們。依我看來，你根本不必對你父親心存感激之情，也不必按照他的遺願去做，因為我們都清楚，如果可能的話，他會把所有的財產都留給她們。」

這的確是不可辯駁的事實。達什伍德先生被妻子說服了，最後決定按照她所說的那樣，像對待鄰居一樣對待他父親的遺孀和女兒，只給予她們適當的幫助就可以了，其他的根本無需考慮。

3

達什伍德太太在諾蘭莊園又住了幾個月，情緒逐漸穩定，不再觸景生情，不再沉溺於痛苦的回憶中，開始做一些有意義的事。她迫切地想要離開莊園，但又不願遠離諾蘭莊園這個可愛的地方，因而不辭辛勞地在附近四處尋找房子，不過一直沒有找到一處理想的居所——既要讓她自己感到舒適自在，又要符合大女兒艾莉諾的謹慎要求。達什伍德太太本來對幾幢房子都十分滿意，打算租下其中一所，不料艾莉諾堅決反對，她認為房子太大，她們的收入恐怕負擔不起房租。

達什伍德太太從丈夫那裡得知他兒子許下的諾言，這不僅讓臨終的丈夫放心而去，她也和丈夫一樣，深信他兒子一定會履行諾言。對於她來說，即使少於七千鎊，生活也會過得稱心如意，但是女兒們就不一樣了，她為女兒們能得到哥哥的幫助感到高興。以前她一直認為約翰是個吝嗇的人，沒想到他的心地這麼善良，不由得責怪起自己真不該錯怪他。很長一段時間以來，約翰對待繼母和妹妹們的親切態度，使達什伍德太太相信他非常關心她們的幸福，並一直對他的慷慨充滿期待。

達什伍德太太從一開始就看不起媳婦，如今同住了半年，對媳婦的為人有了進一步的瞭解後，打從心裡更加鄙視她，但如果不是因為發生了一件事，她和媳婦恐怕不可能同住這麼長的時間。

這件事就是艾莉諾和約翰・達什伍德夫人的弟弟愛德華・費拉爾斯之間萌發了愛情，這使得達什伍德太太認為女兒們繼續住在諾蘭莊園會更合適。愛德華是位彬彬有禮的年輕人，在他姊姊住進諾蘭莊園不久就與達什伍德母女相識，之後大部分時間也都住在莊園裡。

愛德華是一位已故富翁的長子，有些母親基於利益考量會鼓勵他們的感情，而有些母親基於慎重考慮會制止他們的感情，因為愛德華除了擁有一筆微不足道的財產外，最終能獲得多少財產完全取決於他的母親。可是，達什伍德太太根本不在乎這些，她絕不贊同兩個相親相愛的人因為財產的多寡而分開。在她看來，愛德華和藹可親，愛她的女兒，而艾莉諾也愛他，這就夠了。

愛德華之所以能得到她們的讚賞，並不是因為他人品或談吐出眾。其實，他並不英俊，而且還很靦覥，只有熟悉他的人才覺得他討人喜歡，不過，一旦他克服了羞怯的天性，他的舉止完全展現出他是一個心胸坦率、感情深沉的人，而且頭腦機敏靈活，而他所受的教育更凸顯了這些優點。但是，他的母親和姊姊對他並不滿意，她們期盼他出人頭地。他的母親希望他關心政治，能夠進入國會，或結識一些政界要人。他的姊姊也對他抱有同樣的願望，不過，現在要是能看到弟弟駕著一輛四輪馬車，就能讓她感到心滿意足了。但是，無論從能力還是性格上來看，愛德華並不能滿足她們的願望，他一心追求的是平凡而幸福的家庭生活，幸運的是，愛德華有一個有出息的弟弟。

愛德華在諾蘭莊園逗留了幾個星期後，才引起了達什伍德太太的注意。當時，達什伍德太太一直沉浸在悲痛之中，對周遭的事漠不關心，只覺得愛德華安靜、謹慎，從不擾亂她痛苦的心靈，因而對他頗有好感。有一天，艾莉諾偶然談到愛德華和他姊姊大不相同，達什伍德太太這才開始留意他，並立即喜歡上了這個年輕人。

「只要說他不像芬妮就行了，這意味著他是個討人喜歡的人，我已經喜愛上他了。」達什伍德太太說。

「我想，如果你對他多瞭解一些，你一定會喜歡他的。」艾莉諾說。

「喜歡他！我認為沒有什麼讚賞的感情比喜愛更好。」母親微笑著答道。

「你會尊重他的。」

「在我看來，尊重和喜愛從來就是密不可分的。」

從此以後，達什伍德太太總是設法接近愛德華，她親切和藹的態度使他不再拘謹。也許是因為深信愛德華喜愛艾莉諾的緣故，她的眼光相當敏銳，很快就瞭解到他的所有優點，確信他人品高貴。在瞭解到他待人真誠熱情、對艾莉諾一往情深後，甚至也不在意他那沉穩的性格了，其實她原本是不喜歡有這樣性格的年輕人的。

當達什伍德太太剛發覺愛德華傾心於艾莉諾，就認定他們是彼此真心相愛的，於是期盼著他們能夠儘快結婚。

「親愛的瑪麗安，再過幾個月，艾莉諾應該就會出嫁，我們會想念她的，不過她會很幸福。」

「哎呀！媽媽，沒有了她，我們該怎麼辦呢？」

「親愛的，我們不會分開的，我們的房子相隔不過幾英里遠，天天都能見面。我相信愛德華是個心地善良、品德高尚的人，你會得到一個慈愛的哥哥。瞧你嚴肅的神情，瑪麗安，難道你不贊成你姊姊的選擇嗎？」

「也許是我對這件事感到有些驚訝吧！愛德華確實和藹可親，我也很喜愛他，但是，他身上缺乏一些重要的性格魅力，那種真正能吸引姊姊的人應當具備的魅力。他的外表普通，兩眼空洞無神，沒有透露出智慧的光芒。除此之外，他在許多方面恐怕都缺乏真正的鑑賞力，音樂對他幾乎沒有吸引力，也不懂繪畫，儘管他總是認真地看艾莉諾畫畫，也十分讚賞艾莉諾的畫，可是那只是對情人的讚賞，而不是內行人所發出的稱讚。對我來說，要讓我垂青的人，必須同時具備這些重要的性格魅力，我們必須情趣相投、感情融洽，愛好同樣的書、同樣的音樂，否則我是不會幸福的。喔，媽媽，昨天晚上愛德華為我們朗誦的時候，那情景是多麼乏味啊！那些常常令我激動不已的優美詩句，被他朗讀起來竟然毫無感情、平淡無味，我幾乎聽不下去了。唉，真替姊姊感到難過，可是她倒很鎮靜！」

「我想，他一定善於朗誦質樸優雅的詩句，但你卻讓他念考柏爾（英國浪漫主義抒情詩人和讚美詩詞作者）的詩。」

「噢，媽媽，如果考柏爾的詩歌都感動不了他，還有什麼作品能夠打動他呢？當然，我必須承認每個人的鑑賞力都不同，艾莉諾沒有我這樣的情趣，可以忽視他的這一缺陷，所以和他在一起感到很幸福，可是，如果換做是我的愛人這樣乏味地朗讀，我的心會碎掉。媽媽，我越瞭解世事，就越相信自己這一生根本找不到能讓我真心去愛的人。因為我的要求太高了，我的他不僅必須具備如愛德華般的高貴品格，而且要容貌俊秀、舉止優雅，外表要為他的內在修養增添光彩。」

「親愛的，你還不到十七歲，對幸福感到失望似乎還過早。你怎麼會沒媽媽幸運呢？瑪麗安，我只希望在這一點上你的命運與我的不同。」

「真遺憾，艾莉諾，愛德華對繪畫缺乏鑑賞力。」瑪麗安說。

「對繪畫缺乏鑑賞力？你怎麼會這麼想呢？他自己不畫畫，但對繪畫充滿興趣，絕不缺乏鑑賞力，如果他學過繪畫，我相信他一定會畫得很出色。他只是沒自信，所以不願輕易對一幅畫發表看法，但他對繪畫有一種天賦的感受力，而且他的評論相當準確。」艾莉諾回答說。

瑪麗安不想惹姊姊生氣，所以沒有接續話題，但她並不認同艾莉諾的說法。在她看來，一個人只有狂熱地喜歡繪畫，才能有真正的鑑賞力，而愛德華對繪畫根本沒有達到狂熱的程度。儘管瑪麗安在心裡對姊姊的錯誤理解感到好笑，但她尊重姊姊對愛德華的這種盲目的愛。

「瑪麗安，希望你不會認為他缺乏鑑賞力。當然，你對他的態度很親切，相信你不會這麼認為，否則你絕不會對他彬彬有禮。」艾莉諾繼續說。

瑪麗安既不想傷害姊姊的感情，又不願說些違心的話，於是回答說：

「艾莉諾，如果我對愛德華的稱讚與你的看法不同，請你不要生氣，因為我不像你有那麼多機會去深入瞭解他的內心思想、愛好和鑑賞力，但是，我認為他有最好的德性和理性，他不僅品德高尚，而且和藹可親。」

「我想，你已經以最熱情洋溢的語言稱讚了他，即使是他最親密的朋友，也不會對你的讚美感到不滿意的。」艾莉諾莞爾一笑。

看到姊姊臉上快樂的神情，瑪麗安感到十分高興。

艾莉諾接著說：「我認為，每一個瞭解他的人都不會懷疑他的德性和理性，只是他生性靦覥、寡言少語，他的出色見解和高貴品格很難被人發現，而你對他已有足夠的瞭解，所以能公正地評價他的優點。至於你談到他的內心思想，你天天和母親在一起，而我時常和他相處，你當然沒有我瞭解。我觀察了他的各個方面，仔細研究過他的情感、對文學和鑑賞的看法，總之，他見多識廣、酷愛讀書、想像力豐富、看法客觀公正、鑑賞力細膩。初次和他接觸，的確會覺得他談吐一般，長相平平，但是，你對他越熟悉，就越能發現他舉止得體、風度優雅，而且各方面的能力都很出眾。現在，因為非常瞭解他，所以在我眼裡他是英俊的，或至少可以說稱得上是英俊的。你認為呢？瑪麗安。」

「艾莉諾，即使我現在認為他不英俊，那我很快也會認為他英俊了。當你告訴我要像愛哥哥一樣愛他的時候，我將看不到他外貌上的不完美，就像我現在看不到他心靈有什麼不完美一樣。」

艾莉諾聽到這話愣了一下，後悔自己不該在說起愛德華時流露出熱烈的情感，因為瑪麗安已深信他們相互愛戀著對方。她覺得，自己對愛德華十分敬重，而且她相信他也同樣敬重她，只是她需要對這份戀情有更大的把握時，才能明確地告訴母親和妹妹。艾莉諾知道，母親和瑪麗安一旦有了這種看法，很快就會信以為真，對她們來說，意願就意味著希望，希望就意味著指日可待，可是她不想給她們造成這種感覺，想把這件事的實際情況解釋清楚。

「我並不否認，我非常欣賞他，也非常敬重他、喜歡他。」艾莉諾說。

聽姊姊這麼說，瑪麗安大發脾氣：

「敬重他！喜歡他！你因為害羞才這樣說。冷漠的艾莉諾，喔，你比冷漠更無情！你再說這些話，我馬上就離開這個房間。」

艾莉諾忍不住笑了。

「原諒我！瑪麗安，我之所以這樣平靜地談論我的感情並不是想惹你生氣，請相信我的感情比我表白的還要強烈，再加上他有那麼多美德，我保證這種感情不是輕率的、愚蠢的，除此之外，你絕不可相信更多的東西。我並不確定他是否真的鍾情於我，有時我甚至懷疑，在沒有充分瞭解他對我的情感前，我不希望自己深陷其中，對此你也不應訝異。從我內心來說，我感覺他是喜愛我的，但是，這種事情除了他的意願外，還需要考慮別的問題。他的生活受他母親費拉爾斯太太的支配和控制，儘管我們不知道他母親是什麼樣的人，但從芬妮偶爾談到的情況來看，我想他母親應該不會是個和藹可親的人。愛德華一定也考慮到了，如果他想和一個既無一筆財產又無顯赫地位的女子結婚，一定會困難重重，這一點是我絕對不能忽視的。」

艾莉諾的一番話使瑪麗安驚訝地發現，她和母親的想像與實際情況相去甚遠。

「所以到現在你們都沒有訂婚，但這件事很快就會發生的。不過，推遲這件事倒是有兩個好處，一是我不會這麼快就失去你，二是愛德華有更多的機會去提升他自己的鑑賞力，使你們有共同的愛好和興趣，這對你們將來的幸福是不可少的。噢！如果你能激發他學習畫畫的熱情，那就太棒了。」

而後艾莉諾告訴了妹妹自己的真實想法。她認為自己和愛德華之間的感情並不像瑪麗安想像的那樣如意。有時，愛德華一副無精打采的樣子，如果不表示他態度冷淡的話，也說明著某些事正困擾著他。假如愛德華不愛她，大可不必表現得這樣沮喪，更加合乎情理的原因是，受制於母親的他根本無法根據自己的意願選擇愛情。艾莉諾知道，他母親既沒有讓他在家裡過得舒服，又不允許他可以不遵從她的意願，在取得一定的政治地位之前就結婚，因此，對於她和愛德華之間的感情，艾莉諾並不寄予希望，只有她母親和妹妹對此深信不疑。不！應該說，她和愛德華相處得越久，他們之間的感情似乎越令人懷疑，有時她甚至覺得他們的關係沒有超出友誼的範圍，一想到這點就令她難過不已。

實際上，無論他們的關係達到什麼程度，一旦芬妮察覺到絲毫端倪，都會令她感到不快，並抓住一切機會無禮地嘲弄。有一次，當她和達什伍德太太單獨相處時，她得意洋洋地說起她弟弟的遠大前程，談到她母親費拉爾斯太太決心要幫兩個兒子找一門好親事，還說那些企圖引誘她弟弟的女子都不會有好下場，這使達什伍德太太既不能假裝不知，又不能故作鎮定，她輕蔑地回敬了一句，隨即走出了房間。因此，達什伍德太太決定，無論花費多少，也要馬上離開這裡，一個星期也不能待下去了，她絕不能讓艾莉諾遭受這種含沙射影式的中傷。

這個時候，達什伍德太太接到一封信，信中提出一個很好的建議：為她提供一棟條件優惠的小房子。信的內容充滿友善和關心，寫信的人是房主約翰．米德爾頓爵士——德文郡一位有錢有勢的紳士，他是達什伍德太太的親戚。信中寫到，他知道她需要一個住所，儘管他提供的房子——巴頓別墅面積不大，但只要她喜歡，他保證為她準備一切所需的東西。在詳細介紹了房屋和花園的情況後，他誠懇地勸說她帶著女兒們一起來德文郡，先住在他自己的房子——巴頓莊園裡，等巴頓別墅修繕完工後，如果她覺得滿意再搬進去。看得出來，約翰米德爾頓爵士的信充滿真摯的友情，他確實想要幫助她們，尤其是在她遭受媳婦無禮對待的時候，這樣一封信讓她感到格外欣慰和快樂，於是她立刻就做出了決定。

巴頓距離蘇塞克斯很遠，如果是在幾個小時前，達什伍德太太一定不會採納這個建議，而現在它卻成為令她非常嚮往的地方。此刻，遠離可愛的諾蘭德已不再是一件不幸的事，與繼續做媳婦的客人比起來，這簡直就是一種幸福。她立即回信給約翰．米德爾頓爵士，除了感謝他的好意之外，並接受他的建議，然後把兩封信給女兒們看，大概是希望徵得她們的同意。

艾莉諾一向認為，離開諾蘭莊園比住在哥哥家裡更為明智一些，而根據約翰．米德爾頓爵士的信裡所介紹的情況，房子雖很小，但租金非常便宜，因此，她沒有理由反對遷居德文郡。儘管這不是艾莉諾心中理想的計畫，也不願意遠離諾蘭德，但她並不想阻止母親寄出那封回信。

快就放棄了這類幻想，從他的談話來看，他對她們的幫助最多不過是讓她們在諾蘭莊園免費寄住了六個月。他在她面前總是沒完沒了地抱怨家務開支越來越大，總是入不敷出，看來他自己需要更多的錢，而不是給別人錢。

從接到約翰．米德爾頓爵士第一封信的幾個星期後，達什伍德太太和女兒們就把一切事情料理妥當，她們可以啟程前往巴頓了。在向可愛的諾蘭莊園做最後的告別時，母女們不禁流下了悲傷的眼淚。

留在諾蘭莊園的最後一個晚上，瑪麗安一個人在房前徘徊。

「親愛的諾蘭莊園，我的家鄉啊！什麼時候我才能不再懷念你呢？什麼時候我才能把他鄉當作故鄉呢？啊！幸福可愛的家園！我凝視著你，不知何時能再相見，你可知道此刻我多痛苦？還有你們，多麼熟悉的蒼翠的樹木啊！你們的葉子不會因我們的離去而枯萎，你們的枝條不會因我們不能再觀賞而停止搖曳！不，你們將依舊蔥蘢翠綠、婆娑起舞，全然感覺不到你們帶來的快樂和悲傷，也全然感覺不到綠蔭下漫步的人已換了容顏！但是，還有誰能欣賞你們呢？」

6

旅途中，瀰漫著傷感的氣氛，令人厭倦和疲乏，但在旅程即將結束時，她們被周圍的鄉村美景深深地吸引，因而不再憂鬱和悲傷；而進入巴頓山谷後，土地肥沃，林木繁茂，牧草豐盛，秀麗的田園景色更令她們心情歡暢。沿著蜿蜒的山谷走了一英里多後，她們到達了新家，屋前是一個綠草如茵的園地，打開一道整齊的小門後，她們母女進入院裡。

巴頓別墅是一個普通的建築，屋頂鋪瓦，百葉窗沒有漆成綠色，牆上也沒有爬滿忍冬藤，作為住宅也小了一些，但規劃得不錯，再加上年代並不久遠，修繕得很好。

一條狹窄的走廊穿過房子，通向屋後的花園，進門的兩旁各有一間十六平方英尺的客廳，客廳後面是廚房、儲藏室等下房以及樓梯，另外還有四間臥室和兩個閣樓。與諾蘭莊園比起來，房子確實簡陋得多，這使她們感到了幾分酸楚。不過，一進入屋內，僕人高興地迎接主人，她們也快樂起來，每個人臉上都洋溢著歡快的神情。

九月初，正是黃金時節，秋高氣爽，氣候宜人，這地方給她們留下了美好第一印象，使她們喜歡上了這裡。房子周圍的環境十分幽靜，兩旁和後面不遠處是高高的山岡，有的覆蓋著綠草，有的生長著茂密的樹林。巴頓村坐落在一座小山上，從別墅臨窗遠眺，視野十分開闊，整個山谷和遠處的原野可以盡收眼底，景色十分宜人。環繞別墅的山岡阻斷了山谷，不過在兩座最陡峭的山岡之間出現了另一條山谷（後來得知叫艾倫罕山谷），一直延伸向遠方。

達什伍德太太對房子還算滿意，儘管依照她過去的生活方式，這裡還需要增添不少的家具，但是這對她並不是什麼煩心事，而是一種樂趣，而且她現在手裡有足夠的錢，可以把房子裝飾得漂漂亮亮的。

「當然啦，對於我們家來說，這房子的確太小了，不過現在已是秋天，來不及改建了，等到了明年春天，如果我手頭寬裕的話，可以考慮改建的事，我想一定會有錢的。我希望經常有許多朋友來這裡聚會，但是這兩間客廳太小了，我準備把一間客廳、走廊和另一間客廳的一部分改建成一間很大的客廳，把那間客廳剩下的部分改作前廳，再擴建一間新客廳、一間臥室和樓上的傭人房，這樣一來，我們的小屋就非常舒適了。我原本想把樓梯也加寬，讓它看起來漂亮些，雖然這並不是什麼難事，但一個人不能太貪心，一下子就想把所有的事情完成，等到明年開春的時候，我會根據手頭有多少錢來制定房屋改建計畫。」

達什伍德太太一生從不懂得節儉，改建計畫需要的費用必須從一年五百鎊的收入中節省出來，因此，其他人對此並不抱持太大希望，而是明智地對房子的現狀感到滿意了。她們各自忙著布置，把書和其他東西安置妥當，瑪麗安的鋼琴放在了恰當的位置，艾莉諾的畫則掛在了客廳的牆上。

第二天早餐後不久，當她們正忙碌的時候，房東來了，他熱情地歡迎她們來到巴頓，表示隨時可以為她們提供家裡和花園裡需要的物品。約翰．米德爾頓爵士四十歲左右，外表英俊，他以前曾去過斯坦希爾，不過那是很久以前的事了，他的三個表妹當時還很小，所以不記得他了。約翰．米德爾頓爵士和藹可親，言行舉止就像他在信中表達的一樣充滿友愛，看得出來，他對她們的到來感到由衷的高興，並且真誠地關心她們。他熱切地希望他們兩家人能和睦相處，並極力勸說她們在把家安頓好之前，每天到巴頓莊園吃飯。儘管他的熱忱和懇求顯得有些失禮，但卻使她們感到溫暖。他的熱情並不是說說而已，他走後不到一個小時，就派人送來一大籃蔬菜、水果，天黑前又送來了野味。他還堅持要替她們傳遞往來郵件，並把自己的報紙每天送給她們看。

米德爾頓夫人託丈夫捎來了一個禮貌性的口信，表示準備在她們方便的時候前來拜訪，她們當然也渴望見到這位給她們提供了安居之所的人，達什伍德太太立即禮貌地提出了邀請。第二天，爵士夫人就與達什伍德母女見面了。

米德爾頓夫人大約二十六、七歲，身材苗條，容貌美麗，氣質高雅，風姿迷人，她的舉止更是得體優雅，而這正是她丈夫所缺少的，不過，如果她能像她丈夫一樣坦誠和熱情的話，舉止會更加動人。但是，儘管她受過良好的教養，但卻頗為矜持、冷淡，在整個拜訪的過程中，她除了簡單的問候和評論外，幾乎無話可說，這令達什伍德母女對她的讚賞稍稍降低了一點。

儘管如此，兩家人還是有話可說的，因為約翰．米德爾頓爵士很健談，而米德爾頓夫人則帶來了他們的大孩子，一個六歲左右的漂亮男孩，這樣一來，一旦談話陷入僵局，女士們總會找到話題的。她們一會兒問那孩子的名字、年齡，一會兒又談論他長得如何俊美，還問他一些其他的問題，不過所有的問題總是由他母親代為回答，因為孩子一直低著頭緊靠在母親身邊，這使米德爾頓夫人十分驚訝，她不明白為什麼這孩子在家裡那麼頑皮，而在生人面前卻如此靦覥。一般來說，在正式的拜訪場合，人們喜歡帶著孩子，他可以提供談論的話題。而現在，大家花了十分鐘時間談論這孩子的長相，他究竟是像父親還是像母親，以及在哪些地方像哪個人，但每個人都各持己見，而且都對別人的看法表示訝異。

達什伍德母女獲得了去巴頓莊園談論另外幾個孩子的機會，因為如果她們不答應第二天去莊園做客，約翰．米德爾頓爵士說什麼也不肯離去。

7

巴頓莊園距離別墅大約半英里，達什伍德母女沿著山谷進來時曾從它旁邊經過，但是，因為兩棟房子中間隔著一個山岡，因此無法從別墅望見。巴頓莊園寬敞、漂亮，米德爾頓夫婦過著一種既殷勤好客又風雅的生活，約翰．米德爾頓爵士滿足於殷勤好客，他的夫人則喜歡風雅。他們家裡幾乎總是賓朋滿座，比附近任何家族的交際都多，這對他們夫婦的幸福生活來說至關重要，因為無論他們在性情和舉止上有多麼不同，但有一點卻是相同的，那就是缺乏才能和鑑賞力，而這也限制了他們的社交範圍。約翰．米德爾頓爵士喜歡打獵，但一年只有一半的時間在外面打獵，米德爾頓夫人則喜歡哄孩子，一年到頭都待在家裡，非常嬌慣孩子們，但是，在家裡和外面的社交活動卻幫助他們彌補了天賦和教育上的不足，一方面使約翰．米德爾頓爵士生氣勃勃，另一方面使他的妻子獲得了良好的修養。

米德爾頓夫人以她家裡的裝飾優美、典雅而感到驕傲，每次聚會時的最大享受就是聽到客人的讚賞，這讓她的虛榮心得到極大的滿足；而約翰．米德爾頓爵士在交際中獲得的滿足感就實在得多了，他喜歡一大幫年輕人聚集在身旁，他們越喧鬧，他越高興，而附近的年輕人更因此享受到了他的恩惠：在夏天，他總是組織大家在野外舉行冷餐會，吃火腿或雞肉；在冬天，他常常舉行家庭舞會，能使所有喜歡跳舞的十五歲年輕小姐感到心滿意足。

每當附近搬來了一個新家庭，約翰．米德爾頓爵士總是很興奮，而現在，他為自己的別墅找到了這樣一個家庭，更讓他陶醉於快樂中。三位達什伍德小姐年輕漂亮，毫不矯揉造作，頗讓他欣賞，因為在他看來，年輕小姐只要不矯揉造作，只要心靈和外表一樣富有魅力，就已經非常了不起了。約翰．米德爾頓爵士生性善良，對於達什伍德太太一家的不幸遭遇深感同情，因此，能夠為表妹們提供便利並表示友善，使他感到由衷的高興。

約翰．米德爾頓爵士在門口迎接達什伍德母女，真誠地歡迎她們來到巴頓莊園。在陪同她們步入客廳的路上，他提起了昨天他關切的話題，那就是不能找到幾位年輕漂亮的男士來歡迎她們。今天早上，他專門拜訪了好幾個人家，希望能找些人來參加這次聚會，無奈正值月光皎潔的日子，大家都有約會，他希望她們能諒解，並保證這樣的事以後不會再發生。他說，這裡只有一位紳士，是他的好朋友，但他既不年輕又不活潑，還有米德爾頓夫人的母親，她剛剛抵達巴頓，是個快樂、隨和的人，他希望小姐們能發現，聚會並不像她們想像的那樣沉悶、乏味。能夠結識兩位客人，幾位小姐和她們的母親已經感到心滿意足，並沒有其他的希求。

米德爾頓夫人的母親——詹寧斯太太是個上了年紀的胖女人，脾氣溫和，性格開朗，總是說個不停，看起來很開心，但也相當俗氣。她的笑話不斷，笑聲不絕，晚餐還沒結束她就已經講了不少男女之間談情說愛的俏皮話，還說希望小姐們沒有把心留在蘇塞克斯，隨即又聲稱看見她們臉紅了。瑪麗安為艾莉諾感到很窘迫，於是將目光轉向姊姊，看看她如何忍受這樣的攻擊，但是，妹妹的眼神帶給艾莉諾的痛苦，遠遠超過了詹寧斯太太陳腐的嘲弄所給予她的痛苦。

布蘭登上校是個沉默嚴肅的人，從舉止上來看，他和約翰．米德爾頓爵士似乎並不適合做朋友，兩人的性格沒有半點相似之處。上校的外表並不令人討厭，雖然他的五官長得不漂亮，但他的神情卻富有感情，言談舉止也頗有紳士風度。當然，按照瑪麗安和瑪格麗特的看法，上校已年過三十五歲，這輩子只能做一個老單身漢了。

米德爾頓夫人態度冷冰冰的，實在令人厭惡，相形之下，布蘭登上校的嚴肅、詹寧斯太太饒舌快活的樣子倒有趣得多。看起來，米德爾頓夫人似乎只有在晚餐後見到她的四個孩子才會感到開心，這些孩子吵吵嚷嚷地跑到媽媽身邊，把她拉來拖去，扯她的衣服，於是聚會的話題轉移到了孩子們身上。

晚上，大家得知瑪麗安很有音樂才華，就請她表演。瑪麗安一邊彈奏鋼琴，一邊演唱，她的歌聲非常優美、動聽。隨後，在大家的請求下，她演唱了米德爾頓夫人結婚時帶來的樂譜中的歌曲。米德爾頓夫人結婚後放棄了音樂，這些樂譜自從帶到這裡就擺放在鋼琴上，一直沒人動過，儘管據她母親說她的鋼琴曾經彈得非常出色，而且夫人也說她自己非常喜歡音樂。

瑪麗安的表演贏得了熱烈的掌聲。約翰．米德爾頓爵士在每一支歌曲結束時都大聲稱讚，而在瑪麗安演唱過程中又總是與別人大聲說話。米德爾頓夫人不斷告誡丈夫遵守禮貌，說她難以理解一個人的注意力怎麼能從美妙的音樂中分心，而她自己卻請瑪麗安演唱一支剛剛才唱完的歌曲。在這些人中，只有布蘭登上校沒有表現出激情盎然的樣子，而是專注地聽瑪麗安的演唱，在其他人表現出對音樂缺乏感受力的時候，上校的行為讓瑪麗安對他產生了敬意。當然，瑪麗安同樣意識到，上校畢竟是三十五歲的上了年紀的男人，對任何事情恐怕都不可能有強烈的感受，他對音樂的喜愛，雖然不像瑪麗安那樣達到癡迷的程度，但是與其他毫無音樂感受力的人相比，卻顯得十分難得，所以受到瑪麗安的尊敬。

8

詹寧斯太太擁有丈夫留給她的一大筆遺產，而她的兩個女兒都先後嫁給了有錢、有地位的人，因此，她在世上除了撮合年輕人的婚事之外幾乎無事可做，而且樂此不疲。對於男女之間的眉目傳情，詹寧斯太太有著驚人的洞察力，總是含沙射影地提到某位小姐迷住了某位男士，把年輕的小姐說得又羞又喜。憑著多年的經驗，詹寧斯太太剛到巴頓後不久就斷然預言，布蘭登上校愛上了瑪麗安。在他們第一次聚會的晚上，她看見上校聽瑪麗安演唱時的專注神情時，便有此猜測，後來米德爾頓一家人回訪別墅時，上校以同樣專注的神情聽瑪麗安演唱，她便更確信無疑了。自從第一次見到布蘭登上校後，詹寧斯太太就急於想給他找個好太太，她認定他們會是很好的一對，因為上校有錢，而瑪麗安很漂亮。

詹寧斯太太對這個發現很得意，總是拿他們兩人開心，她在巴頓莊園取笑布蘭登上校，在別墅取笑瑪麗安。對於上校來說，只要她的玩笑僅僅關乎他自己，他可以毫不在乎，但是對於瑪麗安來說可就完全不同了。當瑪麗安搞清取笑的是什麼事時，她不知道是該嘲笑其荒謬，還是該指責其無禮，因為在她看來，上校是一個上了年紀的人，這樣的玩笑似乎太荒唐了。

上校只比達什伍德太太小五歲，因此，達什伍德太太從來沒有想過，這樣一個上了年紀的古板男人和自己那充滿青春活力的女兒之間會有什麼關係，於是斷定詹寧斯太太只不過是在拿上校的年齡開玩笑。

「媽媽，雖然你不認為這是個惡劣的玩笑，但至少不否認它太荒謬了。上校的年紀足以做我的父親，也許他過去曾經有過愛情，但現在一定早就沒有類似的激情了。男人太可憐了，連一個年老體弱的人都會受到嘲弄！」瑪麗安說。

「體弱！你說布蘭登上校嗎？他的年齡是比你大得多，不過你總不能說他四肢不健全吧！」艾莉諾說。

「你沒聽他說自己患有風濕病？難道這不是正在衰老的人最常見的病症嗎？」

「親愛的，這麼看來，你一直都在為我的衰老擔心，如果我能活到四十歲的高齡，你一定認為是個奇蹟了。」達什伍德太太笑著說。

「媽媽，你冤枉我了。我的意思是說，布蘭登上校有可能再活二十年，但是三十五歲的年紀已經與結婚無緣了。」

「或許，三十五歲的人和十七歲的人談婚論嫁並不太合適。但是，如果女的是二十七歲，在我看來，三十五歲的布蘭登上校和她結婚就不成什麼問題了。」艾莉諾說。

「我認為——」瑪麗安停頓了一會兒說：「一個二十七歲的女人根本不可能愛上別人或被別人愛上，當然，如果她的家境不好，或她個人只有一點點財產，那麼，為了能夠成為人妻從而獲得穩定的生活，她甚至可以不惜去從事護理工作，因為結婚對她來說無異於做護理人員，因此，與這樣的女人結婚沒什麼不好的，那會是一個皆大歡喜的契約。但是，在我眼裡那根本不是什麼婚姻，只是一次交易，而且交易的雙方都希望損人利己。」

「我知道，我不可能說服你相信，一個二十七歲的女人可以對一個三十五歲的男人產生愛情，並成為他的理想伴侶。不過，我不贊成你對布蘭登上校的評論，只因為昨天（一個寒冷潮濕的天氣）他感到肩膀有些輕微的風濕痛，他和他妻子就注定會永遠待在病房裡。」艾莉諾回答說。

「可是他談到了法蘭絨背心，在我看來，法蘭絨背心總是與疼痛、抽筋、風濕及其他折磨年老體弱的人的疾病聯繫在一起。」瑪麗安說。

「如果他只是發了一次高燒，你就不會這麼不公平地評論他了。瑪麗安，你知道嗎，發燒時通紅的臉頰、凹陷的眼睛、急促的脈搏也挺有趣的。」

艾莉諾說完這句話就走出了房間。過了一會兒，瑪麗安說：

「媽媽，我的確對疾病這類事感到恐懼。我想，愛德華一定是身體不好，我們到這兒快兩個星期了，他都還沒來。如果不是生病，還有什麼事情能讓他一直待在諾蘭呢？」

「你認為他會這麼快就來嗎？我可不這樣認為。我記得，當我邀請他到巴頓做客時，他答應得有些猶豫，這件事讓我有些不安。艾莉諾在盼望他來嗎？」達什伍德太太說。

「我還沒有和她談論過這件事，但是我猜她一定希望他早點來。」

「我想你弄錯了。昨天，我對她說起想給客房添置一個壁爐，她認為沒必要，因為在一段時間內不會有客人來。」

「太奇怪了！她的話是什麼意思？不過，他們兩人在最後告別時態度冷淡、鎮靜，太讓人感到莫名其妙了。在諾蘭最後一天的晚上，他們之間的談話平淡無味，道晚安時愛德華對艾莉諾和我的態度沒有什麼不同，只是一個慈愛的兄長對兩個妹妹的美好祝福。第二天早上我們走之前，我兩次故意讓他們兩人單獨待在房間裡，可是愛德華兩次都緊跟著我離開了，真令人難以理解，而且艾莉諾在離開諾蘭莊園時還沒有我哭得厲害呢！到現在她還能控制得好好的。哎，什麼時候她才會感到悲傷和沮喪呢？什麼時候她才會對別人表現出煩躁和不滿呢？」

9

達什伍德母女在巴頓定居下來，過著相當舒適的生活。在熟悉了周圍的環境後，她們恢復了在諾蘭莊園時富有魅力的日常消遣活動，自從達什伍德先生去世後，她們還沒有這麼快樂過。約翰·米德爾頓爵士在頭兩個星期裡每天都來看望她們，見她們總是忙忙碌碌的，甚感驚訝。

除了和巴頓莊園的人交往，達什伍德家的客人並不多。儘管約翰·米德爾頓爵士勸她們多與鄰居交往，並一再保證他的馬車可隨時供她們使用，可是達什伍德太太一向好強，她婉言謝絕了爵士的美意，凡是步行所不能到達的人家都不造訪，這樣一來，她們能拜訪的家庭便屈指可數，而其中有的還根本無法造訪。一次，小姐們沿著蜿蜒的艾倫罕山谷散步，在離別墅約一英里半的地方，發現了一座古老氣派的莊園，令她們不禁想起了諾蘭莊園，因而非常渴望瞭解莊園的情況，後來才得知莊園的主人是個性情溫和的老夫人，卻不幸疾病纏身，不能與人交往，也從不走出家門。

巴頓別墅周圍到處都是美麗景色，從窗子望出去，高高的山岡令人神往，每當山谷中雲霧繚繞，山岡上便成為小姐們理想的散步場所。一天清晨，連續下了兩天的雨終於停了，烏雲中透射出了縷縷陽光，瑪麗安和瑪格麗特再也忍受不了待在家裡，向一座小山岡走去。儘管瑪麗安認為天氣已經晴朗，烏雲很快就會從山頂散去，但是這樣的天氣對母親和姊姊都沒有吸引力，她們寧願待在家裡畫畫、看書。

兩姊妹興高采烈地登上了山岡，雲層中隱約閃現湛藍的天空，一陣西南風撲面而來，沁人心脾，她們為母親和姊姊沒能分享到這份快樂而惋惜。

「世上還有比這更美妙的享受嗎？瑪格麗特，我們在這兒玩個兩小時再說。」瑪麗安說。

瑪格麗特表示同意。

她們迎著風，歡快地玩了約二十分鐘。突然，天色驟變，烏雲聚集，頃刻間大雨如注。她們又驚又惱，以最快的速度往山下跑，逕自向花園門口衝去。瑪麗安跑在前面，不料一個趔趄摔倒在地，瑪格麗特本想去扶她，但因為速度太快，停不住腳步，就直接衝到了山底。

當瑪麗安摔倒的時候，一位背著獵槍的紳士正從這裡經過，後面還跟著兩隻短毛大獵犬。他離瑪麗安不過幾碼遠，看見眼前的情景，急忙放下槍，向瑪麗安跑去。這時，瑪麗安已經爬了起來，但是腳扭傷了，幾乎站不穩。那位紳士想要幫助瑪麗安，但她卻因為羞怯而謝絕了，在這種情況下，他毫不猶豫地抱起她向山下走去，穿過打開的花園門，把她抱進別墅，放在客廳的一張椅子上。

艾莉諾和母親一見他們進來，都驚訝地站了起來，注視著那位紳士，目光中明顯透著詫異和讚賞。他解釋了突然闖入的原因，並請求她們原諒。這位紳士態度誠摯，舉止優雅，相貌英俊，說話時的語調和措詞更使他顯得魅力十足。對於達什伍德太太來說，即使他又老又醜又粗俗，就憑他救助女兒這一點，也會對他充滿感激，更何況還是一個英俊、文雅的年輕人，因而對他更加讚賞。

達什伍德太太再三向他表示感謝，並親切地請他坐下來。因為渾身又髒又濕，年輕人婉言謝絕了。她詢問他的尊姓大名，他說他叫威洛比，目前住在艾倫罕莊園，並希望能允許他第二天早上來看望達什伍德小姐。達什伍德太太馬上答應了他的請求，隨即威洛比冒著大雨告辭，這使他顯得更加惹人喜愛。

威洛比的英俊相貌和優雅風度立即成為達什伍德一家稱讚的話題，她們拿他和瑪麗安開玩笑。瑪麗安並沒有看清楚威洛比的相貌，因為當她被他抱起來時已羞得滿臉通紅，進屋後仍然不好意思正眼打量他。不過，憑著對他的感覺，她給予威洛比最高的評價，他的風度舉止簡直就是她心目中理想的白馬王子，尤其令她讚賞的是，他抱起她時毫不拘謹，而且行動果斷，與普通人完全不同。現在，與威洛比有關的一切都顯得那麼美好，他的名字很動聽，他恰好住在她們非常喜歡的那座古老氣派的莊園裡，而且他穿的獵裝是所有男裝中最漂亮的服飾。她浮想聯翩，整個人完全沉浸在甜蜜的回憶中，而忘記了腳踝的傷痛。

這天上午，天氣才一放晴，約翰．米德爾頓爵士就來拜訪她們。她們一邊跟他說瑪麗安的偶遇，並急切地詢問他是否認識一位住在艾倫罕的威洛比先生。

「威洛比！什麼，他來鄉下了？真是個好消息，我明天就去他那裡，邀請他星期四來吃飯。」約翰．米德爾頓爵士大聲說。

「喔，你認識他？」達什伍德太太問道。

「當然！哈！他每年都會來這裡。」

「那他是什麼樣的人呢？」

「他可是世上最優秀的年輕人，不僅是個出色的神槍手，而且還是英格蘭最勇敢的騎手。」

「關於他的一切就只有這些嗎？他與朋友相處得如何？他有什麼愛好？有什麼才幹？有什麼能力？」瑪麗安埋怨道。

這些問題倒把約翰．米德爾頓爵士難住了。

「我對他的瞭解並不深，不過他的確是個開朗、溫和的年輕人。對了，他還有一條我所見的最棒的黑色短毛獵犬，他今天有帶著牠嗎？」

就像約翰．米德爾頓爵士介紹威洛比的情況不能令瑪麗安感到滿意一樣，瑪麗安對那條獵犬顏色的描述也不能令爵士感到滿意。

「他是怎樣的一個人呢？他來自哪裡？在艾倫罕山谷有房子嗎？」艾莉諾問道。

關於這些情況，約翰．米德爾頓爵士倒是提供了比較確切的情報。他告訴她們，威洛比先生在附近沒有產業，他只是來探望艾倫罕莊園的老夫人，他是老夫人的親戚，是她的法定繼承人。

爵士半認真半開玩笑地說：「我告訴你，達什伍德小姐（指的是艾莉諾，根據英國當時的習慣，姓加小姐是對大小姐的正式稱呼，二小姐以下則是稱教名，或是姓加上教名），他真的是值得你設法去吸引的人，除了這裡外，他在薩默塞特郡（位於英格蘭西南部）還有一份屬於自己的小事業。如果我是你，絕不會把他讓給妹妹，儘管在山上發生了英雄救美的事情。瑪麗安小姐可別想占有所有的男人，她若不注意自己的行為，布蘭登上校會吃醋的。」

達什伍德太太微笑著說：「我相信，我的兩個女兒不會像你所說的那樣去吸引威洛比先生，讓他感到為難的，我教養她們不是為了做這種事。男士們和我們在一起很安全，完全不用擔心失去什麼，讓他們永遠富有吧！不過，聽你說他是個值得交往、令人尊敬的年輕人，這讓我很高興。」

「我認為，他是世上最好的年輕人。」約翰．米德爾頓爵士又再次重申。「記得去年耶誕節的時候，在巴頓莊園舉行了一次小型舞會，他從晚上八點一直跳到凌晨四點，沒有坐下休息過。」

「真的嗎？他一直表現得舉止優雅、興趣昂然嗎？」瑪麗安嚷道，雙眼閃閃發光。

「是啊！而且早上八點鐘他就起床，然後騎著馬打獵去了。」

「噢，這正是我喜歡的。一個年輕男人就應該這樣，無論他追求什麼，始終都充滿熱情，並努力奮鬥，樂此不疲。」

「啊！我看出來了，我看出來了，你想去引誘他，再也不會想到可憐的布蘭登了。」

「約翰．米德爾頓爵士，我討厭那些自以為是的陳腔濫調，其中最令人作嘔的就是『引誘』、『征服』男人什麼的，太粗俗了，真是俗不可耐。」瑪麗安氣沖沖地說。

約翰．米德爾頓爵士沒有明白這番指責的含意，倒是開心地笑了，然後說：

「是的，無論怎麼樣，你一定能征服不少男人。可憐的布蘭登啊！他已經遭到了沉重的打擊了。不過，我告訴你，儘管發生了扭傷腳踝事件，布蘭登上校仍然很值得你去追求。」

10

第二天一大早，瑪麗安的保護神（瑪格麗特對威洛比的稱呼）就來到別墅拜訪，基於約翰·米德爾頓爵士的介紹及感激之情，達什伍德太太以超乎禮貌的熱情接待了他。而經過這次拜訪，使得威洛比足以確信，他偶然結識的這家人有見識、有教養，彼此相親相愛，生活美滿、舒適，而且認為每個人都很有魅力。

達什伍德小姐皮膚白皙，容貌端莊，身材窈窕。瑪麗安比姊姊更動人，身材高挑，亭亭玉立，婀娜多姿，容貌非常漂亮，即使套用人們禮貌性的讚美之詞「美麗的小姐」，也不會被認為是在奉承她。瑪麗安的皮膚呈橄欖色，泛著迷人的光澤，這使她的面容顯得光彩奪目，她的微笑甜蜜且動人，烏黑的眼眸閃爍著光芒，透出活力、智慧和渴望，令人銷魂。瑪麗安想起威洛比救助自己的情形，開始時還有些難為情，不過，當她克服了羞怯、情緒鎮定下來，當她發現這位具有完美教養的紳士既坦率又熱情，更重要的是，當她得知他也酷愛音樂和舞蹈的時候，她向他投了一個眼神，一個飽載讚賞的秋波，於是威洛比在餘下的時間裡大多是和瑪麗安攀談。

只要一提起娛樂方面的事，瑪麗安就開始滔滔不絕，談起話來既不靦覥也無所顧忌。他們很快就發現，兩人都喜歡音樂和舞蹈，而且看法總是一致，這讓瑪麗安甚感歡欣。為了進一步瞭解威洛比，她提到關於書的話題，並以一種狂熱的感情談起了自己最喜愛的幾位作家的作品——任何一位二十五歲的年輕男士，無論他以前是否讀過這些傑出的著作，如果在聽了瑪麗安熱情洋溢的評論後還無動於衷的話，那他一定對書籍毫無興趣。威洛比和瑪麗安有著極為相似的興趣，兩人崇拜相同的作家、相同的作品，甚至作品中相同的章節和段落，即使出現一點點不同意見，只要瑪麗安略一爭辯，秋波一閃，分歧都會蕩然無存。可以說，威洛比被瑪麗安徹底征服了，在他的拜訪結束之前，他們儼然已把對方當作知己了。

威洛比剛一離開，艾莉諾說：「噢，瑪麗安，你表現得相當出色啊！一個上午的時間就幾乎瞭解了威洛比先生對所有重大問題的看法。你知道了他對考柏爾和司各特（英格蘭浪漫主義詩人及歷史學家）的卓越才華的評價，還知道他十分讚賞波普（英格蘭詩人），但是，你們這麼快就把所有的話題談完了，在以後交往過程中還有什麼可談論的呢？照此下去，下次見面他就會談到對如畫美景和再婚的看法，之後你就再也沒有什麼可問的了……」

「艾莉諾，你這樣說公平嗎？我的思想就這麼貧乏嗎？不過，我明白你的意思。我是太隨便、太熱情了，沒有遵守所謂的社交禮貌，不該那麼坦率，而應該緘默不語、裝模作樣。如果我只談談天氣什麼的，而且十分鐘才開一次口，就不會受到責備了。」瑪麗安嚷道。

「親愛的，不要生氣，艾莉諾只是和你開玩笑，如果她真想阻止你和我們的新朋友快樂地交談，我也會責備她的。」聽母親這麼說，瑪麗安才平靜下來。

威洛比的行為同樣顯示他很高興與她們一家人結識，並樂意繼續交往下去。他每天都來別墅拜訪，起初還以探望瑪麗安為藉口，因為一天天受到熱情款待，根本無須找什麼藉口了。因為扭傷的緣故，瑪麗安一連幾天不能出門，但是一點也沒有感到厭倦，這情形從來沒有發生過。威洛比年輕、英俊、有魅力，不僅思想敏捷、性格開朗，而且朝氣蓬勃、感情豐富，正是瑪麗安心儀的人，再加上他們情趣相投，更使瑪麗安鍾情於他。

和威洛比的交往逐漸成為瑪麗安的最大樂趣，他們一起讀書、唱歌、聊天，樂趣無窮。威洛比具有相當高的音樂天賦，朗誦時感情十分豐富，而這正是愛德華所缺乏的。

達什伍德太太對威洛比的看法和瑪麗安一致，也認為他是完美無缺的，艾莉諾也覺得威洛比沒有什麼不好，只是認為他從不注意談話的場合和對象，總是高談闊論自己的看法，這一點和她的妹妹十分相似。在艾莉諾看來，完全無視社交禮貌，輕率地發表對別人的看法，高興說什麼就說什麼，這樣做缺乏應有的謹慎，是不理智的，無論威洛比和瑪麗安怎樣為自己的行為辯解，她都不贊成。

瑪麗安在此時發現，自己十六歲半時產生的絕望想法是多麼的幼稚和可笑，當時她認為自己永遠也不會找到理想中的完美男人，可是眼前的威洛比正是她一心渴望的白馬王子，而威洛比的行為同樣顯示了他鍾情於瑪麗安，而且這種願望十分熱切。

因為威洛比前途遠大，達什伍德太太心裡早就在盤算著他和瑪麗安的婚姻問題，而且他們認識還不到一星期，她對這件事就已經充滿期待了，並暗自慶幸自己得到了愛德華和威洛比這兩個女婿。

布蘭登上校的朋友早就發現上校鍾情於瑪麗安，可是現在他們已經不再取笑他了，而是把注意力完全轉移到他那幸運的情敵身上。如今，艾莉諾第一次察覺出了上校對瑪麗安的感情，並不得不相信：詹寧斯太太當初為了找樂子而取笑上校對瑪麗安有感情，而現在他的這種感情真的被激發起來了。在艾莉諾看來，無論性格的相似性會怎樣促進威洛比對瑪麗安產生愛慕之情，但是迥異的性格也並不妨礙布蘭登上校對瑪麗安產生同樣的感情，為此她深感憂慮，因為一個三十五歲的沉默寡言的男人與一個二十五歲的活躍開朗的男人進行競爭，還能期望什麼呢？她衷心希望，即使上校無法獲得妹妹的芳心，也不要因為過分癡情而受到傷害。儘管布蘭登上校嚴肅、矜持，但是艾莉諾尊敬他，知道他是個溫文爾雅的人，而他的矜持與其說是性格憂鬱，不如說是某種精神壓抑所致——約翰·米德爾頓爵士曾經暗示過上校以前曾受過傷害，這證明他是一個不幸的人，艾莉諾對他深表同情。

布蘭登上校既不年輕又不活潑，威洛比和瑪麗安對他有偏見，總是貶低他，也許正是因為上校受到了他們兩人的輕視，這讓艾莉諾更加尊敬他、同情他。

一天，大家一起談論布蘭登上校時，威洛比說：「人人都覺得布蘭登是好人，但誰也不會在意他；人人都願意見到他，可是誰也不願與他交談。」

「我也這麼認為。」瑪麗安附和道。

「不要誇大其詞，你們兩人對他的看法不公平。巴頓莊園的人對他十分尊敬，而我每次見到他時都會與他交談一會兒。」艾莉諾說。

「那是因為你體諒他的感受，那是他的榮幸，至於說到別人對他的尊敬，他們的稱讚本身就是一種責備，誰會接受米德爾頓夫人和詹寧斯太太這樣的女人的稱讚呢？那簡直是一種侮辱，只能使人不屑一顧。」威洛比回應道。

「是呀！也許像你和瑪麗安這樣的人詆毀布蘭登，足以彌補米德爾頓夫人和詹寧斯太太對他的尊敬所帶來的損失。如果說她們的稱讚是責備的話，那你們的責備就是讚美了，因為她們糟糕的辨別力和你們的偏見及不公平的程度相差無幾。」

「為了保護你的被保護人，你變得有些尖酸、刻薄了。」

「瑪麗安，我只知道，我的被保護人是個理性的人，而我總是欣賞這樣的人，即使他是個三、四十歲的人。布蘭登先生到過國外，見多識廣，又博覽群書，善於思考，他有良好的教養和聰慧的天資，教我許多知識，並且總能迅速解答我的疑問。」

「他告訴過你東印度群島氣候炎熱，蚊子非常令人討厭啦！」瑪麗安輕蔑地說。

「如果我問他這樣的問題，他是會這麼告訴我的，不過這些事我早就知道了。」

「也許，上校跟你說過那裡的富人、金幣和轎子之類的事。」威洛比說。

「冒昧地說，他在那裡的見聞之廣是你無法想像的，可是我不明白你為什麼不喜歡他呢？」

「我不是不喜歡他，我認為他是一個值得尊敬的人。沒錯，大家都稱讚他，可是沒人在意他，他幾乎無所事事，有花不完的錢、用不完的時間，而且每年還添置兩件新外套。」

「還有，他既沒有天資，也沒有情趣，更缺乏朝氣，他的思想平凡，他的感情冷淡，他的聲音刻板。」瑪麗安大聲說。

「你們的想像力也太豐富了，一下子把那麼多缺點強加在他身上，相形之下，我對他的稱讚就顯得過分單調了。我只能說他是一個理性、有教養的人，不僅學識淵博、談吐文雅，而且性情溫和、心地善良。」艾莉諾回答說。

威洛比大聲說：「達什伍德小姐，你這麼說完全是在否定我的看法，並讓我違心地接受你的看法。但是，這是不可能的，無論你多麼能說善道，我都會堅持己見，絕對不會改變看法。我之所以不喜歡布蘭登上校，主要有三個理由：在我希望天氣晴朗的時候，他卻偏偏說要下雨；他對我的雙輪馬車的帷幔吹毛求疵；不管我怎麼勸，他也不肯買下我的棕色母馬。如果我說他除此之外在其他各方面都無可指責，能使你感到滿意的話，我打算承認這一點，但如果我承認了這一點又會使自己感到難受，所以，作為交換條件，請你允許我依然像往常一樣不喜歡他。」

11

達什伍德母女剛到德文郡的時候，根本沒有想到會有這麼多的約會，他們常常受到邀請，也需常常接待訪客，真正屬於她們的時間少得可憐。瑪麗安的腳傷痊癒後，約翰．米德爾頓爵士規劃的一系列室內外娛樂計畫就得以展開了，巴頓莊園裡一次又一次地舉行舞會，甚至在陣雨頻降的十月還經常進行水上活動。所有這些娛樂活動威洛比都參加了，在這種歡快的氣氛中，恰好有利於他與達什伍德一家人建立起親密的感情，使他有機會目睹瑪麗安的出眾之處，表達對瑪麗安的愛慕之情，同時也可以讓他從她的態度中瞭解到她是否真的愛他。

艾莉諾對威洛比和瑪麗安相愛並不感到意外，只希望他們不要表現得太露骨，曾經有一、兩次，她忍不住提醒瑪麗安要克制一些。但是，在瑪麗安看來，流露真情並不丟臉，她討厭遮遮掩掩，克制情感不僅沒有必要，根本就是對世俗陳腐觀念的一種屈辱的妥協。而威洛比也有同樣的看法。

他們兩人的行為隨時可以說明他們的觀點。只要威洛比在場，瑪麗安的目光便投注在他一個人身上，而且認為他所做的一切都很正確，所說的一切都有道理。如果晚上打牌的話，威洛比會竭力作弊，寧可犧牲自己和其他人，也要讓瑪麗安拿一手好牌；如果晚上跳舞的話，他們有一半時間都一起跳，即使不得不分開跳舞，也儘可能站得近一些，而且幾乎不與別人交流。這種行為當然會招徠大家的嘲笑，但他們並不覺得難為情，他們根本不在乎。

達什伍德太太完全能體諒他們的感情，不打算制止他們的行為，在她看來，這不過是兩個熱戀中的年輕人流露愛慕之情的自然表現。

這是瑪麗安最快樂的時候。她深愛威洛比，他的到來給她的家庭帶來了無限歡樂，讓她對諾蘭莊園的眷念之情漸漸淡薄了。

但是，艾莉諾並沒有這樣快樂，她心緒不寧，任何娛樂和周圍的人都不能讓她從離別之苦中解脫，也不能使她對諾蘭莊園的懷念之情有絲毫減弱。

詹寧斯太太是個喋喋不休的人，從一開始就對艾莉諾很友善，經常和她聊天，並把自己的過去對她反覆講了三、四遍，儘管每次都有所不同。如果艾莉諾仔細聽了詹寧斯太太所說的一切，記憶力又很好的話，或許她早在她們相識之初就清楚了詹寧斯先生臨終時的詳細病情，以及臨終前幾分鐘對他妻子說了些什麼。米德爾頓夫人沉默寡言，在這一點上她比她母親好多了。不過，在艾莉諾看來，她的沉默並不是因為理性，而是性情冷漠，她對自己的丈夫和母親也是一副冷若冰霜的模樣，更不用說對其他人了，因此不要期望會和她親密起來。她的冷漠是不可改變的，她的興致如同她的冷漠性情一樣是一成不變的。對於丈夫安排的各種聚會，只要辦得體面、氣派，兩個大孩子又能陪伴她，她就不反對；但看得出來，任何事情都比不上她在家裡享受兒女繞膝的快樂。當大家聚在一起談話的時候，如果不是她關照著頑皮的孩子們，誰也不會想起她在場。

在所有新結識的人當中，艾莉諾覺得布蘭登上校是唯一值得尊敬的人，他能激發起友情，並給朋友帶來快樂，在這方面威洛比根本談不上。艾莉諾喜歡並敬重威洛比，這是一種如姊妹般的情誼，但他一點也不在意。是啊！威洛比正在熱戀中，他的眼裡只有瑪麗安，恐怕一個遠不如威洛比隨和的人反而更能使人感到愉快。遺憾的是，布蘭登上校做不到眼裡只有瑪麗安，在受到瑪麗安的冰冷對待後，他在和艾莉諾的談話中獲得了最大慰藉。

一天晚上，在巴頓莊園舉行的舞會上，上校偶然說了幾句話，這讓艾莉諾猜想他正在承受失戀的痛苦，因而對他更加同情。當時，大家都在跳舞，他們兩人決定休息一下。上校凝視著瑪麗安沉默了幾分鐘，然後帶著一絲笑意說：「據我所知，你妹妹不贊成第二次戀愛。」

「她的想法總是非常浪漫。」艾莉諾回答說。

「更確切地說，瑪麗安認為不可能存在第二次愛情。」

「她是這麼認為的，只是我不知道她怎麼會有這樣的想法，為什麼她不想想自己的父親，他就有過兩任妻子。我想是因為她太年輕了，過幾年她的想法會成熟一點，就會和大家的看法一致，也更容易被人理解了。」

「可能會吧！但是年輕人的偏見有時候挺可愛的，當他們放棄偏見而接受一般看法時，反倒教人惋惜。」上校回答道。

「我可不同意你的看法！瑪麗安單純、熱情，但不能因此就掩蓋個性中的不足。她的性格十分叛逆，蔑視一切社會禮貌，而我希望她在更深入地瞭解世事後，能夠有所感悟和長進。」艾莉諾說。

過了一會兒，上校說：「你妹妹對第二次戀愛都表示反對嗎？她認為所有第二次戀愛的人都有罪嗎？那些在第一次愛情中選擇錯誤的人，無論是因為對方移情別戀，還是因為當時境遇的乖戾多舛，他們的餘生都只能孤家寡人的度過嗎？」

「噢，我不清楚她為什麼有這樣的看法，只知道她從不認為第二次戀愛是可以寬恕的，無論在什麼情況下。」

「這種看法是不會持久的，只要有任何的變化，一種感情上的徹底變化，不！不要指望瑪麗安會有這種變化。當一個年輕人沉浸於浪漫、幻想的時候，一旦被迫改變想法，腦中總是會充滿各種危險的觀點，這樣的情況太常見了，我可是經驗之談。從前，我認識一位女士，她的性格、思想和你妹妹很相似，在思考方式和判斷方法方面也很像瑪麗安，但是後來她改變了想法，並非她個人因素，而是因為一連串不幸的遭遇——」

說到這裡他突然停下來，似乎認為自己說得太多了。上校的表情使她相信他很後悔把這位女士的事講出來，這不禁引起了艾莉諾的猜疑。其實，一點都不難想像，上校如此激動一定是讓他回想起了往日的愛情。不過，艾莉諾並沒多想，如果換了是瑪麗安，一定會憑著豐富的想像力，立即構思出一個哀怨傷感的愛情悲劇。

12

第二天早上，艾莉諾和瑪麗安一起散步的時候，瑪麗安向姊姊透露了一個消息，儘管艾莉諾深知瑪麗安做事不謹慎、缺乏考慮，這個消息還是讓艾莉諾大吃一驚。瑪麗安欣喜若狂地告訴姊姊，威洛比說要送給她一匹馬，那是他在薩默塞特郡的莊園裡親自餵養的，非常適合女士騎乘。達什伍德太太從未打算養馬，即使她為了女兒改變計畫，那她還必須僱用一個負責遛馬的僕人，並且為僕人買一匹馬，更重要的是，還得新修一個馬廄，而瑪麗安根本沒有考慮過這一切，就接受了禮物。

「他準備立即派他的馬伕去薩默塞特，馬兒來到這裡後，我們就能天天騎馬了。你可以和我一起騎著馬四處遊玩，親愛的艾莉諾，你想像一下，在美麗的山岡上策馬奔馳的快樂情景吧！」

艾莉諾提醒瑪麗安仔細想想家裡的經濟狀況，可是瑪麗安不願意從幸福的夢幻中清醒過來，她拒絕接受這些令人不快的事實。在瑪麗安看來，母親是不會反對她養馬的，至於僱用一個僕人，那也花不了多少錢，僕人騎什麼樣的馬也都可以，或許巴頓莊園可以提供一匹馬給他用，而馬廄只需要搭建一個簡易的棚子就行了。隨後，艾莉諾明確地向瑪麗安提出了一個問題：接受一個並不瞭解或交往時間很短的男士所餽贈的這樣一件禮物是否恰當？

瑪麗安激動地說：「你錯了！艾莉諾，你認為我不瞭解威洛比，可是除了你和媽媽之外，我最瞭解的人就是他了。我和他認識的時間的確不長，但是，決定人與人之間關係是否親密的因素不是時間，而是性格。對某些人來說，即使認識七年也不能相互瞭解，而有些人則只要七天時間就心心相印了。如果我接受的是約翰送的馬，我認為自己的行為沒什麼不妥，因為我們雖然和哥哥一起生活了許多年，可是並不瞭解他，而威洛比就不同了，我知道他是什麼樣的人。」

艾莉諾清楚妹妹的脾氣，如果一味地提出反對意見，只會使瑪麗安更固執己見，最理性的做法是不要直接談及這個話題，採用旁敲側擊的辦法或許效果更好。於是，艾莉諾和妹妹談起了她們和母親之間的深情，如果母親因為溺愛她而同意增加這項家庭開銷（這是很可能的），那麼，母親的經濟狀況就會變得拮据，生活也會發生諸多改變。瑪麗安很快就被說服了，答應不向母親提出要求，並在下次見到威洛比時謝絕他的禮物。

瑪麗安真的信守了諾言。在威洛比來訪的時候，艾莉諾聽見她低聲地向他表示不會接受那匹馬，還表達了因為謝絕他的禮物而感到失望的心情；瑪麗安也說明了改變主意的理由，使得威洛比無法再次懇求她收下禮物。威洛比不停地安慰瑪麗安，話語裡充滿體貼和關切，最後還低聲說了幾句話：「無論怎樣，瑪麗安，這匹馬仍然是屬於你的，我會一直餵養牠，當你離開這裡去建立自己的家庭時，你將成為『麥布皇后』的主人。」

艾莉諾聽到了他們的談話，她從他們所用詞句、從威洛比說話的語氣及稱呼妹妹的教名等方面發現，他們之間的關係異常親密，最後她確信他們已經情定終身。不過，唯一讓艾莉諾感到驚訝的是，這兩個性格直率、蔑視世俗禮貌的人，竟然沒有公開宣布他們之間的戀情，她也是偶然發現這一祕密的。

第二天，瑪格麗特向艾莉諾透露了一些事，使得他們已經定情這件事更加明朗化。原來，前一天晚上威洛比來拜訪，當時客廳裡只有威洛比、瑪麗安和瑪格麗特三個人，瑪格麗特把一切全看在了眼裡。

「哎呀！艾莉諾，告訴你一個瑪麗安的祕密，我敢肯定她很快就會和威洛比先生結婚了。」瑪格麗特嚷道。

「自從他們在山岡上相遇之後，你幾乎天天都這麼說，而且在他們認識還不到一個星期的時候，你就非常肯定地說瑪麗安的脖子上掛著威洛比的肖像，後來才弄清楚那是我們祖父的畫像。」

「但這次是另一回事，我確信他們很快就會結婚，因為他有一綹瑪麗安的頭髮。」

「瑪格麗特，小心一點，也許那是他祖父的頭髮。」

「艾莉諾，那真的是瑪麗安的頭髮，我親眼看見他剪下來的。昨天晚上喝過茶後，你和媽媽出去了，他們馬上就湊在一起說悄悄話，好像威洛比先生在向瑪麗安乞求什麼東西，一會兒，他就拿起剪刀剪下了長長的一綹頭髮，還親吻了一下頭髮，然後用一張白紙包起來，放在他的皮夾裡。」

瑪格麗特說得這麼有憑有據，使得艾莉諾不能不信，更何況這個情況和她自己所看到的和所聽到的完全吻合。

瑪格麗特聰明伶俐，但有時候卻表現得十分笨拙，使她的姊姊陷入尷尬的境地。一天晚上，詹寧斯太太在花園突然問瑪格麗特誰是艾莉諾的意中人，並表示自己一直對這件事感到非常好奇。瑪格麗特一時反應不過來，看了看姊姊，竟然回答說：「我不能說吧？我可以說嗎？艾莉諾。」

她的話惹得大家哄堂大笑，艾莉諾也只好勉強擠出了一個笑容。艾莉諾知道瑪格麗特心裡確認的那個人是誰，如果瑪格麗特說出來，那個人就會成為詹寧斯太太永久的談話笑柄，而這是她無法容忍的。

瑪麗安很同情姊姊，見此情景連忙出來解圍，不料卻幫了倒忙。她脹紅了臉，生氣地對瑪格麗特說：

「記住，無論你猜的是誰，你都沒有權利說出來。」

「我不是猜的，是你親口告訴我的。」瑪格麗特回答道。

大家一聽更樂了，熱烈地慫恿瑪格麗特繼續說。

「哎呀！瑪格麗特小姐，把所有的事告訴我們吧！那位紳士叫什麼名字？」詹寧斯太太說。

「我不能說，太太，不過我知道他的名字，還知道他在哪兒。」

「是啊！我們也猜得出他在哪兒，一定是在諾蘭莊園裡，我敢說他是那個教區的副牧師。」

「不是！他不是牧師，他根本沒有職業。」

「瑪格麗特，這些都是你杜撰出來的，這個人根本就不存在。」瑪麗安非常氣惱地說。

「這麼說，他最近去世了，瑪麗安，我敢肯定曾經有過這麼一個人，他的姓氏的第一個字母是F。」

這個時候，米德爾頓夫人說了一句話：「好大的雨啊！」把話題轉移開了，這讓艾莉諾感激萬分，儘管她知道米德爾頓夫人轉移話題並不是基於對自己的關心，而是因為她不喜歡丈夫和母親感興趣的那些無聊的玩笑。不管怎樣，米德爾頓夫人岔開了話題，布蘭登上校不管在哪一種場合都非常體諒別人，他馬上和米德爾頓夫人聊起了下雨的事，而且一直說個不停。這時，威洛比打開了鋼琴琴蓋，請求瑪麗安彈奏一曲。就這樣，眾人結束了這個話題，但是艾莉諾的心情卻仍然處於恐慌中，難以恢復平靜。

當天晚上，大家商量第二天去遊覽距離巴頓約十二英里的惠特維爾。在過去十年中，約翰·米德爾頓爵士每年夏天至少要呼朋喚友去那裡遊覽兩次，他對那裡的優美景色讚不絕口。惠特維爾屬於布蘭登上校的姊夫所有，主人現在國外，曾吩咐嚴禁任何人進入，當然布蘭登上校除外，所以如果沒有上校同行，誰也別想去那裡遊覽。惠特維爾的湖光山色秀麗，大家決定帶上冷餐，乘坐敞篷馬車過去，整個上午都在湖上玩。

這根本是一個大膽的計畫，因為此時正值多雨時節，一連十幾天都下雨。達什伍德太太因為感冒，在艾莉諾的勸說下同意留在家裡。

13

去惠特維爾遊覽完全出乎艾莉諾的意料，但她還是做好了可能渾身濕透、筋疲力竭的準備，不過，結果比這還要糟糕，因為他們根本沒去成。

儘管昨晚下了一夜的雨，早上的天氣卻相當清爽宜人。十點鐘左右，大家齊聚在巴頓莊園，準備共進早餐後出發。此時烏雲正逐漸消散，太陽時隱時現，大家興致勃勃，對即將到來的遊覽充滿期待。

正在吃早餐時，郵差送信來了，其中一封信是布蘭登上校的。他接過信，看了看地址後，臉色大變，隨即離開了餐廳。

「布蘭登，怎麼啦？」約翰．米德爾頓爵士問。

沒人知道。

「但願不是壞消息，不過一定是一件出人意料的事，不然布蘭登上校不會沒有告辭就突然離開餐廳。」米德爾頓夫人說。

大約五分鐘左右，上校回來了。

「上校，不是壞消息吧？」他一進來，詹寧斯太太就開口問道。

「不是壞消息，夫人，謝謝你的關心。」

「信是從阿維尼翁寄來的嗎？不會是說你姊姊的病情加重了吧？」

「夫人，信是從城裡寄來的，是一封有關買賣的信。」

「如果是信，那你怎麼會一接到信就感到不安呢？上校，告訴我們吧！信裡頭到底說了什麼事。」

「親愛的媽媽，你在說什麼呀？」米德爾頓夫人說。

「也許是說你的表妹結婚了吧？」詹寧斯太太繼續追問道，毫不理會女兒的責備。

「不是，真的不是。」

「好呀！不說算了，上校，我知道是誰寄來的了，希望她一切都很好。」

「夫人你指的是誰？」上校的臉有點紅了。

「啊哈！你知道我說的是誰。」

「非常抱歉，夫人，今天收到的信，是有關買賣的事，我必須馬上到城裡一趟。」上校對米德爾頓夫人說。

「去城裡！在這個時候，什麼事需要你去城裡呢？」詹寧斯太太大聲嚷道。

「我不得不離開，這對我來說是一種極大的損失，因為和你們在一起實在太愉快了，而讓我感到不安的是，惠特維爾之旅恐怕得取消了。」

這對大家來說是多沉重的打擊啊！

「布蘭登先生，你寫個條子給管家，是不是就可以解決問題呢？」瑪麗安急切地問。

上校搖了搖頭。

「我們一定要去，而且馬上就去，不能延期。你今天不能去城裡，你明天再去，布蘭登，就這麼說定了。」約翰．米德爾頓爵士說。

「但願事情能這麼容易解決，但是我的行程一天也不能耽擱！」

「只要告訴我們究竟是什麼事，我們就能知道事情能不能延期了。」詹寧斯太太說。

「要不然等我們遊覽回來你再去城裡，最多晚六個小時出發。」威洛比說。

「我一個小時也不能耽擱。」

這時，艾莉諾聽見威洛比低聲對瑪麗安說：「有些人總是令人掃興，布蘭登就是這樣的人。我敢說，他是害怕感冒才想出這個把戲，我願意用五十個幾尼（英國舊金幣）打賭，那封信是他自己寫的。」

「我也這麼認為。」瑪麗安答道。

「布蘭登，我知道，你一旦下定決心，就沒人能改變你的主意。不過，無論如何，我還是希望你慎重考慮一下。你想想看，兩位凱里小姐是從牛頓趕來的，三位達什伍德小姐是從別墅步行來的，而威洛比先生特意比平時早起了兩個小時，大家都是為了去惠特維爾啊！」約翰．米德爾頓爵士說。

布蘭登上校再次表示抱歉，但同時又申明他不得不這樣做。

「希望你一離開城馬上來巴頓莊園，我們等你回來再去惠特維爾。」米德爾頓夫人說。

「謝謝你的體諒，夫人，不過我也不清楚什麼時候能回來。」

「不行！他得回來，如果週末他都沒有回來，我就去城裡找他。」約翰・米德爾頓爵士大聲說。

「好啊！就這麼說定了，約翰・米德爾頓爵士，到時候你就可以知道他究竟在幹什麼了。」詹寧斯太太嚷道。

「我並不想去打聽別人的事，我想那可能是令他難堪的事。」

這時，布蘭登上校的馬已經備好了。

「你打算騎馬進城？」約翰・米德爾頓爵士問。

「我只騎到霍尼頓，然後乘郵車去。」

「好吧！既然你執意要走，我只好祝你一路順風。當然啦，如果你能改變主意是再好不過了。」

「請恕我無能為力！」

然後，上校與大家一一告別。

「達什伍德小姐，今年冬天我有幸在城裡見到你和你的妹妹們嗎？」

「恐怕沒辦法。」

「這麼說來，我們分別的時間會比較長了，再見。」

他向瑪麗安鞠了一躬，什麼也沒說。

「嗨，上校，臨走之前請把你走的原因告訴我們吧！」詹寧斯太太說。

上校對她說了聲「早安」，然後由約翰．米德爾頓爵士陪同走出了房間。

剛才基於禮貌，大家一直壓抑著內心的不滿，上校剛一離開，房間裡便嘈雜起來，他們把抱怨和懊惱全都發洩了出來。

「儘管他沒說，但我猜到他幹什麼去了。」詹寧斯太太得意地說。

「真的嗎？夫人。」大家異口同聲地問道。

「我相信事情一定和威廉斯小姐有關。」

「威廉斯小姐是誰？」瑪麗安問。

「你連威廉斯小姐是誰都不知道嗎？我還以為你聽說過！她是上校的一個近親，一個血緣關係很近、很近的親戚。喔！我不想說出他們的關係有多近，免得嚇壞了小姐們。」

接下來，她稍稍壓低了音量，對艾莉諾說：「她是他的親生女兒！」

「什麼？」眾人大吃一驚。

「噢，你們一見到她就知道了，她長得太像上校了。我敢說上校一定會把所有的財產都留給她。」

約翰．米德爾頓爵士回到餐廳，對不能去惠特維爾惋惜了一番，然後提議——既然大家都聚在一起了，就應當找些開心事來做。經過商議，大家決定乘坐敞篷馬車到野外散心，並吩咐立即準備馬車。威洛比乘坐第一輛，當瑪麗安跨上車時，表現出了從未有過的快樂。威洛比趕著馬車飛快地穿過莊園，轉眼間就消失得無影無蹤，之後再也沒有人看見過他們，直到大家都返回後，他們才遲遲歸來。看得出來，兩人對這次馬車遊歷都很開心，但他們卻淡淡地說，當大家往山岡上去的時候，他們一直在小路上兜風。

為了彌補不能去惠特維爾的遺憾，大家決定開開心心地過一天，一致同意晚上舉行一場舞會。晚餐的時候，凱里小姐家又來了幾個人，這樣就有將近二十人共進晚餐，約翰．米德爾頓爵士簡直樂壞了，這正是他最喜歡的景象。像往常一樣，威洛比坐在艾莉諾和瑪麗安之間，詹寧斯太太坐在艾莉諾的旁邊。他們坐下才一會兒，詹寧斯太太就從威洛比和艾莉諾身後探出身子，用兩人都能聽見的聲音對瑪麗安說：

「儘管你們耍了花招，但我還是知道你們上午去哪兒了。」

瑪麗安的臉一下子紅了，急忙問道：「去哪兒了？」

「你難道不知道，我們乘坐我的馬車出去了？」威洛比接過話對詹寧斯太太說。

「魯莽先生，我很清楚。希望你喜歡『你的莊園』，瑪麗安小姐。那裡的房子非常寬敞，將來我去拜訪你的時候，希望你已經把它重新裝飾過，因為我六年前去的時候，那裡的家具陳設實在太舊了。」

瑪麗安窘迫不已，慌忙轉過頭去，詹寧斯太太開心地大笑起來。艾莉諾發現，詹寧斯太太為了弄清兩人的行蹤，已經仔細詢問過威洛比的馬伕，才得知他們去了艾倫罕莊園，先是在花園裡散步，然後參觀了整幢房子。

艾莉諾幾乎不敢相信這是事實。瑪麗安與史密斯太太並不認識，當她在家的時候，在沒有接到她的邀請的情況下，瑪麗安竟然去了她的莊園！可是，看起來威洛比不可能提出這樣的建議，瑪麗安也不可能同意。

她們剛一離開餐廳，艾莉諾就問瑪麗安究竟是怎麼一回事。在震驚之餘，艾莉諾對此仍然表示了懷疑，但是瑪麗安對姊姊不肯相信這件事感到很不高興。

「你怎麼認為我們沒去那裡？艾莉諾，你不是也常想去那裡看看嗎？」

「是沒錯，瑪麗安。但是，當史密斯太太在家的時候，如果除了威洛比先生以外沒有別的同伴，我是不會進去的。」

「威洛比是唯一有權利帶我去看那座莊園的人，而且我們乘坐的是敞篷馬車，只能坐兩個人，不可能有別的同伴。啊！我有生以來從來沒有過比這更快樂的上午。」

「我認為，做一件事情所感到的快樂並不能證明這麼做是合適的。」艾莉諾說。

「恰好相反，我認為這才是最有力的證明，艾莉諾。人們在做錯事的時候總會有所意識，如果我的所作所為中有什麼不合適之處，那我當時就會感覺到，就不可能感到快樂了。」

「親愛的瑪麗安，既然人們已經在議論這件事，難道你還沒有意識到自己的行為有失謹慎嗎？」

「如果詹寧斯太太的議論就能證明我的行為不合適，那麼，我們的生活中時時刻刻做的事都是錯誤的。對於我來說，既不會在乎詹寧斯太太的稱讚，也不在意她的責備。我不覺得在史密斯太太的花園裡散步或參觀她的房子有什麼錯，而且這些花園和房子有朝一日都會屬於威洛比先生，而……」

「瑪麗安，即使這一切有朝一日屬於你，也不能證明你今天做的事是正確的。」

姊姊的話所暗含的意思讓瑪麗安的臉一下子變得緋紅，但她顯然對這種說法感到滿意，在思考了十多分鐘後，她走到姊姊身旁，態度溫和地說：

「也許我去艾倫罕莊園有失謹慎，但是威洛比先生非常希望我去那裡看看。那座莊園真是太漂亮了，尤其是樓上的一個客廳，寬敞而舒適，十分雅致，如果再配上新式家具，一定會煥然一新。這個客廳剛好在拐角處，兩堵牆上都有窗戶，從一邊望去，可以看見房子後面的滾球場外一片美麗的樹林，從另一邊遠眺，可以看見教堂和村莊，遠處還有令我們常讚歎不已的層巒疊嶂的群山。當然，我並不認為這座莊園就完美極了，因為那些家具擺設實在是太舊了，如果配上新式家具——威洛比說，大約花費兩、三百鎊，它就會成為英格蘭最令人愉快的避暑勝地之一。」

如果沒有別人打擾，如果艾莉諾有耐心一直聽她講下去，瑪麗安會興致勃勃地把艾倫罕莊園的每個房間逐一描繪一番。

14

詹寧斯太太是個好奇心很強的人，對所認識的每一個人都充滿興趣，布蘭登上校突然離開巴頓莊園，又不肯說明原因，自然會引起她的好奇，兩、三天來一直都在琢磨這件事。她確信上校一定收到了壞消息，並想遍了上校可能遭遇的種種不幸，還認定他難以擺脫這些困境。

「一定是件非常麻煩的事，我從上校的臉色看得出來，可憐的人！我想他的處境可能不太妙。他的哥哥不擅經營，他每年最多只能從德拉福特產業中獲得兩千鎊的收入，我確信他離開一定是為了錢財的事，否則還會有什麼事呢？不過，情況是不是這樣，我會想辦法弄明白。也許是與威廉斯小姐有關的事——我敢肯定與她有關，因為當我提到她的時候，上校顯得很不自然。可能是她生病了，我想可能是這碼事，因為她一向體弱多病。好啦，我敢打賭，他離開一定與威廉斯小姐有關。現在看來，上校不大可能陷入經濟困境中，他是個精明的人，一定早就把產業管理得很好了。哎，真不知道究竟是怎麼一回事！也有可能是他姊姊的病情加重了，他那樣匆忙動身，看起來很像是這樣。喔，我祝他擺脫所有的不幸，並娶到一個好妻子。」

詹寧斯太太就這樣胡亂猜測著，而且認為自己的每一種想法似乎都有可能。艾莉諾雖然也關心布蘭登上校，但是她不像詹寧斯太太那樣妄加猜測，她認為這麼做很失禮，而她的大部分心思都放在妹妹和威洛比身上。讓艾莉諾越來越覺得奇怪的是，妹妹和威洛比一直表現得十分親密，卻對他們之間的關係保持著一種異乎尋常的緘默，而這與他們的性情完全不符，她無法理解他們為什麼不公開承認相愛的事。

艾莉諾隨即想到，其中的原因可能是他們根本不可能馬上結婚，因為威洛比並不富有，儘管他在經濟上是獨立的。按照約翰．米德爾頓爵士的估計，威洛比的產業的年收入大約有五、六百鎊，但是他的生活花費太大，連他自己也經常抱怨收入太少，根本入不敷出。但是，令艾莉諾難以理解的是，如果他們訂婚了卻保守祕密就很不正常，以至於懷疑他們之間是否存在婚約，因而不便詢問妹妹什麼。

威洛比的行為舉止表現出他對達什伍德母女充滿感情，對於瑪麗安，他表現的是一個真心愛人的無限柔情，對於其他人，他表現的是作為兒子、兄弟的深切關懷。他似乎已經把別墅當成自己的家一樣熱愛，在這裡消磨的時光比在艾倫罕莊園要多得多，如果巴頓莊園沒有聚會，那麼他早上外出活動的終點幾乎就是在這裡，然後一整天陪在瑪麗安身旁，而他心愛的獵犬則趴在瑪麗安的腳邊。

有一天晚上，達什伍德太太無意間談到準備在春天改建別墅，威洛比對此堅決地表示反對，愛情已讓他覺得這裡的一切都是那麼完美無缺了。

他不禁叫起來：「什麼？改建這棟可愛的別墅？不行！我絕不同意，如果你尊重我的感情，就不要添一塊磚，或擴大一吋。」

「別緊張，不可能發生這樣的事，我母親永遠沒有足夠的錢來改建房子。」艾莉諾說。

「太好啦！如果有錢卻派不上好用場，卻把它用來改建別墅，我倒寧願她永遠沒錢。」威洛比嚷道。

「謝謝你。你放心，我不會做任何傷害你的事，也不會做出傷害我所喜愛的人的事，相信我，到了春天清理帳目後，即使剩下一大筆錢，我寧可放在那兒不用，也不會拿來做讓你感到痛苦的事。不過，你真的這麼喜愛這個地方，完全沒看到它的缺點嗎？」

威洛比說：「在我眼裡它是十全十美的，而且它是唯一能夠讓我感到幸福的建築，如果我有錢，我會馬上把我在庫姆的房子推倒，在那裡建造一座和這裡一模一樣的別墅。」

「那你在庫姆的房子也會有一個又黑又窄的樓梯和一個煙氣熏人的廚房。」艾莉諾說。

威洛比激動地說：「沒錯，一切都要一模一樣，無論是便利的還是不便利的地方，都不能有絲毫不同。到那時，只有到那時，住在這樣的房子裡，我在庫姆才會感到和在巴頓一樣快樂。」

艾莉諾回答說：「我想即使你住在房間更好、樓梯更寬的房子裡，將來也會覺得你自己的房子是十全十美的，就像你現在覺得這座別墅是十全十美的一樣。」

威洛比說：「是啊！從某種角度來說，我可能很喜歡自己的房子，不過這裡將永遠有值得我喜愛的地方，這是別處無法比擬的。」

達什伍德太太高興地望著瑪麗安，看見她那雙漂亮的眼睛正含情脈脈地凝視著威洛比，清楚地表示她完全明白他話中的含意。

威洛比接著說：「我去年來艾倫罕莊園時，多希望巴頓別墅有住人啊！每當我經過這裡時，總是對它所處的優美環境讚歎不已，同時又為沒有人住而惆悵。當我這次來到艾倫罕時，沒想到從史密斯太太那兒得到的第一個消息竟然是別墅租出去了，我的第一反應是滿意和興奮。我之所以有這種感覺，是我的直覺告訴我，我將從中獲得幸福，難道不是嗎？瑪麗安！」

最後一句他是壓低聲音對瑪麗安說的，接著他又用原先的語調說：

「可是，你想毀掉這幢房子嗎？達什伍德太太，這麼做只會讓它失去自然純樸的美。這個小客廳真是太可愛了，我們初次見面就是在這裡，而且還在這裡共度了許多美好時光，但你卻想把它變成一個普通的門廊，讓人人都從這裡穿行。在我看來，這個客廳讓人感到既舒適又自在，比我所見到過的最漂亮的客廳更棒。」

達什伍德太太再次向他保證，絕不會改建別墅。

威洛比高興地說：「你真是太好了！你的保證讓我放心許多了，不過，如果你能再做出一些承諾，我會更開心。請你答應我，不僅別墅不會改變，而且你和你的女兒們也會和這座別墅一樣永遠不變，你將永遠親切地對待我，而你的愛會讓我對屬於你的一切都感到格外親切。」

威洛比的請求得到了達什伍德太太的允諾，所以整個晚上他都沉浸在愛情和幸福之中。

「明天來吃晚飯好嗎？上午我們要去巴頓莊園拜訪米德爾頓夫人。」威洛比告辭時達什伍德太太說。

大家約定第二天下午四點見。

15

第二天，達什伍德太太去拜訪米德爾頓夫人，艾莉諾和瑪格麗特一起去了巴頓莊園，而瑪麗安找了藉口說不去，獨自留在家裡。達什伍德太太心裡非常高興，因為她斷定，昨晚威洛比和她一定約好了，趁她們不在家時來看她。

當母女三人從巴頓莊園回來時，看見威洛比的馬車和僕人停在別墅旁，達什伍德太太更加堅信自己的猜測，但是進屋後見到的情景卻出乎意料。她們一走進屋子，就看見瑪麗安一邊匆忙走出客廳，一邊用手帕擦眼睛，表情極度痛苦，以至於沒有注意到她們已經回家了。達什伍德太太和艾莉諾驚訝萬分，急忙走進客廳，看見威洛比背對她們靠在壁爐一邊的牆上。聽見她們進來，威洛比轉過身，他的神情也和瑪麗安一樣痛苦。

「出了什麼事？瑪麗安病了嗎？」達什伍德太太大聲問道。

威洛比勉強笑了一下回答說：「但願她沒有生病，倒是我要生病了，因為我現在非常沮喪。」

「沮喪？」

「因為我不能與你們朝夕相處了。今天早上，史密斯太太仗著錢勢，居然指使起一個依賴他們的窮親戚，她派我到倫敦去幫她處理緊急事務。我一接到吩咐就離開了艾倫罕莊園，趕到這裡來向你們告別。」

「去倫敦？今天上午就走嗎？」

「馬上就要走。」

「太遺憾了。她的命令也實在無法違抗，史密斯太太一定很感激你，希望我們不會分別太久。」

威洛比的臉脹紅了，說：「你真是太仁慈了。我想，恐怕我無法很快就回到德文郡，因為我在一年之中從來不會有第二次的機會拜訪史密斯太太。」

「難道史密斯太太是你在這裡的唯一朋友嗎？難道這裡只有艾倫罕莊園歡迎你嗎？你真丟臉！難道你還要等我們邀請嗎？」

聽達什伍德太太這麼一說，威洛比的臉脹得更紅，雙眼盯著地板，只是囁嚅著說：

「你人太好了！」

達什伍德太太驚訝地看看艾莉諾，艾莉諾同樣感到驚訝。沉默了幾分鐘之後，達什伍德太太先開口說了話：

「我只想補充一句，親愛的威洛比，巴頓別墅永遠歡迎你。還有，我不會懇請你馬上回到這裡，因為只有你才知道怎樣做可以讓史密斯太太高興，關於這一點我既不會懷疑你的願望，也不會懷疑你的判斷力。」

威洛比尷尬地回答：「我目前的處境其實是……以至於我……我不敢自作主張地……」

威洛比沒有繼續說下去，此刻達什伍德太太已經驚訝得說不出話來，大家又一次陷入沉默之中。最後，威洛比打破了沉默，勉強擠出一點笑容，並說：

「繼續拖下去是不理智的。既然我現在已經不可能享受到與朋友交往的快樂，還不如離開這裡，免得受折磨。」

他說完後便匆忙告辭，跨進馬車，眨眼間馬車就從她們的視線中消失了。

達什伍德太太感覺心亂如麻，什麼話也不想說，疾步走出客廳。威洛比的突然離去令達什伍德太太感到擔憂和驚訝，不由自主地陷入沉思之中。

艾莉諾的擔憂並不亞於母親，想到剛剛發生的事，她既焦急又充滿疑惑。威洛比告別時神態窘迫、強裝笑臉，更重要的是，他不願意接受她母親的邀請，這種遲疑的態度不僅完全不像一個熱戀中的人，而且與他的性格截然不符。艾莉諾深感不安，開始胡亂猜測起來，一會兒想到也許威洛比從來不曾有過認真地和妹妹戀愛的打算，一會兒又想到也許是他和妹妹之間發生了爭吵，可是瑪麗安非常愛威洛比，不可能發生爭吵；不過，瑪麗安走出客廳時表情看起來是那麼痛苦，他們之間又很像發生過激烈的爭吵。

無論他們分別的原因是什麼，妹妹的痛苦的確是存在的，這讓艾莉諾不由得擔心起來，因為以瑪麗安的性格，深陷悲傷中不僅可能無法減輕痛苦，反而會使她的痛苦加劇。

大約半個小時左右，達什伍德太太回到客廳，兩眼通紅，但是神情平靜。

「親愛的威洛比現在離開巴頓好幾英里遠了，艾莉諾，他離開這裡時心情多麼沉重啊！」她一邊坐下做針線活兒，一邊說。

「他就這麼突然走了，太奇怪了！一切看起來就像是剎那間決定的事。昨晚他和我們在一起時不是還那麼幸福、那麼快樂嗎？可是現在，他在接到吩咐十分鐘後就離我們遠去，而且還不打算回來，一定發生了什麼事，只是他沒有告訴我們。他的言談舉止都很反常，不像是裝出來的，我想你也一定看出來了。究竟發生了什麼事呢？是他們吵架了？是什麼事使得他不願接受你的邀請呢？」艾莉諾說。

「艾莉諾，他並不是不想接受邀請，這一點我看得很清楚，而是他對此無能為力。我把事情的前前後後仔細思考了一番，完全可以解釋我們之前都感到奇怪和驚訝的所有事情。」

「真的嗎？」

「是的，我的分析有根有據、合乎情理。你是個猜疑心很重的人，我知道我的看法無法讓你滿意，但是你也別想說服我放棄這種看法。我相信，史密斯太太懷疑威洛比和瑪麗安在談戀愛，可是她並不贊成，也許她為威洛比另有考慮吧，所以急於讓他離開這裡，而派他去辦事不過是個藉口。威洛比也意識到史密斯太太不贊成這門親事，因而一直沒有向她承認他和瑪麗安的婚約，他又是處於依賴她的地位，所以不得不聽從她的安排，因此決定離開德文郡一段時間。我知道，你會對我的說法有意見，但我不想聽你那吹毛求疵的評論，除非你能解釋得同樣合情合理。艾莉諾，你有什麼想法？」

「沒有，因為你已經預料到我會回答什麼了。」

「你會對我說，也許是這樣，也可能是那樣。噢，艾莉諾，你真是讓人難以理解啊！你寧願往壞處想，也不願往好處想，你寧願認為威洛比有錯，讓瑪麗安陷入不幸之中，也不願替威洛比辯護。你之所以執意認為威洛比應該受到責備，只是因為他與我們告別時沒有表現出像平常那樣的深情，難道你就不能體諒他一下嗎？那可能是因為一時疏忽，或是因為這個突發事件讓他的情緒沮喪萬分所造成的嗎？只是因為這些可能性沒有得到證實，你就完全排除它們嗎？我們有無數理由去愛威洛比，卻沒有任何理由認為威洛比不好，難道你完全沒有考慮到這一點嗎？還有，雖然他沒有解釋離開的原因，可能是有不便說明的苦衷，你究竟猜疑什麼呀？」

「我也說不清楚。我們都看見了他剛才反常的言談舉止，讓人無法不懷疑一定發生了什麼不愉快的事，不過，你極力主張諒解他，你的分析也很有道理。我希望公正地評斷每一個人，相信威洛比這麼做是有他的理由的，但是，如果他把離開的原因解釋清楚，就更符合他的性格，而他卻保持沉默，這是最讓我感到奇怪的。」

「不要因為他的行為與他的性格不符而責備他，不過，你真的認為我的分析是合情合理的嗎？我很高興，這說明你也認為他沒有什麼罪過。」

「並非完全如此。向史密斯太太隱瞞他們的婚約（如果他們確實訂婚了的話），也許是明智的，如果真是這樣，威洛比離開德文郡一段時間倒不失為權宜之計，但是，這並不能成為他和瑪麗安對我們隱瞞事實的理由。」

「隱瞞我們？親愛的，你是在責備威洛比和瑪麗安嗎？你平時責備他們舉止張揚，行為缺乏謹慎，現在又責備他們隱瞞事實，真是太過分了！」

「我確定他們在戀愛，但是他們是否訂婚我可沒有證據。」艾莉諾說。

「我都堅信不疑。」

「但是，關於婚約的事，他們兩人都沒有向你提起過呀！」

「根本無須什麼語言，他們的行動已經證明了這一點。至少在過去的十四天裡，威洛比對瑪麗安和我們的態度，不是已經顯示他把瑪麗安當作未婚妻來愛嗎？不是已經顯示他把我們當作親人愛嗎？他的目光、殷勤，不是每天都顯示他是在徵求我的同意嗎？面對這些現象，難道你還對他們的婚約表示懷疑嗎？你怎麼會有這種想法呢？既然我們都確信威洛比是你妹妹的情人，那怎麼會認為他離開前不對她傾吐衷腸、不與她訂立婚約就分別了呢？他可能一別就是好幾個月呢！」

艾莉諾答道：「是啊！所有的現象似乎都顯示他們已經互定終身了，只有一點無法說明，那就是他們兩人都不談這件事，在我看來，這比任何情況都重要。」

「多奇怪啊！在他們兩人公開地做出那麼多親密行為後，如果你還要懷疑他們之間的關係的話，那威洛比在你心目中一定是個道德敗壞的人。難道這一段時間裡他對你妹妹的舉動都是假的嗎？難道你認為他對瑪麗安是虛情假意嗎？」

「我不這麼認為，我相信他一定愛瑪麗安，一定很愛！」

「但是，如果他就像你所說的那樣毫不介意就離開瑪麗安的話，那麼，他表達愛情的方式也太奇怪了。」

「請記住，親愛的媽媽，我從來就沒有肯定地認為他們已經訂婚了，我的懷疑是有理由的。不過，現在這些都不重要了，如果我們發現他們通信的話，我的種種疑慮就會煙消雲散。」

「哎呀！你可真會假設呀！如果你看見他們站在聖壇前海誓山盟，就會認為他們要結婚了！你這冷酷的丫頭！我可不需要這樣的證據。在我看來，沒有什麼事是值得懷疑的，他們做事一向坦蕩，毫不遮掩，不會故意隱瞞我們什麼。我想，你不會懷疑你妹妹，你懷疑的一定是威洛比，為什麼？難道他不是個有名譽和感情的嗎人？難道他有過見異思遷的舉動嗎？難道他是虛情假意的嗎？」

艾莉諾大聲說：「我希望不是，我也相信不是！我非常喜歡威洛比，懷疑他的誠實同樣讓我痛苦，而且我的痛苦絕不亞於你，只是我的懷疑是在不知不覺產生的。可是，他今天上午的反常態度確實讓我吃驚，他所說的話簡直不像是他說的，而且對於你慈愛的邀請，他沒有半點接受的誠意。不過，依你對他的處境的判斷來看，這一切都可以得到合理解釋，因為他剛剛和瑪麗安告別，也看見她痛苦不堪的模樣。但是，如果他為了不冒犯史密斯太太，在短時間內根本不可能回到這裡，同時，如果他覺得拒絕你的邀請會被我們認為是一個品行卑劣的人，又會使他感到窘迫不安，那麼，在此情況下，我認為他完全可以坦白地承認他的困境，這樣做更大方，也更符合他的性格，我們也會諒解他。我不是一個心胸狹窄的人，不會因為別人與我的看法有分歧，或別人的行為前後不一致，就妄加猜測和詆毀。」

「你說得好，我們的確不應該懷疑威洛比。雖然我們和他認識的時間不長，但他每年都來這裡，周圍的人對他都很熟悉，又有誰說過他的壞話呢？在我看來，如果他可以自己作主馬上結婚的話，而他卻不向我們顯示他們的婚約就一走了之，那他就值得懷疑，但情況並非如此。從某些方面看來，他們的婚約一開始就不順利，因為什麼時候結婚不是他們所能掌控的，婚期根本就遙遙無期，所以沒有對任何人說，他們現在這麼做應該是對的。」

瑪格麗特走了進來，打斷了她們的談話。艾莉諾仔細思考了一番母親的話，承認有些說法的可能性是存在的，並希望母親的分析都正確。

晚飯的時候，瑪麗安出現了，之前她們一直沒有看見她。她一言不發地坐在餐桌旁，兩眼又紅又腫，看起來彷彿竭盡全力才抑制住了淚水。她避開母親和姊妹們的目光，既不吃飯，也不說話。過了一會兒，當母親溫柔地默默撫摸她的手時，瑪麗安再也控制不住了，淚水奪眶而出，站起來跑了出去。

整個晚上，瑪麗安都處於極度的悲痛之中，她無法抑制自己的情感，也根本沒有想過要去抑制。儘管全家人都很焦急，並盡力安慰她，但是只要她們一說話，不可能完全避免談到瑪麗安和威洛比之間感情的話題，而每當有人稍微提到一點與威洛比有關的事，她馬上就崩潰了。

16

與威洛比分別的當天晚上，如果瑪麗安睡得著的話，她會認為自己是不可原諒的；而如果她第二天起床時不比上床時更需要睡眠的話，那她會覺得自己無顏見家人。正是因為瑪麗安把抑制痛苦視為丟臉的事，所以她根本無法平靜下來，整夜都沒闔眼，並且絕大部分時間都在哭泣。起床時，她頭痛、聲音嘶啞得說不出話來，既不想吃東西，也不接受母親和姊妹們的勸解，這使她們更難過。瑪麗安的悲傷之強烈超乎尋常！

早飯過後，瑪麗安獨自走出家門，在艾倫罕山谷徘徊，一會兒沉浸在對往日的歡樂回憶中，一會兒又為現實的不幸而大聲痛哭。

晚上，瑪麗安依然沉溺於失戀的悲情中，她彈奏了時常給威洛比演奏的每一首旋律，以及他們同聲歌唱的每一首歌曲，然後坐在鋼琴前凝視著威洛比為她抄寫的樂譜，直至痛苦得無法自持。就這樣，瑪麗安陷入悲傷中不能自拔，總是一連幾個小時坐在鋼琴前，又唱又哭，常常泣不成聲。她從書籍中得到的痛苦和從音樂中得到的難過是一樣的，因為她閱讀經常和威洛比一起讀的書。

這樣強烈的痛苦不可能長久持續下去。幾天之後，瑪麗安漸漸平靜了下來，變得十分憂鬱，但是，在獨自散步和沉思中，她每天都會回想那些事情，仍然不時會感受到和往日一樣強烈的痛苦。

威洛比沒有來信，瑪麗安似乎也沒有盼望收到他的信，達什伍德太太對此感到很奇怪，艾莉諾也變得不安起來。不過，達什伍德太太對什麼事情總是能找到解釋，至少這些理由可以安慰她自己。

「想想吧！艾莉諾，我們的信件通常都是由約翰．米德爾頓爵士傳遞，既然我們認為他們要保守婚約的祕密，那麼，如果約翰．米德爾頓爵士看到他們的信件，祕密就會盡人皆知了。」

艾莉諾不否認母親的說法是對的。但在她看來，找到他們保持沉默的原因才是最重要的，採取直截了當的辦法就能弄清真相，消除困擾她們多日的疑團，於是她向母親提出了建議。

「你為什麼不馬上問問瑪麗安，問她是不是和威洛比訂婚了？你是她的母親，又非常疼愛她，提出這個問題並不唐突。另外，瑪麗安從來都不隱瞞什麼，對你尤其如此。」

「我是絕對不會去問她的。如果他們沒有訂婚，這個問題會使瑪麗安受到多麼大的打擊啊！無論如何，這麼做最不應該了。我瞭解瑪麗安，知道她很愛我，如果她願意說出真相，絕不會最後一個告訴我。我不會強迫任何人說出不願意告訴別人的事情，更不會強迫自己的孩子，因為如果我去問她，基於做女兒的義務感，會使她不得不說出她想要拒絕的事。」

艾莉諾認為妹妹還很年輕，母親不應該過於放任，於是一再勸說母親去問瑪麗安，但無濟於事。這個時候，達什伍德太太滿腦子都是溺愛和信任的想法，完全失去了一般人具備的理智、關心和謹慎。

幾天過去了，家裡沒有人在瑪麗安面前提起威洛比的名字，但是約翰．米德爾頓爵士和詹寧斯太太卻並不那麼體貼人，他們的俏皮話使達什伍德母女倍受痛苦的煎熬。不過，有一天晚上，達什伍德太太偶然拿起莎士比亞的一本書，說：

「我們還沒讀完《哈姆雷特》呢！瑪麗安，親愛的威洛比沒等我們讀完這本書就走了。好吧！先把它放一邊，等他回來時……但是可能要等好幾個月呢！」

瑪麗安異常驚訝地叫道：「好幾個月？不！幾個星期都不需要。」

達什伍德太太馬上為自己說出的話感到內疚和抱歉，可是艾莉諾卻很高興，因為從瑪麗安的回答中透露出她對威洛比的信任，並顯示她瞭解他的想法。

大約在威洛比離開一個星期後，一天早上，瑪麗安終於願意與姊妹們一起去散步，而不是獨自出去。迄今為止，瑪麗安散步時總是儘量避開他人，如果姊妹們打算往山岡上去，她就朝小路上走，如果她們打算往山谷去，她就朝山岡上走。艾莉諾竭力反對對妹妹這種不與人交往的做法，在她的努力下，瑪麗安最終還是被說服了。三姊妹沿著山谷走去，大部分時間都沉默不語，一方面是因為瑪麗安回想著往事，另一方面是因為艾莉諾已經說服瑪麗安一起散步，實現了一個目的，所以不想多說什麼，以免操之過急。散步到山谷口，這裡看不到深秋季節的荒涼，廣闊的田野土地肥沃，一條路一直延伸到遠方——達什伍德一家人就是沿著這條路來到巴頓的。她們以前散步從未來過這裡，於是停下來四處眺望，仔細欣賞著山野景色。

不久，她們發現遠處一個男人策馬飛馳而來，幾分鐘後判斷出是一位紳士，此刻瑪麗安欣喜若狂地大聲叫喊起來：

「是他！是他！我知道是他！」說著急忙向前奔去。

這時，艾莉諾喊道：「瑪麗安，你看錯了，那個人不是威洛比，他沒有威洛比高，也沒有他那樣的風度。」

瑪麗安嚷道：「有！他有！你看他的氣質、衣服、馬，我敢肯定是他！我早就知道他會很快就回來。」

瑪麗安一邊說一邊往前走，而艾莉諾幾乎可以肯定那人不是威洛比，為了能在尷尬的情況下幫瑪麗安打打圓場，她快步追了上去。當距離那位紳士不到三十碼時，瑪麗安看清楚了來人的面貌，心陡然沉下來，立即轉身想往回走，這時，只聽見姊姊和妹妹高聲喊她站住，與此同時，一個熟悉的男聲傳來，也請求她止步。瑪麗安驚訝地轉過身一看，原來是愛德華．費拉爾斯。

此時此刻，愛德華是世上唯一一個因為他不是威洛比而能夠得到原諒的人，也是唯一能夠博得瑪麗安一絲笑意的人。瑪麗安忍住了眼淚，姊姊也因此感到高興，失望的心情平復了許多。

愛德華跳下馬，和她們一起步行回巴頓別墅，他是專程來此拜訪她們的。

三姊妹很熱情地歡迎了愛德華，尤其是瑪麗安，甚至比艾莉諾還要熱情。不過，在瑪麗安看來，愛德華和姊姊見面之後，他們之間依然保持著像在諾蘭莊園時的冷淡態度，尤其是愛德華，沒有表現出一個戀人應有的目光和言談舉止。他很拘謹，少言寡語，似乎見到她們並不感到快樂，對艾莉諾也沒有流露出特別的柔情。瑪麗安看著這樣的情景，越來越感到驚訝，幾乎開始有點厭惡愛德華了，不過她的心思很快又回到了威洛比身上，威洛比和愛德華的言談舉止和風度氣質形成了鮮明的對比。

一陣寒暄後，氣氛沉靜了一會兒，然後瑪麗安問愛德華是不是直接從倫敦來的，他回答說已經在德文郡待了兩週了。

「兩週！」瑪麗安驚訝萬分，感到難以理解。

愛德華與艾莉諾相距這麼近，竟然一直沒來看望她。

愛德華愁容滿面，說自己一直在普利茅斯附近，與幾位朋友待在一起。

「你最近去過蘇塞克斯嗎？」艾莉諾問。

「大約一個月前去過諾蘭莊園。」

「啊！我們親愛的諾蘭莊園現在是什麼樣子？」瑪麗安嚷道。

「我想，親愛的諾蘭莊園大概和它每年的這個時節一樣——樹林裡、小路上鋪滿了枯萎的樹葉。」艾莉諾說。

瑪麗安叫起來：「噢！那個時候，每當看著樹葉飄零，我的心情是多麼激動啊！我一邊散步，一邊欣賞著落葉在秋風中紛紛揚揚，多麼愜意啊！那裡秋天的景色太美了，多令我陶醉、迷戀啊！如今，再也沒有人去觀賞落葉了，它們只會被看作討厭的東西，迅速地被一掃而光。」

「不是每個人對於落葉都懷有和你一樣的感情。」艾莉諾說。

「沒錯，我的感情人們不常有，也時常不為人們所理解，但有時能找到知音。」說到這兒，她沉思了片刻，但很快回過神來，她開始介紹起周圍的景色。

「愛德華，這裡是巴頓山谷，好好欣賞吧！優美的景色恐怕讓你很難保持平靜了吧！掩映在樹林和種植園中的是巴頓莊園，從這裡可以望見房子的一角，而那邊，最遠處那座壯麗的山岡下面，就是我們的別墅。」

「這是個美麗的地方，不過，到了冬天，山腳下一定很泥濘。」愛德華說。

「面對這樣的美景，你怎麼會想到泥濘呢？」

他微笑著回答道：「因為，在我眼前除了美麗的景色外，還有一條泥濘的小道。」

「多奇怪的想法呀！」瑪麗安一邊走一邊自言自語。

「你們在這裡有合得來的鄰居嗎？米德爾頓夫婦討人喜歡嗎？」

「一點也不，我們的處境遭透了。」瑪麗安回答道。

艾莉諾大聲說：「瑪麗安，你怎麼可以這麼說？你怎麼能這樣不公平？米德爾頓夫婦非常值得尊敬，而且對待我們非常友好。瑪麗安，難道你忘記了他們帶給我們多少快樂的日子嗎？」

「我沒有忘記，也沒忘記他們帶給我們多少痛苦的時刻。」瑪麗安低聲說。

艾莉諾沒有再理會妹妹，開始盡力和愛德華攀談，向他介紹了她們的別墅及周圍的環境，逼得愛德華偶爾也提提問題或發表點評論。愛德華的冷淡和沉默的態度大大傷害了艾莉諾，她很難過，很氣憤，但基於禮貌，她還是決定克制自己，客氣地對待他，並沒有表現出不悅的樣子。

17

達什伍德太太見到愛德華，先是吃驚，隨即感到無比的快樂和安慰，然後親切地、熱情地歡迎他。在走進別墅之前，愛德華一直保持著羞怯、冷淡和矜持的態度，但在見到慈愛的達什伍德太太後，他變得像過去一樣令人感到親切。事實上，一個男人如果對達什伍德太太都無法愛戴和尊敬的話，那他應該也不會愛上她的女兒。艾莉諾看到愛德華開始表現出如同過去般對她們的感情，很關心她們的幸福，似乎和她們再度熱絡起來，對此她感到十分滿足。愛德華態度殷勤、親切，他稱讚了她們的家和周圍的景色，但是大家都看出來了，他的情緒依然消沉。達什伍德太太認為，愛德華悶悶不樂的原因是他沒有得到應該享有的自由，這一切都歸咎於他的母親，並表達了對所有自私自利的父母的憤慨。

「費拉爾斯太太現在對你的前途有什麼規劃呢？她還是不顧你的意願，要你成為一個偉大的政治家嗎？」晚飯後大家圍坐在壁爐前，達什伍德太太說。

「希望我母親已經明白我對從政既無興趣，又無才能。」

「那你如何揚名立萬呢？因為你必須出名才能讓你的家人開心。可是，你不喜歡花錢，不愛社交，沒有職業，又缺乏信心，要想成名實在太困難。」

「我不想這麼做，不想揚名立萬，我相信自己永遠不會有這樣的願望。感謝上帝！誰也別想強迫我加入政治家的行列中。」

「你沒有野心，我很清楚，你的願望是過普通人的生活。」

「我的願望和世上大多數人一樣平常，希望自己和其他人一樣過得幸福。不過，如同每個人得到幸福的方式各有不同，我希望能以自己的方式得到幸福，而成為名人並不能讓我實現這個願望。」

「財富或成名與幸福有什麼關係呢？」瑪麗安嚷道。

「成名與幸福只有那麼一點點關係，但是財富與幸福卻有很大的關係。」艾莉諾說。

「艾莉諾，真不害臊！當沒有什麼別的東西能帶來幸福的時候，金錢才能帶來幸福。就個人而言，除了能有一筆適當的收入滿足小康生活之外，更多的金錢並不能增添幸福。」瑪麗安說。

「也許，我們的觀點是一致的，在我看來，你所說的適當收入和我所說的財富並沒有實質性的區別。現代社會中，如果沒有金錢，就不會有舒適的生活，在這一點上我們意見相同，只不過你的觀點聽起來比我的高尚一些罷了。你所說的適當的收入是多少呢？」艾莉諾笑著說。

「一年一千八百到兩千鎊，僅此而已。」

艾莉諾笑了起來，說：「一年兩千鎊！而我所說的財富不過是一年一千鎊！喔，我早就猜到會是這個結果。」

「可是，一年兩千鎊只是一筆中等的收入呀！我想我的要求並不過分。一個家庭至少得有幾個僕人、一兩輛馬車，還有獵犬，如果收入不足兩千鎊，很難維持家庭的正常開銷。」瑪麗安說。

艾莉諾覺得妹妹如此精確地計算出的是她和威洛比將來在庫姆的家庭開銷，不禁又笑了起來。

「為什麼你要養獵犬呢？並不是每個人都打獵呀！」愛德華感到很納悶。

「但很多人都打獵呀！」瑪麗安紅著臉回答說。

「我希望有人能給我們每人一大筆財產！」瑪格麗特忽然異想天開地說。

「啊！一定會的！」瑪麗安嚷道，激動得滿面泛著紅潤的光澤，雙目炯炯有神。

「我想，我們都懷著同樣的願望，因為我們的錢不多。」艾莉諾說。

「哎呀！親愛的，如果真是這樣，我會感到多幸福啊！我簡直不知道拿這些錢去做什麼！」瑪格麗特叫起來。

瑪麗安神情自若，似乎對如何花費一大筆錢胸有成竹。

「如果我的孩子不需要我幫助的話，我也不知道怎麼花這麼一大筆錢。」達什伍德太太說。

「首先你改建這幢房子，這樣你的錢馬上就花出去了。」艾莉諾說。

「如果真的出現了這種情況，不知會有多大宗的訂單從這裡傳到倫敦啊！那些賣書的、賣樂譜的、賣版畫的，對於他們來說將是一個多麼快樂的日子啊！你，達什伍德小姐，將會買下所有有價值的版畫。瑪麗安，我瞭解她高傲的心，倫敦的樂譜根本無法滿足她的需要，當然還有書籍！湯姆森、考柏爾、司各特，瑪麗安會把他們的作品全部都買下，以免它們落入那些對他們來說毫無價值的人的手中。不是這樣嗎？瑪麗安。如果我的話冒犯了你，請你原諒，我只是想提醒你，我並沒有忘記我們過去的爭論。」愛德華說。

「謝謝你的提醒，這讓我想起過去的事情，無論它們是令人傷感的，還是快樂的，我都喜歡回憶往事，你永遠不必擔心因為提起過去而冒犯我。對於我怎麼花一大筆錢，你的設想太好了，至少我一定會用一小筆錢去購買樂譜和書籍，以充實我的收藏。」

「而你的大部分財產將作為年金提供給那些作家或他們的繼承人。」

「不！我會把這筆錢用在別的地方。」

「也許你打算把它獎賞給某個作者，因為他寫出了最有才華的文章來捍衛你的愛情準則——一個人一生中不能戀愛兩次。喔，我想，在這個問題上你的看法沒有改變吧？」

「當然不會改變。我對任何事情的看法一向都很執著，想要我改變不大可能。」

「瑪麗安還和以前一樣堅定，你明白了吧！她一點兒都沒變。」艾莉諾說。

「她只是比以前變得嚴肅了一點。」

「愛德華，不要責備我，你自己也不是很快樂呀！」

「可是，我的性格中從來就沒有快樂的成分。」愛德華嘆了口氣說。

「我認為瑪麗安的性格中也沒有快樂的成分，連活潑都談不上。她做任何事都很認真、充滿熱情，有時話很多，總是很容易激動，但她並沒有真正快樂過。」艾莉諾說。

「你說得對，不過，我認為她還稱得上是一位活潑的姑娘。」愛德華說。

「我時常反省自己的錯誤，那就是對一個人的性格的判斷大多留於表象，結果完全是一種誤解——想像一個人快樂或嚴肅、聰慧或愚蠢的程度往往與實際情況相去甚遠——我不知道為什麼會犯這樣的錯誤，也不知道引起誤解的原因。有時候，我是根據一個人所說的話去推測他的性格，更多的時候是聽到別人對他的議論，而自己卻沒有仔細思考、判斷。」艾莉諾說。

「艾莉諾，在我看來你並沒有什麼錯，完全根據別人的意見進行判斷，屈從別人的看法，這一直就是你的信條呀！」瑪麗安說。

「不！我的信條從來都不是要一個人屈從別人的看法，而是主張一個人的行為符合社會普遍認同的禮貌，你不要誤解我的意思。我承認，我經常勸告你對待朋友要注意禮貌，但是對於重大問題，我什麼時候勸說過你要採納他們的意見、遵從他們的看法？」

「看來你還沒能說服你妹妹待人處事要有禮貌啊！難道一點進展也沒有嗎？」愛德華對艾莉諾說。

「恰好相反。」艾莉諾回答道，同時意味深長地看了一眼瑪麗安。

「關於這個問題，我的觀點和你的完全一樣，但恐怕我表現出來的行為反而更像你妹妹。我從來不想無禮，但因為我天性笨拙，與人相處時總會羞怯，甚至很愚蠢，所以我的行為往往給人拘謹、冷淡的感覺。我時常想，一定是因為天性的緣故，注定了我喜歡結交下等人，而在有教養的上等人中我總是感到侷促不安。」愛德華說。

「可是瑪麗安從來就不羞怯，這不能成為她待人接物缺乏禮貌的理由。」艾莉諾說。

「瑪麗安很清楚自己的優點，她不應該感到羞怯，因為一個自卑的人才會感到羞怯，如果我有自信，就不會羞怯，我的言談舉止會十分優雅自如。」愛德華回答道。

「可是你仍然會表現得不坦率，這更加糟糕。」瑪麗安說。

愛德華睜大了眼睛說：「不坦率？我不坦率嗎？瑪麗安。」

「是的，非常不坦率。」

「我不明白你的意思，我怎麼會不坦率？表現在哪些方面？你想聽到我說些什麼呢？」愛德華紅著臉說。

艾莉諾見愛德華如此激動似乎感到很驚訝，她莞爾一笑，對他說：

「你很瞭解我妹妹，還不明白她的意思？難道你不知道，一個人只要不像她那樣說話直截了當，不像她那樣喜怒哀樂形於色，她就會認為這個人不坦率嗎？」

愛德華沒有再說話，神情又變得嚴肅了起來，呆坐著沉思默想，好長一段時間都沒有吭聲。

18

愛德華的來訪僅僅給艾莉諾帶來了一點點快樂。很明顯地，愛德華並不快樂，他在見到她們後沒有表現出興致勃勃的樣子，這讓艾莉諾大為不安。艾莉諾原本希望他能表現出過去曾經對她有過的那種情感，但是迄今為止，他對她的態度時而熱情、時而冷淡，她完全不清楚他是不是依舊喜愛她。

第二天早上，其他人還沒下樓，愛德華、艾莉諾和瑪麗安就到了餐廳。瑪麗安總是希望能盡力促進他們的感情，所以很快就離開了餐廳。可是，瑪麗安剛走上樓梯沒幾步，就聽見餐廳門打開了，她轉身一看，驚訝地發現愛德華也走了出來。

「既然早餐還沒準備好，我先到村子裡去看看我的馬，馬上就回來。」他說。

愛德華回來後，對周圍的鄉村景色大大讚賞了一番。一路上他看到了山谷的許多秀麗之處，而且因為村子的地勢比別墅高得多，景色一覽無遺，更使他感到心曠神怡。愛德華的話題一定會引起瑪麗安的興趣，她也開始讚美這些景色，並且詢問愛德華哪些景物最使他陶醉，但愛德華打斷了她的話。

「瑪麗安，你不要問得這麼詳細，我可不會描繪風景，如果要我說細節，那你一定會因為我的無知和缺乏欣賞力而感到掃興了。比方說，峻峭的山岡被我說成陡坡；本應被描述成突兀起伏、崎嶇不平的，我卻把它描述成奇形怪狀、荒涼偏僻的；在雲遮霧障中的遠景本應說成是隱約可見，我卻說成空無一物。不過，對於我發自內心的讚美，你一定會感到滿意。我說這裡的鄉村景色非常美麗：山岡陡峭，樹木成林，山谷幽靜，景色宜人，綠油油的草地上點綴著幾戶農舍。這一切正是我心目中一幅美麗鄉村的圖畫，既美麗又有實用價值。因為你的讚美，我相信它還是個風景如畫的地方，比如層巒疊嶂，萬物生長，一幅欣欣向榮的景象。不過，我看不到這些，我對風景沒感覺。」

瑪麗安說：「恐怕真是如此，你為什麼還自以為是呢？」

艾莉諾說：「我猜愛德華是為了避免一種形式的矯揉造作，結果卻落入了另一種形式的矯揉造作。在他看來，許多人虛偽地讚美自然景色，但他們其實沒有那樣的感受，愛德華討厭這種矯揉造作，於是對自然景色表現出毫無欣賞力，而實際上他的感受絕非僅此而已。」

瑪麗安說：「是啊！讚賞景色的辭彙幾乎一成不變，人人都這麼說，人人都裝出情趣高雅、感受深刻的樣子，似乎自己是第一個確定『風景如畫』含意的人，我討厭這麼做。有時候，我沒有把自己的感受表達出來，是因為除了那些陳腔濫調和毫無感情色彩的語言，我找不到別的語言來形容。」

愛德華說：「觀賞美景時，你說自己猶如身在畫中，我相信這是你的真實感受，你姊姊也應該允許我以自己的方式表達我的感受。我喜歡美麗景色，但不是按照人們普遍的審美原則去欣賞。我不喜歡盤根錯節的老樹，倒是喜歡枝繁葉茂的參天大樹，我不喜歡殘垣斷壁，不喜歡蕁麻、石南等常綠灌木，我對整齊的農舍比對瞭望塔的興趣大得多，而整潔快樂的村民比起世上最瀟灑的海盜更讓我喜愛。」

瑪麗安驚訝地看了看愛德華，又同情地看了看姊姊，艾莉諾只是微微一笑。

大家沒有再繼續談論這個話題。瑪麗安沉默地坐在那裡若有所思，忽然，一個東西吸引了她的注意。愛德華伸手去接達什伍德太太端給他的茶時，他的手在瑪麗安眼前一晃，她看見了戴在他手指上的一枚戒指，中間還夾著一綹頭髮。

「愛德華，我從沒見你戴過戒指，那是芬妮的頭髮嗎？我記得她答應給你一綹頭髮。不過，我想她的頭髮應該更黑一些。」瑪麗安叫道。

瑪麗安毫不考慮就說出了這些話，但當她發現愛德華的神情十分難堪的時候，又為自己出言不慎而感到懊悔。愛德華滿臉通紅，瞟了一眼艾莉諾，說：

「這是我姊姊的頭髮。你知道，鑲嵌在戒指裡的東西，色彩看起來總是有所改變。」

艾莉諾和愛德華的目光相遇的一瞬間，她的表情看起來同樣很不自然，她確信那綹頭髮是她的。艾莉諾和瑪麗安對那綹頭髮的判斷是一樣的，唯一區別在於：瑪麗安認為這是姊姊送給他的禮物，而艾莉諾則認為這是愛德華暗中拿到手的。不過，艾莉諾並沒有把愛德華這麼做看成是對自己的冒犯，她假裝沒注意到這件事，馬上轉換了話題，但卻暗下決心一定要找個機會好好看看那綹頭髮——毫無疑問地，這正是她自己的頭髮。

受此窘迫的愛德華更加無精打采了，整個早上神情都很嚴肅。

上午，約翰．米德爾頓爵士和詹寧斯太太聽說有位紳士來到別墅，連忙趕來拜訪。不用說，他們很快就發現費拉爾斯這個姓的第一字母是「F」，這為將來取笑艾莉諾提供了材料，如果不是因為和愛德華是初次見面的話，他們會馬上開起玩笑來。其實，當初瑪格麗特在說到愛德華的時候目光意味深長，才讓詹寧斯太太猜到了他們的親密程度。

約翰．米德爾頓爵士每次來看望達什伍德母女，不是邀請她們當天晚上去莊園喝茶，就是第二天去和他們一起吃飯。這一次，為了盛情款待她們的客人，約翰．米德爾頓爵士希望他們當天一起喝茶，第二天一起吃飯。

「今晚你們一定要和我們一起喝茶，只有我們自己家的人在一起，明天你們一定要和我們一起吃飯，因為我們家裡將會有很多客人。」約翰．米德爾頓爵士說。

詹寧斯太太也盛情邀請他們去。

「誰不知道只有你們在才可能舉行一場舞會呢！這一定讓你很感興趣，瑪麗安小姐。」她說。

「舞會？不可能！誰會跳舞呢？」瑪麗安嚷道。

「誰？嗨，除了你們，還有凱里和惠特克一家人。怎麼，你以為某一個人離開了，就沒有人會跳舞了嗎？」

「我衷心地希望威洛比能回到這裡，和我們在一起。」約翰．米德爾頓爵士大聲說。

這番話讓瑪麗安羞紅了臉。

「威洛比是誰？」愛德華疑惑地低聲問艾莉諾。

艾莉諾簡短地告訴了愛德華，他這才明白了先前使他感到迷惑不解的一些事情。等客人散去後，愛德華立即走近瑪麗安，低聲說：「我一直在考慮是否把我的想法告訴你。」

「什麼意思？」

「要我告訴你嗎？」

「當然。」

「好吧！我猜想威洛比先生喜歡打獵。」

瑪麗安大吃一驚，但是當她看見愛德華不露聲色的狡黠神情時，又忍不住笑了。停頓了一下，她說：

「嗨，愛德華，你在說些什麼呀？不過，會有那麼一天……我希望……相信你一定會喜歡他的。」

「對此我並不表示懷疑。」愛德華回答說。

看到瑪麗安渴望和激動的表情，愛德華感到很驚訝，因為他本來以為威洛比和瑪麗安之間的戀情只是一種猜測，或他們根本就沒有什麼關係，只是大家為了找樂子而開開玩笑罷了，否則他是不會冒昧說出剛才那些話的。

19

愛德華在巴頓別墅逗留了一個星期。達什伍德太太熱情地挽留他多住幾天，但是他好像喜歡自尋煩惱似的，在朋友們玩得十分盡興時卻堅決要走。最後兩、三天，雖然愛德華還是有些消沉，但比起剛來的時候已大不相同。對於巴頓別墅和周圍的環境，他越來越有感情，每當提起要離開時總是嘆息不已。他說自己從來沒有感覺到一個星期會過得這麼快，簡直不敢相信時間已經消逝了，甚至不知道離開這裡後該去哪兒，但他還是必須得走；他在諾蘭莊園過得並不快樂，他也討厭住在城裡，但他離開這裡後卻只能去兩個地方——去諾蘭莊園或去倫敦；他非常珍惜與她們之間的情誼，他的最大快樂就是和她們在一起。就這樣，愛德華反反覆覆地念叨著，顯示他的感情與他的行為是矛盾的。總之，儘管他和她們都希望他留下來，儘管他有的是時間，但他還是只能在這裡待上一週。

艾莉諾認為愛德華之所以會有這些令人驚訝的舉止完全是他母親造成的，這個想法讓她感到些許安慰，因此，儘管她感到失望、苦悶，有時還會因為愛德華對自己忽冷忽熱的態度而生氣，但她還是決定寬容和尊重他的行為。在艾莉諾看來，愛德華之所以憂鬱、不坦率，舉止反覆無常，是因為他不能獨立自主，也歸因於他深知母親的性格和心機，這次就是一個典型的例子，他來訪時間之短暫，離開時態度之堅決，原因都在於他的行為是受到限制的，因為他不得不順從母親的意志。從古至今，從來都是子女服從父母，子女對父母的義務永遠高於子女自己的願望，艾莉諾渴望看到這些陳舊觀念不復存在，費拉爾斯太太不再以母親的身分強迫自己的孩子，愛德華能夠得到自由和幸福，但是這些不過是虛妄的幻想，她只能面對現實。為了使自己稍感安慰，艾莉諾回憶起在諾蘭莊園的美好時光，相信愛德華對她的愛情，並回想起他這次來巴頓期間從目光和言語中流露出的所有愛慕之情，尤其是他戴在手指上的那個愛情信物。

愛德華在巴頓莊園的最後一天，吃早餐時達什伍德太太說：

「我認為，如果你有工作，而且對你自己的計畫和行動充滿興趣的話，那你會過得比現在快樂。當然，這對你的朋友們來說是一個損失，因為你不可能再有這麼多時間和他們在一起了，但是——」說到這兒她微微一笑，「至少有一點對你是有好處的，那就是當你離開他們的時候知道自己該往哪裡去。」

愛德華回答說：「說實話，關於這個問題我也考慮了很久。我沒有事務纏身，沒有工作可做，也沒有一點自主的權利，無論是對我的過去、現在，還是將來，永遠是一大不幸。都是因為我和我的朋友對工作過於挑剔，才變成了現在這個樣子，成了懶散、沒用的人。我們在選擇職業上從來無法達成共識，我一直喜歡做牧師，可是我的家人覺得這個職業不夠高貴，而我的朋友們喜歡做軍人，我卻認為自己無法勝任。在別人看來，律師是很體面的職業，許多在律師事務所工作的年輕人出入上流社會，風度翩翩，駕著時髦的雙馬雙輪馬車在城裡兜風，可是我不想當律師，也不打算從事和法律有關的工作，儘管這些是我的家人竭力主張的。至於海軍，這倒是一個很時髦的職業，只是當第一次提及這件事時我的年齡已經太大了。總而言之，既然我穿不穿紅制服（指參加英國軍隊）都一樣可以神氣自在，一樣能隨意揮霍錢財，既然我不是非得有個職業不可，那麼，無所事事就是最好的生活方式了，而且對於一個十八歲的年輕人來說，通常無法抗拒朋友邀約玩樂的誘惑，最後的結果是，我進了牛津大學，從此以後就真的一直無所事事。」

「我想，這麼做的一個後果可能會是，因為你並沒有從閒散的生活中獲得快樂，所以你會培養你的兒子們從事各種的職業。」達什伍德太太說。

「我會儘可能把他們培養成不像我的樣子，無論是在感情上，還是在行動上、家庭和社會地位上，所有方面都不要像我。」愛德華嚴肅地說。

「好了，好了，不要再說了，愛德華，你只是因為現在情緒消沉才會說出這樣的話，因此以為所有不像你的人都很快樂，但是你別忘記，每個人都有痛苦，無論他們所受的教養如何，也無論他們所處的地位如何。你想要找到屬於你自己的快樂，不需要做別的，只要有耐心——或把它稱之為希望，你母親總有一天會把你渴望的自由還給你，這是她的義務。相信我，不久後，你母親一定會讓你不再荒廢青春歲月。喔，幾個月的時間會帶來多大的改變啊！」

「我想，可能再過許多個月對我也沒有意義。」愛德華回答。

在接下來的告別中，愛德華的絕望情緒使她們更加傷感，尤其是艾莉諾，傷感中還平添了幾分痛苦。不過，艾莉諾決心克制自己的感情，不讓自己因為愛德華的離去而表現得比其他人更加難受。當然，她一定不會採取瑪麗安的方法——在沉默和孤獨中追憶過去，使自己陷入更加痛苦的深淵。

愛德華剛離開別墅，艾莉諾就坐到畫桌前，一整天忙個不停，既不回避說起愛德華，又像往常一樣關心家務。這麼做或許沒能減輕她的悲傷，但至少她的母親和妹妹們不必為她感到憂慮了。

不過，在瑪麗安看來，姊姊的做法並不值得稱許。艾莉諾很容易地克制住自己的感情，但如果她心中有著強烈的愛情，是不可能做到的；而如果她心中有的只是冷靜的愛情，那麼，這種愛情並沒有多大的價值。最後，瑪麗安確認姊姊的愛情是冷靜的，也因而襯托出自己的愛情有多強烈，儘管承認這一點讓她感到臉紅，儘管她仍然非常喜愛、非常尊敬姊姊。

其實，艾莉諾的感情並不像她妹妹想像的那樣。每當空閒下來時，她就會想起愛德華，想起他的言談舉止，總是充滿複雜的情感——有柔情，有憐憫，有滿意，有責備，有懷疑。每當母親和妹妹們因忙於家務而沒空和她說話的時候，她就會陷入孤獨之中，思緒自由地馳騁，在回憶、思考和遐想中，腦海裡會浮現出各種已經發生和將來可能發生的事情。

愛德華走後不久的一天早上，艾莉諾正坐在畫桌前，一群人的到來打斷了她的沉思。當時，艾莉諾一個人在家，聽見前面小院的門打開了，於是她向窗外望去。正好有幾個人朝門口走來，其中有約翰·米德爾頓爵士、米德爾頓夫人和詹寧斯太太，另外還有兩個人，一位紳士和一位小姐，但她並不認識。約翰·米德爾頓爵士看見坐在窗戶旁的艾莉諾，便讓別人去敲門，自己逕自穿過草坪，請她打開窗子說話。其實，窗戶離門很近，在這兒說話不可能不被聽見。

「喂，我們帶來了幾個客人，你喜歡他們嗎？」約翰．米德爾頓爵士說。

「噓！他們會聽見的。」

「沒關係，他們是帕爾默夫婦。我跟你說，夏洛蒂很漂亮，你從這兒就可以看見她。」

艾莉諾想到很快就能見到她，於是沒有做出失禮的舉動，還請他原諒。

「瑪麗安在哪兒？是不是看我們來就跑了？她的鋼琴還是打開著的。」

「她可能是去散步了。」

這時，詹寧斯太太實在等不及進屋後再說話，她一邊大聲說話一邊走向窗邊：

「你好，親愛的，達什伍德太太好嗎？你的兩個妹妹在哪兒呢？就你一個人在家？我把我的另一個女兒和女婿帶來看望你們啦，要是你知道他們是怎麼突然決定來這裡的，一定覺得很有趣。昨天晚上，我們正在喝茶的時候，我聽見了馬車的聲音，以為是布蘭登上校回來了，於是對約翰．米德爾頓爵士說：『我聽見了馬車的聲音，也許是布蘭登上校回來了……』」

詹寧斯太太講到一半，艾莉諾不得不轉身去迎接其他人。這時，達什伍德太太和瑪格麗特從樓上下來，米德爾頓夫人介紹了兩位客人，大家一邊坐下一邊相互打量著。詹寧斯太太在約翰．米德爾頓爵士的陪同下穿過走廊走進客廳，繼續講著她的故事。

帕爾默夫人比米德爾頓夫人年輕幾歲，兩姊妹一點也不相像。帕爾默夫人小巧玲瓏，身材豐滿，容貌十分漂亮，臉上的表情給人和善、脾氣很好的感覺。她的舉止雖然不像她姊姊那麼優雅，但卻很討人喜歡，她微笑著走進來，直到離開都保持著微笑。她的丈夫大約二十五、六歲，表情嚴肅，看起來比他妻子更時尚、更有見識，但卻不像他妻子那樣具有親和力。他目中無人地走進客廳，只是向女士們微微地點了點頭，然後稍稍打量了一下她們及客廳，接著就拿起桌上的一份報紙，一直讀到離開為止。

帕爾默夫人就完全不一樣囉！她天性樂觀，很有禮貌，幾乎從一進來她就開始對客廳及每一件擺設都讚不絕口。

「喔，多麼可愛的客廳啊！喔，我從沒見過這麼漂亮的擺設！媽媽，想想看，這兒自從我上次來過之後發生了多麼大的變化啊！我一直認為這是一個非常棒的地方。」

她轉向達什伍德太太繼續說：「你把它裝飾得這麼漂亮！姊姊，看看這些擺設，多漂亮啊！我好喜歡這房子啊！你不喜歡嗎？帕爾默先生。」

她的丈夫沒有理睬她，依舊低頭看著報紙，甚至連眼皮也沒有抬一下。

「帕爾默先生沒聽見我的話。」夏洛蒂依然笑著繼續說：「他常常聽不見，真是的！」

達什伍德太太從來沒見過有人能從別人的冷淡態度中獲得快樂，這對她來說倒是挺新鮮的，禁不住驚詫地看著他們倆。

與此同時，詹寧斯太太繼續高聲談論著昨晚女兒女婿意外出現的情景，並一口氣講完了整個經過。帕爾默夫人回想起當時令大家驚愕的樣子，不禁開心地大笑起來。

「你可以想像我們當時是多高興啊！」

詹寧斯太太側身對艾莉諾低聲說，就像不想讓別人聽見似的，其實誰都能聽見。

「不過，我還是希望他們不要趕路，他們是去倫敦辦事專程繞道過來的，你知道——」她指指女兒，繼續說：「她身子不方便。我原本要她上午待在家裡好好休息，可是她太想見你們一家人了，一定要跟我們一起來。」

帕爾默夫人笑了，並說這沒有什麼大礙。

「她二月就要分娩了。」詹寧斯太太補充道。

米德爾頓夫人對這樣的談話無法忍受，於是問帕爾默先生報上有沒有什麼新聞。

「沒有，什麼也沒有。」他回答說，然後繼續看報。

「瑪麗安回來了，帕爾默，你會看到一位非常漂亮的小姐了。」約翰．米德爾頓爵士大聲說。

爵士隨即走到走廊，打開門，親自把瑪麗安迎進來。瑪麗安剛一進門，詹寧斯太太就問她是不是去艾倫罕山谷了，帕爾默夫人聽到這話開心地笑起來，顯示她明白其中的含意。帕爾默先生抬頭打量了瑪麗安一會兒，然後又低頭看報紙了。這時，掛在牆上的畫吸引了帕爾默夫人的目光，她站起來仔細地觀賞。

「天哪，親愛的，多美的畫啊！喔，太可愛了！快來看看，媽媽，多漂亮啊！這些畫真迷人，我一輩子都看不厭。」然後她坐下來，很快就把這些畫給忘了。

米德爾頓夫人起身告辭的時候，帕爾默先生也跟著站了起來，他放下報紙，伸伸懶腰，環顧了一下四周。

「親愛的，剛才你睡著了嗎？」他妻子笑著問。

帕爾默先生沒有回答，又看了看客廳，說天花板很低矮、有點傾斜，然後向她們點了點頭，告辭而去。

約翰·米德爾頓爵士一定要達什伍德母女次日到他家做客，但是達什伍德太太覺得她們去莊園吃飯的次數遠遠超過了他們來別墅吃飯的次數，於是謝絕了爵士的邀請，至於女兒們是否前去，由她們自己決定。達什伍德姊妹並無興致與帕爾默夫婦一起吃飯，也不指望能從他們那兒獲得多少快樂，便以各種藉口婉謝，比如「天氣不好」、「明天不像是晴天」等等，但約翰·米德爾頓爵士根本不管她們說什麼，一定要她們去，還說會派馬車來接人。與此同時，米德爾頓夫人雖然沒有勉強達什伍德太太，卻極力勸說她的女兒們，詹寧斯太太和帕爾默夫人也懇求她們去。最後，達什伍德小姐們不得不接受了邀請。

他們剛走瑪麗安就說：「為什麼一定要邀請我們呢？聽說我們付的房租算是比較便宜的。還有，如果誰家裡來了一個客人都要邀請去莊園吃飯的話，那我們就太不自由了。」

「他們的邀請既禮貌又充滿善意，只是和幾個星期前比較起來更頻繁而已，如果我們覺得這種聚會變得無聊、乏味的話，問題也不在他們那裡，而是我們必須從別的地方尋找樂趣。」艾莉諾如此說。

20

第二天，當達什伍德小姐們走進莊園的客廳時，帕爾默夫人從另一個門跑進來，看起來和昨天一樣溫和、開心。她熱情地和她們握手，表示再次見到她們感到非常快樂。

「真高興見到你們！」她說著，在艾莉諾和瑪麗安中間坐下，又繼續說：

「今天天氣不好，我還擔心你們不來了，要是你們不能來就太遺憾了，因為我們明天就要走了，韋斯頓一家下星期要去拜訪我們。噢，對我來說，來這裡完全是很意外的事，馬車快到了我都不知道，直到帕爾默先生問我想不想和他去巴頓。太可笑了，他做任何事從來不預先告訴我！真遺憾不能在這裡多待幾天，希望我們很快能在城裡見面。」

達什伍德小姐們馬上打消了她的念頭。

帕爾默夫人笑著大聲說：「如果你們不去，我會非常失望。放心吧！我可以在漢諾威廣場我們房子旁邊為你們找到世界上最舒適的房子，你們一定要來。如果達什伍德太太不願意和你們一起來，我保證隨時陪伴你們，直到我生產。」

她們向她表示感謝，但還是謝絕了她的邀請。

帕爾默夫人對剛走進客廳的丈夫說：「嗨，親愛的，幫我勸一下達什伍德小姐們，我希望他們今年冬天到城裡來。」

她的親愛的沒有回答，在微微向小姐們點點頭後，開始抱怨起天氣來。

「這鬼天氣！這樣的天氣使所有的人和事都變得令人討厭，在家裡和在外面一樣使人感到乏味。約翰．米德爾頓爵士為什麼不在家裡設一間彈子房呢？真正懂得什麼是舒適生活的人簡直寥寥無幾，約翰．米德爾頓爵士和這鬼天氣一樣愚蠢。」

其他人很快來到了客廳。

「瑪麗安小姐，你今天沒辦法像往常一樣去艾倫罕散步吧！」約翰．米德爾頓爵士說。

瑪麗安表情嚴肅，一言不發。

帕爾默夫人說：「哎呀！別不好意思，我們都知道這件事了。我非常佩服你的眼光，他長得太帥了。我們在庫姆的房子距離他家不遠，不超過十英里。」

「幾乎有三十英里呢！」她丈夫說。

「好啦，這沒什麼區別。我沒去過他家，但大家都說那房子很可愛。」

「在我看來，和我見過的其他房子一樣令人討厭。」帕爾默先生說。

瑪麗安仍然一言不發，但從她的表情可以看出她對他們的談話很感興趣。

帕爾默夫人接著說：「那房子很難看嗎？我想，那一定是其他地方很漂亮。」

當大家在餐廳就座後，約翰．米德爾頓爵士為只有八個人進餐而感到遺憾。

爵士對他夫人說：「親愛的，就這麼幾個人，太掃興了，你今天為什麼沒邀請吉伯特一家人呢？」

「剛才你就問過了，我不是已經告訴你了嗎？他們昨天剛和我們一起吃過飯，今天是不會來的。」

詹寧斯太太說：「約翰．米德爾頓爵士，我們都不該太拘泥於禮貌。」

「那你們就太沒教養了。」帕爾默先生大聲說。

「親愛的，你跟誰都過不去，難道你不知道這麼做很無禮嗎？」他妻子和平常一樣笑著說。

「我不知道在說你母親沒教養這件事上和誰過不去了。」

「哎呀！隨你怎麼斥責我，無所謂啦，要知道，你已經把夏洛蒂從我身邊娶走了，想退也不行了，是我占便宜呢！」詹寧斯太太幽默地說。

夏洛蒂想到她丈夫不能擺脫她，便開心地大笑了起來，又得意洋洋地說，既然注定要生活一輩子，那麼，無論他對她怎麼粗暴，她也不會在意。

任何人都比不上帕爾默夫人（夏洛蒂）的好脾氣，或說比她更能自我安慰、自尋快樂，面對丈夫的冷漠、無禮和不滿，她一點也沒有感到痛苦，而當他斥責她時，她反而覺得非常有趣。

她低聲對艾莉諾說：「帕爾默先生就是這麼古怪，總是愛發脾氣。」

艾莉諾觀察了一會兒帕爾默先生，發現他並不真的像他所表現的那樣暴躁、缺乏教養。也許，帕爾默先生像許多男人一樣，因為自身偏執於美貌，結果成了一個愚蠢女人的丈夫，因此脾氣變得暴躁。不過，在艾莉諾看來，男人犯這樣的錯誤是常見的事，凡是有點理智的人都不會讓自己因此受到傷害，因此，她相信帕爾默先生之所以鄙視一切事物，完全是因為他希望自己能因此與眾不同。其實，這種想要與眾不同的動機，根本不足為奇，但他竟然採取了這樣極端的方法反倒是令人訝異！儘管帕爾默先生希望顯得與眾不同，但除了他的妻子外，似乎不可能有人喜歡上他。

帕爾默夫人說：「喔，親愛的達什伍德小姐，今年耶誕節時，我能否邀請你和你妹妹來克利夫蘭住些日子？你們一定要來，那時韋斯頓一家也在我們家做客呢！你無法想像我將會多麼高興啊！一定令人非常愉快！」她對她丈夫說：「親愛的，難道你不希望達什伍德小姐們到克利夫蘭來嗎？」

帕爾默先生帶著一絲冷笑說：「當然，我來德文郡沒有其他的目的。」

帕爾默夫人說：「聽見了吧！我丈夫也希望你們去，所以你們不能再拒絕了。」

她們依然懇切而堅決地拒絕了她的邀請。

「你們一定要來，你們一定會非常喜歡那個地方，你們無法想像克利夫蘭是一座多麼可愛的城市。喔，現在我可開心啦，因為帕爾默先生總是四處進行競選演說，有好多人來我們家一起吃飯，真是太有趣了！不過，他真是可憐，他太累了，因為他得取悅每個人。」

艾莉諾心裡對此表示贊同。在她看來，那對於帕爾默先生來說確實是一種沉重的負擔，這個想法也表現在了她的臉上。

夏洛蒂說：「如果他真的進入了議會，一定會很有趣，不是嗎？那時我會高興得開懷大笑！

所有寄給他的信件上都帶有『議員』字樣，該有多好玩啊！但他說過他永遠也不會寄免費信件給我，是不是啊？帕爾默先生。」

帕爾默先生沒有理睬她。

夏洛蒂接著說：「要他寫信他可辦不到，你知道，他說他討厭寫信。」

帕爾默先生說：「我從沒說過這麼荒謬的話，不要把你的想法強加給我。」

「瞧，你們看到他有多古怪、滑稽了吧！他總是這個樣子，有時半天不和我說話，有時又會說出一些離奇古怪的話。」

回到客廳後，夏洛蒂問艾莉諾是否很喜歡帕爾默先生，這讓艾莉諾大吃一驚。

「當然啊！他看起來非常謙和。」

「那麼，你喜歡他囉，我太高興了，我知道你會喜歡他的，他是那樣地令人愉快。我告訴你，帕爾默先生非常喜歡你們三姊妹，如果你們不去克利夫蘭，他會很失望。我實在想不通你們為什麼會拒絕。」

艾莉諾再次謝絕了她，並且很快地轉移了話題。艾莉諾想，米德爾頓夫婦對威洛比的瞭解是有限的，而帕爾默夫人與威洛比住在同一個地方，或許對威洛比的為人比較瞭解，她熱切地希望能聽到有人說他很好，免得再為瑪麗安擔心了。於是艾莉諾詢問帕爾默夫人在克利夫蘭是否經常見到威洛比，是否和他來往密切。

帕爾默夫人回答：「親愛的，我非常瞭解他，我並不常和他說話，但經常在城裡見到他。不知道怎麼回事，每次他去艾倫罕時，我都不在巴頓，我母親在這裡也只見過他一次，當時我跟舅舅住在韋默思。我想，威洛比先生待在庫姆的時間很少，即使他經常去那裡，帕爾默先生也不會去拜訪他，因為他是反對黨，更何況我們兩家相隔太遠。我知道你為什麼要打聽他，因為你妹妹將要嫁給他了，我很開心啊，因為到時候我就能和你妹妹當鄰居了。」

艾莉諾回答說：「哎呀！如果你對這門婚事這麼有把握的話，那麼你一定比我更瞭解內情了。」

「不要否認了，大家對這件事一直議論紛紛，我也是在路過城裡時聽說的。」

「真的嗎？親愛的帕爾默夫人。」

「我以名譽擔保，確有其事。星期一上午，我在邦德街遇見了布蘭登上校，他直截了當地把這件事告訴了我。」

「真令人吃驚！你說是布蘭登上校告訴你的？你一定是搞錯了。把這樣的事情告訴一個毫無關係的人，即使這件事是真的，我也不相信布蘭登上校會這麼做。」

「但是，我保證的確如此，而且我還可以把事情的來龍去脈告訴你。我們遇見上校之後，他轉回身和我們一邊走一邊聊。開始時我們一直在談我姊姊和姊夫的事情，後來我對他說：『對了，上校，聽說有一家人住進了巴頓別墅，我母親來信說她們姊妹長得都很漂亮，其中一位小姐要和庫姆的威洛比先生結婚了，這是真的嗎？當然，你一定知道這件事，因為你才從德文郡回來不久。』」

「上校怎麼說？」

「他沒說什麼，但看他的神情好像知道這件事似的，所以我就確信無疑了。什麼時候舉行婚禮呢？」

「布蘭登先生還好吧？」

「他很好，他對你可是稱讚有加呢！」

「我很高興能得到他的誇獎。我覺得他這個人非常好，非常討人喜歡。」

「我也這麼認為。他是個很好的人，可惜太嚴肅、太憂鬱了，我母親說上校也愛上了你妹妹，我敢向你保證，如果他真的愛上了你妹妹，那真是一種極高的敬意，因為他幾乎沒愛上過什麼人。」

「威洛比先生在薩默塞特郡附近很有名吧？」艾莉諾問。

「是非常有名，這並不是說許多人都認識他，畢竟庫姆離我們那兒太遠，而是大家都認為他是一個很好相處的人。無論他走到哪裡，都非常受到歡迎，你可以把這話告訴你妹妹。我以名譽擔保，你妹妹能嫁給他真是太幸運了，當然他能娶到你妹妹更是他的福氣，因為你妹妹太漂亮、太討人喜歡了。不過，我認為你比你妹妹更漂亮，真的！其實你們兩個都很漂亮，帕爾默先生一定也這樣認為，只是昨晚我們沒能讓他承認這一點罷了。」

雖然帕爾默夫人提供的威洛比的情況微不足道，不過任何有利於他的證明，都讓艾莉諾感到高興。

「很高興我們相識了。」夏洛蒂繼續說：「我希望我們永遠是好朋友，你無法想像我是多麼渴望見到你呀！你住在別墅裡，實在是太好了，沒有什麼事能使人感到這麼快活！而且更讓人開心的是，你妹妹就要嫁給一個出色的紳士了！我希望你將來能長住在庫姆，那是個可愛的地方呢！」

「你和布蘭登上校認識很久了吧？」

「是很久了，自從我姊姊結婚時起我就認識他了，他是約翰．米德爾頓爵士的好朋友。我相信——」她小聲說：「如果有可能的話，他會很高興和我結婚的。我姊姊和姊夫曾經很希望我們結婚，但我母親不同意，要不然約翰．米德爾頓爵士就會向上校說這件事，而我們馬上就會結婚。」

「約翰．米德爾頓爵士向你母親提出這個建議前，布蘭登上校知道此事嗎？他從來就沒有向你表白過愛意？」

「喔，沒有，可是如果我母親不反對的話，我敢說他一定會娶我，而且那時我還在上學，他只見過我兩次。無論如何，現在的我很幸福，因為帕爾默先生正是我喜愛的那種男人。」

21

第二天，帕爾默夫婦回克利夫蘭去了，又只有巴頓的兩家人以禮相待了。

對於帕爾默夫婦，艾莉諾一直充滿好奇——為何夏洛蒂總是無緣無故感到快樂，帕爾默先生能力出眾卻行事簡單粗暴，而夫妻之間竟然存在如此奇怪而不協調的關係——這些疑問在艾莉諾的腦海中久久縈繞。但沒過多久，熱中於社交活動的約翰．米德爾頓爵士和詹寧斯太太又讓艾莉諾結識了不少新朋友，因而沖淡了她對帕爾默夫婦的記憶。

一天上午，他們在去埃克塞特的路上遇見了兩位小姐，詹寧斯太太欣喜地發現她們竟是她的親戚，約翰．米德爾頓爵士立刻熱情地邀請她們去巴頓莊園，在這種情況下，兩位小姐的所有約會自然取消了。約翰．米德爾頓爵士返家後，米德爾頓夫人得知馬上會有兩位自己不認識的小姐來訪時，不禁大吃一驚，開始擔心了起來，因為她不知道兩位小姐是否優雅，是否懂禮貌，更糟糕的是，她們還是親戚呢！詹寧斯太太試圖安慰女兒，勸她不要太在意，畢竟她們是表姊妹，應該相互容忍，但結果適得其反。

既然不可能阻止兩位小姐的到訪，米德爾頓夫人決定順其自然，以一個具有良好教養的女人應有的態度去接待她們，而每天就此事責備丈夫五、六次已經讓她心滿意足了。

兩位小姐來到巴頓莊園，她們不僅衣著入時，舉止更是得體，看起來絕不是那種缺乏教養的人。她們很喜歡莊園，對房子裡的擺設讚不絕口，她們還非常溺愛孩子，這讓她們來到莊園不到一個小時就博得了米德爾頓夫人的好感，並當眾稱讚她們是非常討人喜歡的姑娘，這話出自米德爾頓夫人之口，實在是極高的讚賞，夫人的一番話也讓約翰．米德爾頓爵士對自己的眼力更充滿自信，於是他立即直奔別墅，把兩位斯蒂爾小姐來訪的消息告訴了達什伍德小姐們，並說斯蒂爾姊妹是世界上最可愛的姑娘。不過，艾莉諾很清楚約翰．米德爾頓爵士的話並不足以採信，因為在英格蘭到處都能碰見世界上最可愛的姑娘，而她們在身材、容貌、脾氣和教養方面卻千差萬別。約翰．米德爾頓爵士熱切地希望達什伍德一家人馬上步行去莊園見他的客人——真是個熱情、善良的人啊！甚至恨不得把每一個遠親都介紹給別人，否則他會感到難過的。

「你們一定得去，你們非去不可，我已經說你們會去的。你們想像不到自己會多喜歡她們，露西漂亮極了，而且性格溫和，孩子們和她玩得很開心，就像老朋友似的，她們兩人也非常想見你們，因為她們在埃克塞特就已聽說你們是世界上最美麗的人，我告訴她們，你們比別人所說的要漂亮很多。我敢肯定，你們一定會喜歡她們的，她們給孩子們帶來了一馬車好玩的東西。噢，你們怎麼能不去呢？她們也算是你們的親戚，因為你們是我的表妹，而她們是我太太的表妹。」

不過，約翰．米德爾頓爵士沒能說服達什伍德小姐們，她們只答應他在一、兩天內去莊園拜訪，他對她們如此漠然的態度深感驚訝。回到家後，約翰．米德爾頓爵士向兩位斯蒂爾小姐吹噓了一番達什伍德小姐們的魅力，就如同剛才向達什伍德小姐們吹噓兩位斯蒂爾小姐一樣。

達什伍德小姐們如約來到巴頓莊園，並被介紹給兩位小姐。在她們看來，那位姊姊——南茜將近三十歲，外表十分普通，給人呆板、遲鈍的感覺，沒什麼值得稱讚的，而妹妹露西外表出眾，大約二十二、三歲，容貌美麗，目光敏銳，給人活潑、機靈的感覺。兩位斯蒂爾小姐的舉止很有禮貌，而當艾莉諾看見她們怎樣殷勤地去討好米德爾頓夫人時，很快意識到她們具有某種不同尋常的德行。她們總是不厭其煩地稱讚米德爾頓夫人的孩子長得漂亮，也和他們一起玩耍，滿足他們的各種奇想，除此之外的時間，她們就極力地讚美夫人所做的一切事情，比如，如果夫人穿了一件新式服裝，那她們一整天都會沒完沒了地稱讚。對於一個溺愛子女的母親來說，最希望別人稱讚她的孩子，而且無論怎樣的誇獎她都能接受和相信，斯蒂爾姊妹正是抓住了夫人的心理，極力地阿諛奉承，因此，姊妹倆對孩子們的溺愛和容忍，在夫人看來根本沒什麼好奇怪的。看到兩位表姊妹甘心忍受孩子們的捉弄和惡作劇，米德爾頓夫人感到很得意，開心地看著孩子們解開她們的彩色髮帶、把針線袋翻得亂七八糟、偷走刀子和剪刀。夫人相信他們是在嬉戲，因而對艾莉諾和瑪麗安毫無興致地坐在一旁感到十分訝異。

看見大兒子約翰把斯蒂爾小姐的手帕扔出窗外，夫人說：

「約翰今天是真開心啊！他總是有那麼多的鬼把戲。」

一會兒，小兒子使勁擰斯蒂爾小姐的手指，夫人帶著憐愛的口吻說：「威廉好皮啊！」

夫人一邊溫柔地撫摸著已有兩分鐘沒吵鬧的三歲的女孩，一邊說：

「喔，我可愛的安娜瑪麗亞，總是這麼安靜，還沒見過這麼安靜的小東西呢！」

不幸的是，夫人在擁抱女兒時頭飾上的別針在孩子的脖子上輕輕劃了一下，這個安靜的小東西突然發出刺耳的尖叫聲，做母親的頓時不知所措，斯蒂爾姊妹更是驚恐萬分。為了安撫孩子，三人極盡所能，但是，正如愛憐能緩減痛苦一樣，愛憐同樣也能啟發痛苦。小女孩坐在母親膝上，臉蛋上印滿了吻，一位斯蒂爾小姐跪在地上在傷口上塗抹藥水，另一位斯蒂爾小姐往小東西嘴裡塞糖果。既然眼淚可以換來這麼多好處，這個聰明的小東西是不會停止哭泣的，她一邊繼續使勁哭鬧，一邊用腳踢來安慰她的兩個哥哥。就在大家束手無策時，米德爾頓夫人忽然想起，上星期一女兒的鬢角擦傷了，也是大哭不已，最後吃了杏子醬才停止了哭鬧。當大家提議採取同樣辦法的時候，小女孩的尖叫聲稍微有所停歇，這讓大家更有理由相信這種「藥」是不會遭到拒絕的，於是母親抱著女兒去找這種「藥」，兩個男孩也跟著母親一起出去了。現在，房間裡只剩下四位小姐，總算安靜下來了。

夫人和孩子們剛走，斯蒂爾小姐（南茜）就說：

「可憐的小東西！差一點釀成不幸。」

瑪麗安嚷道：「這有什麼大不了的？你們根本是小題大做，沒有什麼值得驚慌的。」

「米德爾頓夫人真是個可愛的女人啊！」露西說。

瑪麗安沒有說話，因為無論什麼場合，要她說出奉承的話是絕對辦不到的，這個時候，說謊話的責任往往由艾莉諾承擔。艾莉諾儘可能以一種比自己的真實感情更加熱烈的口吻來談論米德爾頓夫人，儘管這種熱烈程度遠遠不及露西小姐。

「約翰．米德爾頓爵士也是，他是多和藹的人啊！」南茜大聲說。

關於約翰．米德爾頓爵士，艾莉諾的評價簡單而公正，只說他脾氣好，待人親切。

「還有，他們的家庭多美滿啊！我從沒見過這麼可愛的孩子，太討人喜歡了，我實在太愛孩子了。」

「從今天上午的情形來看，的確是如此。」艾莉諾帶著一絲笑意說。

露西說：「我倒有一個想法，你好像認為孩子們被寵壞了。也許，他們吵鬧得是有點過分，但在米德爾頓夫人看來卻是非常自然的，而我也喜歡活潑機靈的孩子，不喜歡靦覥害羞、循規蹈矩的孩子。」

艾莉諾答道：「說實話，當我待在巴頓莊園的時候，從來沒有感到靦覥害羞、循規蹈矩的孩子令人討厭。」

話一說完，屋內沉默了下來。不過，南茜很快就打破了尷尬的局面，突然說：

「達什伍德小姐，你喜歡德文郡嗎？我想你離開蘇塞克斯時一定非常難過。」

這話問得十分唐突，而且是隨隨便便地提出來，令艾莉諾感到十分驚訝，只好回答說確實深感遺憾。

「諾蘭莊園一定很美吧？」南茜繼續問。

「我們是聽約翰．米德爾頓爵士說的，他非常讚賞那個地方。」露西說，語氣裡透著歉意，看起來她似乎覺得姊姊說話有些放肆。

「我想，無論是誰，只要見到過它都會稱讚的，儘管任何人都不可能像我們那樣評價它的美麗。」艾莉諾回答道。

「你們那裡有許多風流倜儻的年輕人吧？我想在德文郡不會有那麼多。」

「為什麼你認為德文郡有教養的年輕人沒有蘇塞克斯多呢？」露西說，似乎為她姊姊感到羞愧。

「我並不是說這裡沒有，而且我認為埃克塞特一定有許多漂亮的公子哥兒。可是，我不知道諾蘭有什麼樣漂亮的公子哥兒，我只是擔心，如果達什伍德小姐們在巴頓見不到像以前那麼多的年輕人，一定會感到索然無趣的。不過，也許你們這些年輕的姑娘對於漂亮的小夥子並不在意，有沒有他們都一樣快樂。我認為，只要他們穿著帥氣、舉止優雅，就賞心悅目了，但是，如果他們骯髒邋遢，我是不能忍受的。埃克塞特有位羅斯先生，他年輕英俊，風流倜儻，是個美男子，是很多人的意中人，可是，如果你在某個早上見到他，那樣子簡直不堪入目，令人厭惡。我想你哥哥結婚前一定也是個不折不扣的美男子，是很多人的意中人吧！因為你哥哥那麼有錢！」

艾莉諾說：「哎呀！我不知道怎麼回答，因為我完全不懂你在說什麼，不過有一點我可以告訴你，如果我哥哥結婚前是個美男子，那他現在一定還是個美男子，因為他身上沒有半點兒變化。」

「天啊！從來沒人會把已婚男人當作是意中人呢！」

「天哪！南茜，你就不會說點別的，張口閉口都是美男子、意中人，這會讓達什伍德小姐以為你整天都不想別的事。」她妹妹嚷道，隨即她轉過話題，開始稱讚房子和擺設。

這就是斯蒂爾姊妹，姊姊粗俗、愚蠢、放肆，妹妹雖然看起來美麗聰明，但缺乏真正的風雅，在離開莊園的時候，艾莉諾再也不希望和她們繼續交往了。但是，斯蒂爾姊妹並不這樣想，她們稱讚達什伍德姊妹是她們見過的最美麗、最優雅、最多才多藝、最討人喜歡的姑娘，還渴望與她們進一步交往。約翰．米德爾頓爵士完全贊同斯蒂爾姊妹的想法，所以天天舉行聚會，達什伍德姊妹難辭盛情，這意味著她們幾乎每天都要見面，至少要在同一間房子裡一起待一、兩個小時。約翰．米德爾頓爵士對自己的安排很滿意，毫不懷疑她們是否已成為關係親密的好朋友。約翰．米德爾頓爵士已竭盡全力來使她們坦誠相處，並把她們各自的情況詳細地說給對方聽。她們見面不過幾次，南西就向艾莉諾表示祝賀，恭喜瑪麗安來到巴頓後幸運地征服了一位風流瀟灑的美男子。

「她能這麼年輕結婚真是件好事，聽說他還是個美男子，長相非常英俊，希望你也能很快就有同樣的好運，不過，也許你已經有心儀的人啦！」

艾莉諾認為，在談及她與愛德華的關係時，約翰．米德爾頓爵士並不會比他談及瑪麗安的事情更注意分寸，而且兩者比較起來，爵士更喜歡開艾莉諾的玩笑，因為這個笑料更新鮮，更令人費心揣測。自從愛德華來訪後，每當在一起吃飯時，爵士總是用眼神祝福她愛情如願，字母「F」一再被眾人提及，使他們說出許多笑話，彷彿這個字母最有趣。

正如艾莉諾所猜測的一樣，斯蒂爾姊妹也知道了這個笑料，南茜還對那位紳士的名字產生了興趣，約翰．米德爾頓爵士馬上滿足了她的好奇心。

他對南茜耳語道：「他姓費拉爾斯，請不要告訴別人，這可是個大祕密！」

「費拉爾斯！」斯蒂爾小姐重複了一遍，又說：「費拉爾斯先生真是個幸福的人啊！什麼？他是你嫂子的弟弟！達什伍德小姐，他是一個非常討人喜歡的年輕人，我很瞭解他。」

露西大聲說：「南茜，你怎麼能這麼說呢？儘管我們在叔叔家裡見過他一、兩次，但是，如果因此就說瞭解他，那也太誇張了。」

聽到斯蒂爾姊妹的一番話，艾莉諾感到很驚訝。

「她們的叔叔是什麼人？他住在哪裡？他和愛德華是怎麼認識的？」

她不想親口問這些問題，但是很希望這個話題能繼續下去，可是大家並沒有再說什麼，就連平時喜歡饒舌的詹寧斯太太也沒有向斯蒂爾姊妹打探消息。還有，斯蒂爾小姐說到愛德華時的那副神情，好像她知道一些關於愛德華的不光彩的事，這讓艾莉諾感到好奇，很想瞭解個中原因，但無論約翰．米德爾頓爵士後來怎麼提起費拉爾斯這個名字，斯蒂爾小姐都沒有再搭腔。

22

瑪麗安生性孤傲，從來就不太能容忍粗俗無禮、才疏學淺或與她志趣不合的人，再加上她最近心情不好，自然非常討厭斯蒂爾姊妹，因此對她們的態度總是很冷淡。在艾莉諾看來，因為瑪麗安刻意疏遠斯蒂爾姊妹的緣故，她們總是主動親近她，尤其是露西，一有時機就找她攀談，常常以一種隨意又坦率的口吻談論自己，努力拉近她們之間的關係。

露西天性聰穎，談吐大方，也十分風趣。艾莉諾發現，和露西交談半個小時，會感覺她很可愛，但是時間一長，很快就會知道露西沒有接受過良好的教育，不僅愚昧無知，缺乏基本知識，更缺乏才華和思想。儘管露西竭力表現自己以掩飾不足，但還是逃不過艾莉諾的一雙慧眼，艾莉諾不禁為露西感到惋惜，因為如果露西受到了良好教育，她將會擁有優秀的才華。但是，艾莉諾不會對露西心存一絲憐憫，從她在米德爾頓夫人面前大獻殷勤、百般奉承可以看出，露西一點都不正直、不誠實，缺乏知識和思想，艾莉諾不願和這樣的人有太多的交往，而且因為露西的無知，她們很難進行平等的交流和溝通。

「我想問你一個問題，不過你一定會認為我的問題很奇怪，你能否告訴我，你認識你嫂子的母親費拉爾斯太太嗎？」有一天在她們從莊園到別墅的路上，露西對艾莉諾如此說。

艾莉諾確實覺得這個問題很奇怪，也認為露西很無禮。當艾莉諾回答說從未見過費拉爾斯太太時，露西露出了驚訝的神情。

「是嗎？真是太不可思議了！我以為你住在諾蘭莊園時見過她。這麼說來，你就無法告訴我她是一個什麼樣的人呢？」

「我對她一無所知。」艾莉諾回答說。

「你一定覺得很奇怪，我為什麼要打聽她，不過，也許我真的有這麼做的理由，但願我可以冒昧地說出來，無論如何，請相信我並非有意冒犯。」露西一邊說，眼睛直盯著艾莉諾。

艾莉諾禮貌地做了回應，隨後誰也沒有說話。幾分鐘後，露西打破了沉默，又提起了剛才的話題：

「我不能讓你認為我無禮，因為我非常重視你的好評，而且我確定自己十分信任你。其實，我正處於尷尬的情況，我不知道該怎麼辦，如果你能給我一些建議，我將感激不盡。不過，看來是沒必要打擾你了，很遺憾你居然不認識費拉爾斯太太。」

「非常抱歉，我不認識她。說實話，我從來沒想到過你和那個家庭會有什麼關係，所以我真的對你打聽她的情況覺得很奇怪。」艾莉諾十分驚訝地說。

「我相信你一定會感到奇怪的，可是，如果我有勇氣告訴你一切，那你就不會覺得奇怪了。就目前而言，費拉爾斯太太和我毫無關係，不過我們早晚會成為關係密切的親戚，而時間完全取決於費拉爾斯太太。」

露西低頭說著這些話，樣子顯得既羞澀又忸怩，然後瞟了一眼艾莉諾，觀察她有何反應。艾莉諾大聲說：「難道你認識羅伯特．費拉爾斯先生嗎？」想到自己將來會有這麼一個妯娌，艾莉諾並不感到高興。

露西回答說：「天哪！我不認識羅伯特．費拉爾斯先生，我從來沒有見過他，而是——認識他哥哥。」她盯著艾莉諾的眼睛。

此刻，艾莉諾會作何感想呢？如果不是立刻從心裡對這個說法表示懷疑的話，她一定會陷入極度驚訝和萬分痛苦之中。片刻的沉默之後，艾莉諾驚愕地看著露西，不明白露西為什麼要對她說這些。儘管艾莉諾的臉色由紅變白、由白變紅，但是心裡絕不相信露西的話，她堅強地站在原地，發現自己並沒有暈厥。

露西繼續說：「你一定很吃驚，因為之前你一定從未聽說過這件事，我敢說愛德華從未向你或你家的任何人透露過一點消息，我們約定好絕對要保守這個祕密，在我的親戚中，只有南茜知道這件事。到目前為止，我一直守口如瓶，如果不是覺得你是世界上最值得信賴的人，能夠保守祕密的話，我是不會告訴你的。我認為我問了你那這麼多關於費拉爾斯太太的問題，讓你感到很奇怪，所以我有必要解釋一下，我也相信愛德華即使知道我向你透露了祕密，也不會怪我的，因為他對你們一家人的評價很高，完全把你和另外兩位達什伍德小姐當成他的親妹妹。」說到這裡，露西停了下來。

好幾分鐘艾莉諾都沒有說話。這件事讓她十分震驚，根本說不出話，後來她強迫自己說話，並且告誡自己一定要謹慎。

她竭力掩飾焦慮的心情，冷靜地問：「可以告訴我你們訂婚多久了嗎？」

「四年。」

「四年了？」

「是的。」

震驚之餘，艾莉諾依然不相信露西的話。

「我一直不知道你們認識，直到那天你姊姊說你們認識費拉爾斯先生。」艾莉諾說。

「我們已經認識很多年了，你知道，愛德華由我叔叔照料了很長一段時間。」

「你叔叔？」

「是普拉特先生。你從沒聽愛德華提到普拉特先生嗎？」

「我想我聽說過。」艾莉諾答道，並努力抑制住越來越激動的情緒。

「愛德華在我叔叔家住了四年，我叔叔住在普利茅斯附近的朗斯特普爾，我們就是在那兒認識的，也是在那兒訂婚的，那是他退學一年後的事，此後他幾乎總是和我們待在一起。事實上，在他母親不知道、沒同意的情況下，我原本不應該和他訂婚的，但是當時我太年輕，太愛他了，做事缺乏應有的謹慎。雖然你不像我那麼瞭解愛德華，但在你們交往的過程中，你一定也覺得他是一個能夠讓女孩子真心地愛上他的人。」

「當然！」

艾莉諾隨口回答，其實她並不知道自己在說什麼。經過幾分鐘的反覆思量後，她對愛德華深愛自己充滿自信，認為露西一定是搞錯了，於是補充道：

「你是說和愛德華．費拉爾斯先生訂婚！我確實感到萬分驚訝，請原諒，不過我想你一定是把人或姓名搞錯了，我們說的不會是同一個費拉爾斯先生。」

露西笑著大聲說：「我們說的不會是同一個人？我所說的這個人是愛德華．費拉爾斯先生，派克街費拉爾斯太太的長子，你嫂子約翰．達什伍德夫人的弟弟。這麼說吧！我想我還不至於傻到那種程度，把全部幸福託付給一個連姓名都搞錯的人的身上。」

「真奇怪！我竟然從未聽到他提起過你的名字。」艾莉諾痛苦地說。

「這並不怪，我們之間最重要的是保守祕密。你和我並不認識，他沒必要向你提起我，更何況愛德華非常擔心他姊姊疑神疑鬼的，所以他不向任何人談起我。」

艾莉諾一下子失去了自信，但是並沒有失去自制力。

「你們訂婚都四年了！」她沉穩地說。

「是啊，天知道我們還要等多久才能結婚，可憐的愛德華，他一定很灰心、喪氣。」

露西從口袋裡拿出一張小畫像，接著說：

「為了避免搞錯，請你看看這張臉，雖然畫得沒有他本人好看，但我想至少不會讓你認不出來是誰，這張畫像我已經保存三年多了。」她一邊說一邊把畫像塞到艾莉諾的手裡。

當艾莉諾看見畫像時，之前她所有的懷疑、痛苦和折磨都不重要了。沒錯！一點都沒錯，露西所說的那個人正是愛德華．費拉爾斯。艾莉諾幾乎是立刻就把畫像還給了露西，並承認他就是愛德華。

「我沒有小畫像，一直未能回贈給他，這讓我非常煩惱，因為他一直渴望得到，我決定有機會找人幫我畫一幅。」

「你這樣做很好。」艾莉諾鎮靜地回應。

之後，她們默默地走著，但很快露西又開口說：「我一點也不懷疑你是否會忠誠地保守這個祕密，因為你一定很清楚，對我們來說，不能讓他母親知道這件事是很重要的，如果他母親知道了，絕對不會同意我們私訂的這門婚事，愛德華將被剝奪財產，而我將一無所有。我想，他母親是個極其傲慢的人。」

「謝謝你的信任，我會保守祕密的。不過恕我直言，我對你向我吐露祕密深感驚訝，至少你應該意識到，這麼做完全無助於保守你們的祕密。」

艾莉諾說這番話的時候，仔細觀察著露西，希望能從她的表情中發現什麼破綻，也許是希望露西剛才所說的話絕大多數是假的吧！但是露西卻面不改色。

「我把一切告訴你，真擔心你會認為我太冒昧了。我們相識和交往的時間並不長，但是，根據其他人的描述，我覺得自己很瞭解你和你的家庭，而且我對你有一見如故的感覺。此外，我非常唐突地向你詢問愛德華的母親的情況，我認為應該向你解釋一下，說明其中的緣由。還有，我是個不幸的人，周圍連一個可以徵求意見的人都沒有。南茜是唯一知情的人，但她根本沒什麼見解，反而擔心她會洩漏祕密。你一定也看出來了，南茜的嘴巴不牢靠，那天約翰．米德爾頓爵士提起愛德華的名字，我害怕得要命，真擔心她把一切都說出來。你無法想像，我和愛德華之間的事讓我吃盡了苦頭。不過，讓我感到驚訝的是，在過去四年的時間裡，我為愛德華遭受了那麼多痛苦，我的心竟然沒有破碎，你要知道，這一切都懸而未決，我和他又只是偶爾見面──我們一年最多見兩次。」

說到這裡，露西掏出了手帕，可是艾莉諾並不同情她。

「有時候我會想──」露西擦了擦眼睛繼續說：「如果我們解除婚約，對雙方來說也許都更好一些。」說這話時她兩眼直視著艾莉諾。「可是大多數時候我不夠堅決，下不了決心和他一刀兩斷，因為一想到這會使愛德華痛不欲生，我就受不了，而且愛德華太可愛了，我也不願意離開他。在這種情況下，你說我該怎麼辦？如果換作是你，你會怎麼辦？」

「很抱歉──」艾莉諾回答道，同時為這些問題感到震驚：「我不是你，我幫不了你，這些事你得自己拿主意。」

「當然──」露西繼續說：「他母親遲早會把財產給他，可是，現在愛德華總是為我們的事感到沮喪！他在巴頓時，你不覺得他的情緒很低落嗎？他在朗斯特普爾和我們分別的時候，那樣子實在很痛苦，我真擔心你們會認為他生病了呢！」

「那麼，他是從你叔叔那兒來巴頓看望我們的嗎？」

「是的，他和我們一起待了兩個星期。你們以為他是直接從城裡來的嗎？」

「不——」艾莉諾答道，一一印證的情況都顯示露西沒有說謊。「他告訴我們，他在普利茅斯附近和一些朋友一起待了兩個星期。」當時，愛德華沒有進一步談到那些朋友，也沒有提及他們的名字。

「那時你不覺得他的情緒很低落嗎？」露西重複問道。

「我們都感覺到了，尤其是在他剛到的時候。」

「我曾懇求他克制自己，免得你們產生猜疑，可是，我們在一起的日子是那麼短暫，再加上看到我那麼傷感，他怎麼會不悲傷呢？可憐的人兒！我擔心他現在依然如此，因為我離開埃克塞特前收到了他的信，信中流露的情緒還是那麼沮喪。」說著，露西從口袋裡掏出一封信，並把地址指給艾莉諾看。「你一定認識他的筆跡，真漂亮，但不如平常寫得好，大概是累了，因為他剛剛寫了滿滿一頁的信給我。」

確實是愛德華的筆跡，艾莉諾無法再有任何懷疑了。關於那幅畫像，她原來認為可能是露西偶然得到的，不可能是愛德華贈送的禮物，可是他們之間的書信往來顯示他們確實是訂婚了。有好幾分鐘，艾莉諾覺得幾乎支持不住了，內心痛苦萬分，但是理性告訴她千萬不能倒下，最終她戰勝了自己，振作起了精神。

「通信是我們在漫長的分離中得到的唯一安慰。」露西說著，同時把信放回口袋裡。「當然，我還有他的畫像可以慰藉，而可憐的愛德華連我的畫像也沒有，他說要是有了我的畫像，心情就會好許多。上次他來朗斯特普爾時，我送了他一綹頭髮，嵌在他的戒指裡，他說多少能給他一點安慰。也許，你注意到那個戒指了吧？」

「是。」艾莉諾說，在她鎮靜的語氣下卻隱藏她從未感受過的超乎尋常的激動和痛苦，她受傷了，並為此感到震驚。

慶幸的是，她們已經走到別墅，談話無法繼續下去了。和她們坐了一會兒之後，露西起身告辭回莊園去了，艾莉諾終於可以自由地思考、分析、痛苦了。

23

無論艾莉諾平常怎麼認為露西是個不誠實的人，但經過一番思考後，在這件事情上，她認為露西說的是實話，心中不再有任何懷疑。各種證據顯示他們已經訂婚，除了艾莉諾自己的主觀願望之外，無論如何沒有人能得出相反的結論。首先，他們在普拉特先生的家相識，然後產生了感情並私訂終身，這一點無可置疑，同時也令人驚訝，而愛德華在普利茅斯附近的拜訪、他的沮喪情緒、他對自己前途的迷惘、他對她忽冷忽熱的態度，尤其使她感到吃驚的是斯蒂爾姊妹對諾蘭莊園和她們的親屬瞭若指掌，還有那畫像、信件、戒指，這一切都是有力的證據，她的判斷不會錯，而且這一切還證明了一個事實——他欺騙了她。艾莉諾對愛德華的這種行為感到憤怒，不禁顧影自憐，但是她很快又想到，愛德華是故意欺騙她嗎？難道他對她的感情是虛假的？他與露西訂婚是發自內心的嗎？不！無論過去是怎樣，艾莉諾不相信現在依然如此，她確信他是愛她的，而且只愛她，這一點她絕不會搞錯。在諾蘭莊園，她的母親、妹妹們、芬妮都看出來了，他喜歡她，這並不是她的虛榮心產生的錯覺。他一定愛她，這一信念使她心裡得到了多大的慰藉啊！還有什麼不能原諒他呢！不過，當愛德華第一次意識到自己喜歡她的時候，卻仍然留在諾蘭，這一點是應該受到譴責的。但是，如果說他傷害了她的話，那他又是怎樣嚴重地傷害了他自己啊！如果說她的處境值得同情，那他的處境就是無可救藥、毫無希望了。他的輕率舉動給她帶來了一時的痛苦，但他的痛苦看起來卻永無止境了。她遲早會撫平傷痛、恢復平靜，可是他，還有什麼可指望的呢？他和露西．斯蒂爾在一起會幸福嗎？如果他和她之間的愛情都不可能的話，那麼，誠實、風雅、見識廣博的愛德華，會對露西這樣一個無知、狡詐、自私的妻子感到滿意嗎？

十九歲的年輕人大多很衝動，當時的愛德華自然只看到露西的美貌和溫柔，但是時光荏苒，經過了四年，如果愛德華心智逐漸成熟，具有了理性的判斷的話，那麼，他的一雙慧眼就會看到露西的無知，而在同一時期，露西一直生活在比較低層的社會，追求的是低級趣味，這會使她失去昔日的單純——這種單純原本可以為她的美麗增添幾分可愛的色彩。

如果愛德華想和艾莉諾結婚會遭到他母親的反對，那麼，他選擇與一個社會地位比艾莉諾更低下並且可能更貧窮的女子訂婚，阻力將會有多大啊！當然，對於一個與露西在心靈上格格不入的人來說，也許家庭的反對會讓他感到無所謂，即使解除婚約也沒什麼可惋惜的。

在艾莉諾的腦海中出現了各種想法，她哭了，但她是為愛德華感到難過，而不是為自己，她確信自己沒什麼事值得如此痛苦的，同時也相信愛德華並沒有做出欺騙她的事，而這讓她感到些許安慰。現在，艾莉諾認為最重要的是不能讓媽媽和妹妹們知道事情真相，即使自己剛剛受到狠狠一擊，也必須保持鎮定。因此，在她的希望之光熄滅僅僅兩個小時，她平靜地和母親、妹妹們一起用餐，沒有人想到她正因與心愛的人永遠分離在暗自神傷。這個時候，瑪麗安正想著威洛比，還認為自己完全占據了他的心，她期盼著馬上就能見到他。

為了不讓母親和瑪麗安知道實情，艾莉諾努力控制情緒，這樣做並沒有增加她的痛苦，反而是一種解脫，因為母親和瑪麗安如果瞭解了真相，基於對她的愛，一定會譴責愛德華，那將是她不能忍受的。

艾莉諾明白，母親和瑪麗安的勸慰對她毫無幫助，她們的愛憐和悲傷只會加劇她的痛苦，與其如此，不如獨自悲傷，理性地克制自己，保持愉快的表情。

雖然與露西的談話讓艾莉諾感到痛苦、悲傷，但她更渴望瞭解更多的情況，比如他們訂婚的許多細節、露西對愛德華的真實感情；更重要的是，她希望自己能主動、冷靜地談起這件事，從而使露西相信，她只是以作為一個朋友的角度來關心這件事，因為她非常擔心自己不由自主流露出的慌亂神情會引起露西的猜疑。看起來，露西很可能對她懷有妒忌之心，顯然愛德華總是在露西面前極力稱讚她，這不僅從露西的談話中聽得出來，而且從露西敢把一個非常重要的祕密告訴剛剛認識的她這一舉動中也看得出來，甚至連約翰．米德爾頓爵士開玩笑的話也發揮了一定的作用。其實，艾莉諾既然深信愛德華是愛自己的，自然會認為露西在妒忌她，而露西向她洩漏祕密就是很好的證明，因為露西的一番話除了想告訴艾莉諾，愛德華是屬於她的，告誡她以後少和他接觸之外，還有什麼動機呢？艾莉諾毫不費力就識破了情敵的意圖，因此，她決定以誠實而大方的態度行事，努力克制對愛德華的感情，儘可能少和他見面，同時她要讓露西相信，她並沒有受到傷害。

事實上，露西和艾莉諾也希望有機會就此事繼續交談，只是很難找到機會。一般情況下，她們可以利用散步的機會避開眾人談這件事，可是近來天氣很糟，沒辦法出去散步。儘管她們至少每隔一天晚上就可能在莊園或別墅見面，但大家聚在一起都是為了吃喝玩樂，根本沒有時間讓她們進行這樣特殊的談話。

一天上午，約翰．米德爾頓爵士來到別墅，懇請她們去和米德爾頓夫人共進晚餐，因為他要前往埃克塞特俱樂部，米德爾頓夫人只有她母親和兩位斯蒂爾小姐作伴，如果她們不去，夫人會感到孤單、寂寞。艾莉諾覺得這樣的聚會很可能會有自由交談的機會，於是欣然接受邀請，瑪格麗特則因母親贊同所以也表示接受，只有瑪麗安一向不願參加這樣的聚會，不過最後還是被母親說服了。

米德爾頓夫人很高興三位小姐的到來，這可以讓她免遭孤獨之苦了。正如艾莉諾所預料的，聚會枯燥乏味，沒有什麼新奇話題，幾個孩子和她們一起待在客廳裡，露西根本沒空和艾莉諾談話。當茶點被撤走的時候，孩子們離開了客廳，接著牌桌擺了上來，艾莉諾心想今晚恐怕沒機會了。大家紛紛起身，準備玩牌遊戲。

米德爾頓夫人對露西說：

「我很高興，你今晚不打算給可憐的小安娜瑪麗亞編織完那個小籃子了，因為在燭光下做金絲飾品一定很傷眼睛。噢，小寶貝明天一定會很失望，不過我可以給她一點其他補償，但願她不會太在意。」

有這個暗示已經足夠了，露西立即答道：「米德爾頓夫人，我只是不知道你們玩牌的人手是否能湊齊，要不然我早就去做金絲飾品了。我不會讓我們的小天使失望的，不過，如果你現在需要玩牌的話，我會在晚飯後再編織好小籃子。」

「你真是太好了，希望不會傷害你的眼睛，要不要叫僕人送些蠟燭來？我知道，如果小籃子明天不織好，可憐的小姑娘一定會很失望的，因為儘管我告訴她明天一定織不好，但相信她一定很希望能編織好呢！」

露西馬上將針線台拉近自己，看她那興致勃勃的樣子，似乎沒有什麼事情能比為一個寵壞了的孩子編織金絲小籃子更令她感到高興了。

米德爾頓夫人提議玩一局紙牌，除了瑪麗安，沒有人表示反對。瑪麗安和往常一樣，根本不考慮什麼禮貌，大聲說：「夫人的心腸那麼好，一定會原諒我的，你知道我討厭打牌，我想去彈鋼琴，自從調過音後我還沒有彈過呢！」

話一說完，瑪麗安便轉身朝鋼琴走去。

此時，米德爾頓夫人臉上的神情，看起來彷彿在感謝上帝，她自己從來沒說過這麼無禮的話。

「瑪麗安太喜歡這架鋼琴了，你是知道的，夫人，對此我並不感到奇怪，因為這是我所聽過音質最美的鋼琴。」艾莉諾極力替妹妹的無禮打圓場。

其他五人正準備摸牌。

艾莉諾又說：「如果我不玩牌，倒是能幫幫露西．斯蒂爾小姐的忙，也許啦！我可以替她捲紙，而且那個籃子要編織好還差得遠呢！一個人做今晚一定做不完，如果她同意我幫忙的話，我非常樂意效勞。」

「如果你能幫忙的話，那就太感激了，因為我發現要做的工作比我預料的多很多，萬一做不完，讓可愛的小安娜瑪麗亞失望，那可就不好了。」露西嚷道。

「哎呀！如果真的是那樣的話就糟糕了，我是多麼愛那個親愛的小天使啊！」南茜說。

米德爾頓夫人對艾莉諾說：「你真是仁慈！既然你真的喜歡做編織活兒，可以下一局再玩，你不介意吧？還是現在玩？」

艾莉諾馬上高興地採納了第一個建議。就這樣，運用一點點智慧——瑪麗安從來就不屑一顧的小技巧，艾莉諾既達到了自己的目的，又討好了米德爾頓夫人。露西立即給艾莉諾騰出地方，於是兩位美麗的情敵並肩地坐在一起，並極力配合完成同一件事。瑪麗安坐在鋼琴前，沉醉在音樂和遐想中，全然忘記了房間裡還有其他人。幸運的是，鋼琴距離艾莉諾和露西很近，有琴聲的掩護下，艾莉諾可以放心地提起那個有趣的話題，而不必擔心被牌桌上的其他人聽見。

24

艾莉諾以一種謹慎而堅決的語氣說：

「關於那件事，如果我不和你繼續談論，或對它沒有進一步的好奇的話，我就有愧於你對我的信任，所以，我現在舊話重提，但願不會很冒昧。」

「謝謝你打破僵局，你這麼做讓我安心多了，因為我一直在擔心星期一對你說的那些話讓你生氣了。」露西熱情地說。

「生氣？你怎麼會這麼想呢？相信我！我最不希望讓你產生這樣的想法了，難道你對我的信任裡還包含有什麼不好的動機嗎？」艾莉諾誠懇地說。

「可是，說實話——」露西回答說，一雙銳利的眼睛意味深長地看著她：「我覺得你那天的態度有些冷淡和不快，讓我很不安。我當時認為你生氣了，所以我一直責備自己，實在不該無禮地以自己的事打擾你，不過，現在我很高興地發現，那只是我的錯覺，因為你並沒有生氣。如果你知道我把生命中無時無刻不在思慮的事情告訴你，以此來減輕心靈的負擔，對我來說是怎樣的一種寬慰的話，你就會對我百般同情，從而原諒我的無禮和冒昧了。」

「我相信，你把你的處境告訴我，而且確信永不後悔，讓你得到了很大的安慰。但不幸的是，在我看來，以後你的處境會更加困難重重，這就需要以你們所有的愛來堅持下去。我想，費拉爾斯先生在錢財方面得完全依賴他母親。」

「他自己只有兩千鎊的收入，可是，要想單靠這點錢結婚的話，那簡直是瘋了，但我可以毫無怨言地放棄更美好的前景。我早已習慣了收入微薄的生活，為了愛德華，再窮的日子我都不怕，因為我太愛他了，我不能太自私，讓他因為和我結婚而得不到應得的財產，如果他的婚姻能使他母親滿意，他會得到屬於他的全部財產的。因此，我們必須等待，也許會等很多年，對於全天下的男人來說，要做到這一點是很難的，但我知道，愛德華不會變心，沒有任何力量能奪走愛德華對我的愛。」

「一定是這種信念支持著你，毫無疑問地，愛德華對你也抱有同樣的信念。可是，要是你們的感情減弱了，就像許多人在四年訂婚期間經常發生的那種情況，那麼，你們的事可就真的有些麻煩了。」

露西聽到這兒抬起頭，艾莉諾早有防備，臉上表情平靜，沒有流露出任何可以讓人看出她的話有一種可疑的意圖。

「愛德華對我的愛，從訂婚到現在已經受到了長期分離的嚴峻考驗，如果我再懷疑它，那我就不可饒恕。我可以非常肯定地說，從一開始起，我們之間的愛情從來沒有讓我感到片刻的不安。」露西說。

聽到露西這樣斷言，艾莉諾覺得哭笑不得。

露西繼續說：「我的嫉妒心很強，一方面是因為我的天性，另一方面是因為我和他的生活處境不同，他的地位比我高得多，而且我們又總是不在一起，所以，每次見面時，只要我察覺到愛德華的態度有細微的變化，或無緣無故地情緒低落，或是他過多地談論某一位女人，我就會馬上覺察出來。當然，我並不是說我的觀察力非常敏銳，但是在這種事情上我一定是不會被欺騙的。」

「說得真是動聽！」艾莉諾心想，然後說：「但是這樣的話根本是自欺欺人，更騙不了我。」

「那麼——」艾莉諾沉默了一會兒之後說：「你們打算怎麼辦？難道除了等費拉爾斯太太去世就沒有別的辦法了嗎？那真是太悲慘了！難道愛德華寧願忍受這麼多年的煩惱，不向母親承認實情，也不願惹惱母親，給她帶來一時的不快嗎？你要知道，這件事可關係到你的幸福。」

「如果只會給他母親帶來一時的不快，那倒好了！可是費拉爾斯太太是個倔強、傲慢的女人，一聽到這件事，她一定會大怒，說不定立刻就把所有的財產都留給羅伯特了，想到這些，為了愛德華，我就打消了向他母親說出真相的念頭。」

「而且這麼做也是為了你自己，要不然你的自我犧牲就讓人無法理解了。」

露西又看了艾莉諾一眼，沒有說什麼。

「你認識羅伯特．費拉爾斯先生嗎？」艾莉諾問道。

「我從來沒見過他，但我想他和他哥哥大不相同，他很傻，是個十足的花花公子。」

「十足的花花公子！」南茜重複了一聲。因為瑪麗安的琴聲突然停止，她聽到了這句話。

「噢，我敢肯定，她們是在議論她們的心上人。」

「姊姊，你錯了，我們的心上人可不是什麼花花公子。」露西大聲說。

「這事我能為達什伍德小姐證明，她的心上人不是那種人，因為他是我見過最謙虛、最可愛的年輕人之一。至於說到露西的心上人，她是個狡猾的小東西，誰也不知道她喜歡什麼樣的人。」詹寧斯太太開心地笑著說。

「哎呀！」南茜意味深長地看看她們兩人說：「我敢肯定，露西的心上人和達什伍德小姐的心上人一樣謙虛，一樣可愛。」

艾莉諾的臉不由自主地紅了，露西咬著嘴唇生氣地看著姊姊，有好一會兒她們都沒有說話。瑪麗安又彈奏起了一首極為激昂的協奏曲，為她們的交談提供了極佳的掩護，露西用很低的聲音打破了沉默。

「我想坦白地告訴你一件事，我最近想到了一個確實可行的計畫，我一定要讓你知道這個祕密，因為它與你有關。我想，以你對愛德華的瞭解，一定知道他最想從事的職業就是牧師，那麼，我的計畫就是儘快使他成為牧師，然後透過你的幫助，勸你哥哥把諾蘭的牧師職位給他，目前的教區牧師看起來活不了多久了，無論是基於對他的友誼還是對我的尊重，我相信你一定會去做的。在我看來，牧師的俸祿是一筆不錯的收入，足以讓我們結婚了，其他的就聽天由命了。」

「能向費拉爾斯先生表達我的敬意和友情，讓我感到很高興，可是，在這件事情上，難道你看不出來根本不需要我的幫助嗎？你應該清楚，愛德華可是約翰・達什伍德夫人的弟弟，就憑這一點，她丈夫也會把那個職位給他。」

「可是約翰・達什伍德夫人並不贊同愛德華去做牧師。」

「如果是這樣，我的幫助恐怕也發揮不了作用吧！」

她們又沉默了一會兒，最後露西深深地嘆了口氣，說：

「這件事看起來困難重重，我想，目前最明智的辦法就是馬上解除婚約，儘管這會讓我們在一段時間內感到很痛苦，但是最終的結果可能是我們更幸福一些。你不想就此事給我一些建議嗎？達什伍德小姐。」

「我不會這麼做。」艾莉諾回答道。她的臉上帶著一絲微笑，但內心卻忐忑不安。「在這件事情上，我當然不會勸你怎麼做，因為你心裡很清楚，除非我的意見和你的想法一致，否則毫無意義。」

「噢，你完全誤會我了——」露西鄭重其事地說：「在所有人的意見中我最重視你的意見，而且我相信，如果你對我說：『我勸你無論如何與愛德華・費拉爾斯解除婚約，這對你們兩個人的幸福更有好處。』那麼我會馬上採取行動。」

艾莉諾不禁為愛德華未婚妻的虛偽感到臉紅，她回答說：「即使我有什麼看法的話，你的恭維也會把我嚇得不敢再說半句，而且，要一個旁觀者去把一對熱戀的人分開，實在是太過分了。」

「正因為你是個旁觀者——你的判斷才會是客觀的，我才會重視你的意見，假如你的判斷帶有個人感情而缺乏客觀性，就不值得聽取了。」露西有點生氣地說，同時特別加重了「旁觀者」幾個字。

艾莉諾認為現在最明智的做法是不再說什麼，甚至在一定程度上打定主意以後再也不提這個話題。因此，她們又沉默了，幾分鐘之後還是露西首先開口。

「達什伍德小姐，今年冬天會去城裡嗎？」她帶著慣常的得意的神情問道。

「當然不去。」

「太可惜了！如果能在城裡見到你，我不知會有多高興啊！儘管如此，我認為你還是會去的，我認為你的哥哥和嫂嫂會邀請你去的。」露西說著，眼裡閃爍著喜悅的光芒。

「即使他們邀請我，我也不可能接受。」

「我原本希望能在城裡見到你呢！南茜和我一月下旬要去城裡探訪一些親戚，這幾年他們一直都期望我們去，不過，我只是為了見到愛德華才願意去的，他二月時會到那兒，否則我才沒有興致去倫敦呢！」

因為第一局紙牌遊戲結束了，艾莉諾被叫回了牌桌，於是兩位小姐的談話就此結束。對於她們兩人來說，這時結束談話未嘗不是一件好事，因為在兩人的談話中，沒有一句能夠減輕彼此的厭惡之情。坐在牌桌旁，艾莉諾憂鬱地相信，愛德華不僅不愛這個將要成為他妻子的人，而且他根本不可能從這個婚姻中得到任何幸福——艾莉諾自己的真摯愛情原本是可以使他獲得幸福的——因為只有自私自利的女人才會與一個男人保持這樣的一種婚約，而露西似乎完全意識到愛德華已經厭倦這個婚約了。

從此之後，艾莉諾再也沒有主動提起過這個話題。露西是非常有心機的人，很少放過舊話重提的機會，只要收到愛德華的來信，她總是急於把自己的幸福告訴她的「知己」。每當露西談起這些事，艾莉諾都是以冷靜和謹慎的態度相待，並不失禮貌地儘快結束談話，在艾莉諾看來，這樣的談話毫無意義，而且還會給她自己帶來暴露感情的危險。

兩位斯蒂爾小姐對巴頓莊園訪問的時間一再延長，遠遠超過了約翰·米德爾頓爵士最初邀請她們時提出的日期，因為大家越來越喜愛她們，想走也走不了，約翰·米德爾頓爵士更是堅決不讓她們走。雖然斯蒂爾小姐們在埃克塞特有許多早就安排好了很多事情，急需她們馬上回去處理或赴約，尤其是越到週末越忙，她們還是被說服在巴頓莊園待了近兩個月，並幫助料理耶誕節期間要在莊園舉行的許多不同於平常的家庭舞會和大型宴會。

25

儘管詹寧斯太太習慣於每年的大部分時間都在孩子們和朋友家中度過，但她並不是沒有自己的房子。她丈夫原來在倫敦做買賣，生意很不錯，自他去世以後，她每年冬天都住在波特曼廣場附近的伯克利街上。快到一月時，詹寧斯太太想起了自己的家，打算回城裡去。這一天，詹寧斯太太出人意料地邀請兩位年紀較大的達什伍德小姐陪她一起回家去。聽到這個邀請，瑪麗安的臉上馬上流露出激動神情，但艾莉諾沒有注意到妹妹表情的變化，立即禮貌地代表她和妹妹堅決謝絕了，說她們絕不能在耶誕節前後離開自己的母親。詹寧斯太太沒想到會遭到拒絕，先是吃了一驚，但馬上又恢復了她那一向樂觀的態度，再次提出了邀請。

「天哪！我想你們的母親會讓你們去的，而且我是真誠地請求你們陪伴我。不必擔心你們會給我帶來任何不便和麻煩，我只需要打發貝蒂乘公共馬車先回去，這樣我們三個人就可以舒服地乘著我的馬車一起啟程，到了城裡，如果你們不願隨我去什麼地方，可以自便，或和我的一個女兒待在一起。我相信，你們的母親是不會反對你們去的，因為我在嫁女兒這方面能力相當不錯，她一定會認為我是為你們尋找一個好婆家的最合適的人，到時候我保證至少讓你們其中一位嫁個如意郎君，放心好啦！」

約翰．米德爾頓爵士說：「在我看來，如果艾莉諾能同意，瑪麗安會很樂於接受這個邀請的，但現在的問題是艾莉諾不同意，使瑪麗安也不能去，真夠讓她難受的。我倒是有個主意，如果你們兩個覺得在巴頓待煩了，就去城裡走走，一個字也別對艾莉諾提起。」

詹寧斯太太說：「當然啦，不管達什伍德小姐去不去，我都會因為有瑪麗安小姐的陪伴而感到高興。但我認為人越多我越高興，而且她們一起去會更愉快一些，因為如果她們討厭我了，就可以彼此聊聊天，還可以在背後取笑我找找樂子，不過，如果不能兩個都去，那哪一個去都行，我總得有個人做伴。我真的無法忍受一個人悶在家裡，一直到今年冬天我都有夏洛蒂陪，但她現在已經出嫁了。好啦，瑪麗安小姐，我們擊掌發誓吧！你答應跟我去城裡陪伴我，如果達什伍德小姐能改變主意，那就更好了。」

瑪麗安熱情地說：「謝謝你，夫人，衷心地謝謝你的邀請，能夠接受你的邀請會給我帶來莫大的快樂，幾乎是我能夠享受到的最大的快樂了。可是，我覺得艾莉諾說得對，我的母親，我那最親愛、最慈祥的母親，可能會因為我們不在而不快樂。噢！不，什麼事都不能讓我離開她，我們根本就不應該想到要離開她，這件事就不要再提起了。」

詹寧斯太太再次擔保說，達什伍德太太沒有她們兩個在跟前也會過得很愉快，而這時艾莉諾也明白了妹妹的心思，瑪麗安一心渴望去城裡再見到威洛比，於是她不再明確表示反對這個邀請，只說由她母親來決定。艾莉諾認為，為了瑪麗安和自己，她們應該拒絕這個邀請，但是，她知道自己的想法很難得到母親的支持，因為無論瑪麗安想幹什麼，母親總是極力成全，而且母親仍然確信瑪麗安和威洛比已經訂婚了，根本不可能指望說服母親對這件事謹慎一些，更何況她也不敢解釋自己不願去倫敦的原因。瑪麗安一向討厭詹寧斯太太，現在為了實現一個目標卻不顧一切，也不考慮這舉動會給自己脆弱的情感帶來多大傷害，由此可以充分證明那個目標對瑪麗安來說是何等重要了，不過，艾莉諾雖然目睹了瑪麗安和威洛比之間發生的一些事，但她認為一切可能並不是那麼回事，並不像瑪麗安想像的那樣重要。

達什伍德太太得知這個邀請後，認為這一趟一定會帶給她的兩個女兒很多的樂趣，而且瑪麗安的眼神透露出對這一邀請充滿期待和渴望，達什伍德太太不願女兒們因為自己的緣故而拒絕這個邀請，於是堅持要兩個女兒接受，還說她會像往常一樣愉快，這次離別還可以為她們每個人帶來種種好處。

達什伍德太太說：「我很喜歡這個計畫，正合我意。你們和米德爾頓夫人一家人走後，我和瑪格麗特可以安靜、快樂地看書、唱唱歌，等你們回來的時候，就會發現瑪格麗特大有長進！我還有一個小小的計畫，打算改變一下你們的臥室，趁你們一走，正好進行整修，而且不會給任何人帶來不便。真的應該讓你們去城裡看看，如果有可能，我會鼓勵像你們這樣的年輕女子都去瞭解一下倫敦的生活和娛樂。詹寧斯太太是個熱心人，對你們很慈愛，一定會像母親一樣照顧你們，對此我毫不懷疑。還有，你們很可能會見到你們的哥哥，無論他和他妻子犯了什麼錯，一想到他畢竟是你們父親的兒子，我就不忍心使你們兄妹感情這麼疏遠。」

「雖然你總是渴望我們快樂，極力支持我們去城裡，但我認為還有一個理由讓我們無法接受這個邀請。」艾莉諾說。

瑪麗安的臉色沉了下來。

達什伍德太太說：「細心的艾莉諾會提出什麼理由呢？可別告訴我說這一趟要花費多少錢。」

「我的理由是，儘管詹寧斯太太心腸好，可是我們和她的交往不會給我們帶來快樂，她的保護對我們來說也不是很重要。」

「那倒也是，如果你們總是和她在一起，而不去和其他人交往，你們這次去城裡幾乎就不會有什麼收穫，不過你們可以和米德爾頓夫人一起去社交嘛！」她母親回答說。

「如果艾莉諾因為討厭詹寧斯太太而不願意去的話，那也不要妨礙我接受她的邀請，我沒有這樣的顧慮，而且我相信我可以容忍種種不愉快。」瑪麗安說。

瑪麗安過去一直對詹寧斯太太的舉止表示不滿，艾莉諾多次勸說她要注意基本的禮貌但都無濟於事，而今天瑪麗安對詹寧斯太太卻表示出毫不介意的態度，這讓艾莉諾忍不住想笑。於是，艾莉諾決定和妹妹一起去，因為瑪麗安總是自行其是，她實在不放心，而且露西說愛德華二月才會到城裡，那時她們早已結束了在倫敦的訪問，不會在城裡遇見了。

「我要你們兩個都去，到了倫敦你們會非常快樂的。如果艾莉諾願意委屈一下自己，就可以享受到種種樂趣所帶來的快樂，或可以從與嫂嫂家的來往增進彼此之間的感情，並從中得到一些快樂。」達什伍德太太說。

母親一直確信愛德華和她之間的愛情，艾莉諾時常希望能有機會減弱母親這個看法，好讓將來一切真相大白時，母親受到的打擊小一些。可是，剛才母親的一席話分明是針對愛德華而說的，艾莉諾意識到，要想說服母親認為她和愛德華之間沒有什麼，幾乎是不可能的，於是，她努力鎮定地說：

「我非常喜歡愛德華．費拉爾斯，而且很高興見到他，至於他家的其他人，和我毫不相干。」

達什伍德太太笑了笑，沒有說話，瑪麗安卻滿臉驚訝。

母女最後決定接受詹寧斯太太的邀請。詹寧斯太太獲悉消息後大為欣喜，再三保證要慈愛地照顧她們。當然，高興的何止詹寧斯太太一個人，約翰．米德爾頓爵士也感到非常高興，對於一個最怕孤獨的人來說，能在倫敦所認識的人中加上兩個人，實在是了不起的事，甚至連米德爾頓夫人也一反常態，顯得很高興的樣子。至於兩位斯蒂爾小姐，尤其是露西，彷彿一生中從來沒有像聽到這個消息時一樣快樂過。

就艾莉諾而言，可以說是違心地接受了這一邀請，去不去城裡她都無所謂，不過，當她看見母親沉浸在無比的快樂中，妹妹也因此恢復了原來的生氣，甚至比以往更愉快時，她也因此感到滿意，而且不再有任何懷疑了。

瑪麗安欣喜若狂，激動不已，迫不及待想要離開，唯一能讓她平靜的只是不願意離開母親。分別的時候，瑪麗安很悲傷，母親也一樣難過，彷彿是生離死別，似乎只有艾莉諾沒有把這次分別看作訣別。

她們在一月分的第一週啟程，米德爾頓夫婦大約在一週後出發，兩位斯蒂爾小姐仍然留在莊園裡，最後再與其他人一起離去。

26

達什伍德姊妹與詹寧斯太太同乘一輛馬車，在詹寧斯太太的保護下，以客人的身分，即將展開一段倫敦之旅，這教艾莉諾怎麼能不為自己的人生際遇感到訝異呢！她們和詹寧斯太太認識的時間並不長，在年齡和性情方面又是如此不相稱，而且就在幾天前，艾莉諾還對這個計畫表示反對呢！

儘管艾莉諾時常懷疑威洛比對妹妹的愛情是否專一，但當她看到瑪麗安欣喜若狂的樣子，看到她眼裡閃爍著的快樂、期待的光芒，不禁感到自己的前景多麼黯淡，自己是多麼憂鬱啊！不過，無論如何，事情很快就會有答案了，只需很短的時間，她就可以搞清楚威洛比的打算，他大概已經在城裡了——瑪麗安如此渴望去倫敦，說明她相信威洛比就在城裡。艾莉諾決定，不僅要根據自己的觀察和別人提供的資訊更好地瞭解威洛比的性格、人品，而且還要密切注意他對她妹妹的態度，這樣就可以弄清楚他是什麼樣的人、他的用心何在。如果發現威洛比並非一個品行良好的人，她無論如何也要幫助妹妹看清這個人的本質；如果發現威洛比對妹妹的愛情是專一的，那麼，她將會放棄成見，以瑪麗安的幸福為自己的最大安慰。

從瑪麗安在旅途上的表現來看，可以想像以後她會怎麼殷勤地陪伴詹寧斯太太。一路上，她幾乎不發一語，完全沉浸在自己的遐想中，只有在眼前出現美麗如畫的景色時，才會發出讚歎聲。為了彌補妹妹的過失，艾莉諾主動承擔起了維持禮貌的義務，以極大的耐心與詹寧斯太太說笑，儘量多聽她講話，而詹寧斯太太也盡一切可能慈愛地對待她們，總是掛念著她們是否感到快樂、舒服，稍有不周到之處都會讓她感到惴惴不安，比如在旅店裡無法讓她們選擇自己喜歡的菜肴，儘管她一再追問就是問不出她們是喜歡大馬哈魚還是鱈魚，或喜歡燒家禽，還是喜歡小牛排。

第三天下午三點鐘，她們到達了城裡，每個人都很高興能夠從馬車的禁錮中解放出來，準備在熊熊的爐火旁好好地享受一番。

詹寧斯太太的房子非常漂亮，布置十分講究，兩位小姐住進了一個非常舒適的房間。這個房間原來是夏洛蒂的，壁爐上方還掛著她的一幅畫在彩色絲織品上的風景畫，證明她在城裡的上等學校裡頗風光地度過了七年。

艾莉諾估計晚飯不會在兩個小時內做好，於是決定利用這段時間寫封信給母親。才一會兒，瑪麗安也拿起了紙筆。

「瑪麗安，我正在給家裡寫信，你是不是過一、兩天再寫？」艾莉諾說。

「我不是寫信給媽媽。」瑪麗安急忙答道。

艾莉諾沒有再說什麼，馬上想到瑪麗安一定是寫信給威洛比，由此她得出一個結論：無論他們把事情搞得多麼神祕，他們一定是互訂婚約了。這個想法雖然沒有使艾莉諾完全信服，但卻使她感到快樂，於是她繼續寫她的信。瑪麗安只花了幾分鐘就寫完了信，從信的長度來看，那只不過是一個便條，之後她把它摺疊起來封好，匆匆地寫上收信人的姓名和地址，艾莉諾隱約分辨出信封上有個大寫字母W。接著，瑪麗安馬上拉鈴，要男僕把信以兩便士郵資寄出去，「兩便士的郵資」清楚地表示了信是寫給誰的。

瑪麗安的情緒依然十分高漲，但其中夾雜著些許不安，這使艾莉諾有幾分擔憂。近黃昏的時候，瑪麗安的不安更明顯了，晚飯時幾乎什麼東西都吃不下，回到客廳後，她焦急地聽著每一輛過往馬車的聲音。

讓艾莉諾感到欣慰的是，詹寧斯太太正在自己的房間忙著，沒有看到瑪麗安的表現。當茶點送上來的時候，鄰居家的敲門聲已經不只一次讓瑪麗安感到失望了，就在這時，突然傳來一陣響亮的敲門聲，艾莉諾確信這一定是通報威洛比到了。瑪麗安站起來朝門口走去，接著打開門，朝臺階走了幾步，半分鐘之後，她又激動不安地回到房裡。在艾莉諾看來，一定是威洛比來了，瑪麗安才會如此激動。此刻，瑪麗安沉浸在狂喜之中，情不自禁地叫道：「啊！艾莉諾，是威洛比，真的是他！」她幾乎就要投入到進來的人的懷抱裡了，不料來人卻是布蘭登上校。

這個打擊實在是太大了，瑪麗安怎麼能接受！她馬上離開了客廳。艾莉諾也感到失望，但基於對布蘭登上校的尊敬，她向他表示歡迎。一個傾心於她妹妹的人，發現她妹妹見到他竟然只感到傷心和失望，這讓艾莉諾非常難過，而上校並非沒有注意到這一點，他甚至還看見瑪麗安離開客廳，驚訝之餘，他幾乎沒有注意到對艾莉諾應該表示客套的禮貌。

「你妹妹是不是不舒服？」上校問。

艾莉諾只好回答說她是病了，然後說她頭痛、情緒低落、過度疲勞等等可以為妹妹的舉動掩飾的種種推託之詞。

上校認真地聽著，也逐漸恢復平靜。他沒有再談這個話題，而是直接表示他本人能在倫敦見到她們感到很高興，同時客氣地詢問了她們旅途中的情況，還問起了留在巴頓的朋友們。

他們平靜、乏味地交談著，兩人都心不在焉。艾莉諾很想問問威洛比在不在城裡，但她又怕打聽他的情敵會給他帶來痛苦，最後，為了找話說，她問他自從上次分別後是否一直待在倫敦。

「是的，我幾乎一直待在這裡，期間只有去德拉福德一、兩次待了幾天，但一直沒有再返回巴頓。」上校有些窘迫地回答。

他說話時的神態，馬上使艾莉諾聯想起了上校離開巴頓時的情景，當時詹寧斯太太滿腹狐疑，一再追問他離開的原因，於是艾莉諾有些擔心她提出的問題會讓上校產生誤解，以為她很好奇，其實她根本沒有興趣知道。

詹寧斯太太進來了。

「啊！上校！」她像往常一樣興高采烈地大聲嚷道：「真高興見到你，不好意思，我沒有及時出來接待你，請原諒我。我離開家已經很長一段時間了，瑣碎的事情太多，我不得不四處察看，安排一些家務，還和卡特賴特算了帳。天哪，晚飯後我就一直忙個不停！不過，請告訴我，上校，你怎麼猜到我今天回城的呢？」

「我很幸運，我是在帕爾默先生家聽說的，我在他家吃晚飯。」

「喔，原來如此。那他們都好嗎？夏洛蒂好嗎？我相信她一定很好。」

「帕爾默夫人看起來很好，她託我轉告你，她說明天一定來看你。」

「是啊！明天來看我，我也是這麼想的。上校，我帶來了兩位年輕小姐，你瞧——現在這裡只有一位，還有另外一位，就是你的朋友瑪麗安，我想你不會不想聽到這個名字吧！我真不知道，為了她，你和威洛比先生打算怎麼辦？唉！年輕、漂亮是件好事，我也曾年輕過，儘管沒有漂亮過——這只是我的運氣不佳——不過，我得到了一個非常好的丈夫，我不知道最最漂亮的美人還能做什麼比這更大的作為。啊！可憐的人兒！他已經去世八年了。喔，上校，你和我們分手後到哪裡去了？你的事進展如何？得啦，得啦，朋友之間不要再保密了。」

上校以他一貫的溫和態度一一回答了詹寧斯太太的詢問，但都無法令她滿意。艾莉諾開始沏茶，瑪麗安不得已又回到客廳。

瑪麗安進來後，上校變得更加心事重重和沉默寡言，詹寧斯太太怎麼也無法說服他多待一會兒。當晚沒有再來別的客人，幾位女士一致同意早點就寢。

第二天早上，瑪麗安起床後情緒恢復了正常，神情也愉快多了，看來她對新的一天充滿期待，幾乎忘記了前一晚的失望。吃完早飯才一會兒，帕爾默夫人的四輪馬車就停在了門口，幾分鐘後，她笑吟吟地走進來。再次見到大家，帕爾默夫人簡直樂壞了，不過她還是對兩位達什伍德小姐的到來感到訝異，儘管這是她一直期望的事；因為她們拒絕了她的邀請，卻接受了她母親的邀請，這使她非常生氣，但是，如果她們不來的話，她更無法原諒她們！

她說：「帕爾默先生見到你們一定會非常高興，你們猜當他聽說你們和我媽媽一起來到城裡時他說了什麼？我現在忘了他說什麼了，不過那話可實在是古怪。」

在詹寧斯太太稱之為快樂聊天中，大家一起消磨了一、兩個小時，換句話說，這些時間都用在詹寧斯太太對一切熟人的種種詢問、帕爾默夫人無緣無故的大笑中。隨後，帕爾默夫人提議，要她們都陪她去幾家商店逛逛，她今天上午想去採購東西。詹寧斯太太和艾莉諾欣然同意，因為她們也要買些東西，瑪麗安雖然在一開始時表示反對，但還是被說服一同去了。

無論她們走到哪裡，瑪麗安顯然總是在尋找什麼，尤其是在邦德街，大家在那兒有很多東西要買，而她卻東張西望。無論大家走到哪家商店，瑪麗安都感到焦躁、不滿，艾莉諾根本聽不到她對任何要買的東西的任何意見，她對什麼都不感興趣，就是迫不及待地想回去。對於帕爾默夫人她那令人厭惡的舉動，瑪麗安十分惱火，好不容易才抑制住沒有表現出來。帕爾默夫人的眼睛總是盯著那些漂亮、昂貴或時髦的東西，恨不得買下一切，可是卻下不了決定，於是在嘻嘻哈哈中消磨了時間。

她們回家的時候已快中午了，剛一進門，瑪麗安就飛快地跑上樓，艾莉諾緊跟著上了樓，看到瑪麗安悲傷的表情，這說明威洛比沒有來。

「我們出去以後沒有送給我的信嗎？」

她問一個拿著包裹進來的男僕，得到否定的回答。

「你確定嗎？你能確定僕人或看門人沒有人進來送過信或便條？」她繼續問。

僕人都說沒有。

「太不可思議了。」瑪麗安轉身面朝窗外，失望地自言自語。

「的確太不可思議了！」艾莉諾心裡重複著這句話，憂慮地注視著妹妹。「如果她不知道威洛比在城裡，就不會寫信給他，而會寄到庫姆；如果威洛比在城裡，他竟然不來，也不寫信，這是多麼不可思議啊！噢，親愛的媽媽，你不該容忍一個如此年輕的女兒和一個我們毫不瞭解的男子訂下什麼婚約，而且還是一個神祕的婚約！我實在很想問清楚，可是瑪麗安怎能容許我干涉她的私事呢？」

經過一番考慮，艾莉諾決定，如果事態持續幾天都像這樣不愉快的話，她就要以最強烈的措辭向母親提出，一定要認真過問這件事。

帕爾默夫人及上午逛街時遇見的詹寧斯太太的兩位密友，都留下來一起吃飯。喝過茶後不久，帕爾默夫人便起身告辭，說是去赴晚上的約會了，艾莉諾不得不陪著大家湊成一副惠斯特（whist，類似橋牌的一種紙牌遊戲）牌局，在這種場合，瑪麗安毫無用處，因為她從來不肯學玩牌。儘管瑪麗安有的是可以自由支配的時間，但這天晚上她可一點也沒比艾莉諾感到更快樂，可以說一直是在焦急的期待和失望的痛苦中度過的。她坐立難安，不停地在房間裡走來走去，偶爾看幾分鐘書，但很快又把書拋開，仍然在屋子裡不斷徘徊，每次走到窗邊都會停一會兒，希望能聽到期盼已久的敲門聲。

27

第二天早上詹寧斯太太在吃早餐時說：「如果天氣一直都這麼晴朗的話，約翰・米德爾頓爵士恐怕到下星期也無法離開巴頓了，對於喜歡狩獵的人來說，哪怕失去一天的快樂也會難受的，可憐的人啊！」

「真是這樣！我還沒想到這一點呢？這種天氣最適合留在鄉下打獵。」瑪麗安快樂地說，一邊走到窗邊去觀察天氣。

這是一個令人愉快的聯想，讓瑪麗安的情緒又快樂了起來。

「對他們來說，在這樣的天氣狩獵簡直是最好不過了！」她愉快地坐回到餐桌旁，繼續說：「他們一定非常喜歡這種天氣，可是──（她又有點焦急）晴天是不可能長久持續的。在這個季節，又在下了好多雨後，恐怕就不會再有這樣的好天氣了，很快就會有霜凍，也許就在一、兩天內，而且情況可能很嚴重。這種非常溫暖的天氣恐怕不能持續下去了，也許今天夜裡就會有霜凍！」

「無論如何──」艾莉諾不想讓詹寧斯太太看透妹妹的心思，岔開話題說：「到下週末，約翰・米德爾頓爵士和米德爾頓夫人一定會和我們在城裡相聚。」

「是啊！親愛的，我敢擔保，他們會來的。」

「那麼——瑪麗安今天就會寫信到庫姆了。」艾莉諾心裡猜想。

不過，即使瑪麗安真的寫信去，也是祕密進行的，不會讓艾莉諾察覺。無論事實真相如何，無論艾莉諾對此有多麼不信服，但是，當她看見瑪麗安興高采烈的樣子，她自己也就不再感到不安了。瑪麗安因為天氣晴朗而高興、快活，同時，她以更加愉快的心情期待著霜凍的來臨。

這天上午，大家主要做的事情是到詹寧斯太太的熟人家裡去送名片，告知朋友們她回城裡了，而瑪麗安整個上午都在忙於觀察風向，注視天氣的細微變化，並想像著氣溫正在發生改變。

「你不覺得現在比早上冷嗎？艾莉諾。我覺得明顯不同了，我的手套在皮手筒裡都不覺得暖和，昨天可不是這樣的。唉，雲彩正在消散，太陽很快就會出來，下午會很晴朗的。」

艾莉諾心裡時而高興時而難過，但瑪麗安卻沉溺其中，每天晚上在爐火的亮光中、每天早上在觀察空氣的變化中，她都看得出即將霜凍的徵兆。

詹寧斯太太對她們始終都很和善，對此，兩位達什伍德小姐沒有理由感到不滿意，也沒有理由對詹寧斯太太的生活方式和她的朋友們感到不滿。詹寧斯太太的一切計畫和活動安排都給了兩姊妹很大的自由空間，在她的朋友中，除了幾位總是使米德爾頓夫人感到討厭的朋友外，其他來拜訪的人都不會讓兩姊妹感到心緒不寧。艾莉諾高興地發現，一切都比自己以前想像的舒適得多，只是希望一些晚間的聚會能有所改變，因為無論在詹寧斯太太家裡開，還是在別人家裡，這些聚會都只是打牌，而她對這類遊戲幾乎沒有半點興趣。

布蘭登上校是詹寧斯家的常客，幾乎每天都和她們在一起，一是來看望瑪麗安，二是與艾莉諾說說話。與上校交談，是艾莉諾來到城裡感到滿意的一件事，但上校對她妹妹流露出的情意與日俱增，又讓她感到擔憂。看到上校經常熱誠地注視著瑪麗安，看到他的情緒明顯比在巴頓時更加低落，艾莉諾有些傷感。

到城裡一星期後，她們確切地知道了威洛比就在倫敦。一天早上，她們散步回來，發現桌上有他的名片。

「天啊！我們出去時他來過。」瑪麗安驚叫了起來。

得知威洛比在倫敦，艾莉諾很高興，並大膽預言：「他明天一定會來。」但是瑪麗安幾乎沒聽見她說什麼，早已拿著那張寶貴的名片溜到一邊去了。

這件事使艾莉諾的心情好了起來，也使瑪麗安的情緒高漲，甚至比以前更加激動不安。從此刻起，瑪麗安的心情就沒有平靜過，無時無刻不在期盼著這一天就能見到他，以至於什麼事情都不能做。第二天，當大家都出去的時候，瑪麗安堅持留在家裡。

艾莉諾出門後，腦海裡一直在想伯克利街可能發生什麼事情，但是，當她回來後，只瞥了一眼妹妹，就知道威洛比沒有來。正在這時，僕人送來一張便條，放在桌子上。

「是給我的！」瑪麗安嚷著飛快地走上前去。

「不！小姐，是給我的女主人的。」

可瑪麗安不相信，馬上拿起來。

「確實是給詹寧斯太太的，真讓人懊惱啊！」

「那麼，你是在等信了？」艾莉諾問道，她再也不能保持沉默了。

「是的！有一點——但不是刻意等。」

稍微停頓了一下，艾莉諾說：「你不信任我，瑪麗安。」

「噢，艾莉諾，你有什麼資格責備我！你對誰都不信任！」

「我？瑪麗安，我沒有隱瞞什麼。」艾莉諾有些慌亂地說。

瑪麗安語氣強硬地回答：「我也沒有！那麼，我們的情況就是一樣的了，我們都沒有什麼事情好說的，你呢，是因為你要說的話都已經說了，而我呢，是因為我什麼也沒有隱瞞。」

艾莉諾因被妹妹誤解為不坦率而感到苦惱，在這種情況下，她不知該怎麼做才能使瑪麗安向她坦率地說出真相。

詹寧斯太太很快回來了，她拿起便條大聲讀了起來。那是米德爾頓夫人寫來的，她說他們一家人前天晚上已經抵達康杜特街的家，請她母親和兩位表妹明天晚上去做客，因為約翰·米德爾頓爵士事務繁忙，她自己又患了重感冒，所以不能來伯克利街拜訪。基於對詹寧斯太太的尊重和禮貌，兩姊妹都應該陪同前往，但是，當第二天赴約的時間臨近時，瑪麗安卻不願意去，因為威洛比還是杳無音信，她擔心他再來時她不在家，艾莉諾費了半天口舌才說服妹妹一起去。

聚會結束的時候，人人都很開心，並沒有因客居在外而心情有什麼變化。雖然約翰·米德爾頓爵士剛到城裡還沒有安頓下來，就已經找來了將近二十個年輕人，而且還辦了個舞會。但是，米德爾頓夫人並不同意他這麼做，在她看來，如果是在鄉下，隨便舉辦一個舞會倒沒什麼，但這是在倫敦，風雅體面的名聲更重要，舉辦舞會必須經過精心籌畫，如果僅僅是為了使幾位小姐高興，而讓人知道米德爾頓夫人舉辦了一個只有八、九對舞伴、兩把小提琴及在餐廳裡只有一點小吃的小型舞會，那在名聲方面所擔的風險可就太大了。

帕爾默夫婦也來參加了聚會。自從來到城裡，艾莉諾和瑪麗安還沒有見到過帕爾默先生，因為他總是設法避免對他岳母做出任何殷勤的表示，從不願接近她，當她們進來時，他稍稍看了兩姊妹一眼，就像不認識似的，只是從房間的另一端向詹寧斯太太點了點頭。瑪麗安一進門就環視了一下四周，很顯然地，他不在這兒，於是她坐下來，既不想自尋歡樂，又不想取悅他人。大約一個小時後，帕爾默先生向兩位達什伍德小姐走去，表示很訝異會在城裡見到她們，儘管布蘭登上校最早就是在他家得到她們來到城裡的消息，而他對她們的到來還說了一些莫名其妙的話。

「我還以為你們在德文郡呢！」帕爾默先生說。

「是嗎？」艾莉諾回應道。

「你們什麼時候回去？」

「我不知道。」

於是他們的談話結束了。

瑪麗安還從來沒有像今晚這樣不願跳舞，也從來沒有像今晚這樣把自己弄得筋疲力竭，一回到伯克利街她就抱怨起來。

詹寧斯太太說：「是啊！是啊！我們很清楚這一切的原因，如果某個人——暫且不說出他的名字，如果他在場，你就一點也不會覺得累了。說實話，我們邀請他，而他卻不來和你見面，實在有失厚道。」

「受到邀請！」瑪麗安叫道。

「我女兒米德爾頓夫人告訴我的。今天早上約翰·米德爾頓爵士在街上遇見他，邀請他參加今晚的聚會。」

瑪麗安沒有再說什麼，但是很明顯受到了極大的刺激。看著事態的發展，艾莉諾非常焦急，決定第二天早上寫信給母親，希望喚起她對瑪麗安健康的擔憂，讓母親過問這件早就應該過問的事。第二天早上，艾莉諾看見瑪麗安又在寫信，她認為那信除了是寫給威洛比之外，應該不會是別人，因此她更加急切地要給母親寫信。

大約中午時分，詹寧斯太太有事獨自出去了，艾莉諾馬上動手寫信。此刻，瑪麗安焦躁不安，什麼事也做不了，什麼話也說不出來，只是不安地走來走去，或坐在壁爐旁陷入悲哀的沉思中。艾莉諾在信中講述了發生的情況，並對威洛比的忠誠提出了懷疑，懇求母親基於對瑪麗安的責任和疼愛，無論如何都要要求瑪麗安說明她與威洛比到底保持著什麼樣的關係。

艾莉諾剛寫好信，就聽見敲門聲，僕人通報說布蘭登上校來了。瑪麗安透過窗戶看見了上校，她現在討厭見其他任何人，於是在上校進屋之前就離開了。上校的神情看起來比以往更加嚴肅，見只有艾莉諾一個人似乎放心了一些，彷彿有什麼要緊事要告訴艾莉諾似的，卻又一言不發地坐了好一會兒。艾莉諾相信上校一定有話要說，而且與她妹妹有關，便急切地等他開口。艾莉諾有這樣的感覺已經不是第一次了，在此之前，上校曾不只一次地用「你妹妹今天情緒不好」或是「你妹妹似乎心情沮喪」之類的句子提起話題，好像他要透露或打聽某件與瑪麗安有關的要緊事似的。過了好幾分鐘，上校終於打破了沉默，不安地問艾莉諾，什麼時候他能為她得到一個妹夫表示祝賀。對於這樣一個問題，艾莉諾感到猝不及防，一時不知道該怎麼回答，只好反問上校，他說這話是什麼意思。上校努力擠出一點笑意回答說：「你妹妹與威洛比訂婚的事已是人盡皆知了。」

艾莉諾回答說：「不可能，因為她自己家裡的人都不知道。」

上校似乎很吃驚，接著說：「請你原諒我，我的問話恐怕失禮了，但是，既然他們公開通信，我想其中不會有什麼祕密需要保守吧！而且大家都在談論他們要結婚了呢！」

「怎麼可能呢？你聽誰說起過這件事？」

「很多人，有的你根本不認識，有的你很熟，像是詹寧斯太太、帕爾默夫人和米德爾頓夫人。今天我進門時恰巧看見僕人手裡有一封你妹妹寫給威洛比的信，否則我還不相信這件事呢！唉，一個人最不願意相信某件事，但他總會碰到什麼來證明某件事確實存在。我原本是來問個明白的，但是進門的時候我就已經相信了。所有的事都定下來了嗎？難道不可能……喔，當然，我沒有權利說這些，我也不會有成功的機會。請你原諒，達什伍德小姐，我知道我不合適，但我真的不知道該怎麼辦，你行事理性，我非常信任你，那麼，請你告訴我，一切都已成定局了，只剩下一些具體的措施需要進一步商議——只是，如果可能的話，暫時保守祕密了。」

在艾莉諾聽來，這些話不啻於公開坦白了他對她妹妹的愛情，她不禁大為感動。但是，對於上校的疑問，艾莉諾一時之間也不知道該怎麼回答上校，而且還必須考慮到怎麼回答最合適。事實上，對威洛比和她妹妹之間的真實關係，艾莉諾知道的也是微乎其微，因此在解釋這件事情時，很可能不是說不到重點就是說過頭，不過，艾莉諾確信，無論瑪麗安和威洛比的愛情結局如何，布蘭登上校都不會有任何希望，在此同時，她還想保護妹妹的行為，使其免受指責。經過再三考慮，艾莉諾認為，最理性、最友善的做法是，比她實際知道或相信的說得多一些。最後，艾莉諾回答說，雖然他們從來沒有告訴過她他們之間是什麼關係，但是她絲毫不懷疑他們彼此的愛情，因而對他們通信的事她也不感驚訝。

上校默默地聽著，她剛一說完，他立即就站了起來，激動地說：

「祝你妹妹得到一切幸福，也希望威洛比努力使自己無愧於她。」

說罷便告辭而去。

艾莉諾並沒有在這番談話中獲得寬慰，以減輕她內心的不安，反而是布蘭登上校的不幸讓她非常傷感。

28

隨後三、四天裡，威洛比既沒有來，也沒有寫信來，艾莉諾更加堅信自己請求母親那樣做是正確的。一天，兩姊妹應邀陪米德爾頓夫人去參加一次晚會，詹寧斯太太因為小女兒身體不適而不能同去。瑪麗安對這個晚會全無興致，去與不去都無所謂，一點兒也不在意打扮，臉上沒有流露出半點愉快的表情。喝完茶之後，瑪麗安一直坐在客廳的壁爐前，一動也不動地陷入沉思中，也沒有察覺到她姊姊在客廳裡，直到僕人通報米德爾頓夫人在門口等候她們，她倏地站起身，那樣子彷彿忘記了在等什麼人似的。

她們在預定時間到達了目的地。當她們走上樓梯時，只聽見僕人從一個樓梯平臺向另一個樓梯平臺通報她們的姓名，接著她們走進了一間燈火輝煌的房間，裡面擁擠不堪，悶熱得幾乎令人窒息。她們彬彬有禮地問候了女主人，隨即加入眾人之中。過了一會兒，米德爾頓夫人坐下玩紙牌，瑪麗安沒有興致跳舞，她和艾莉諾有幸得到了座位，於是在離牌桌不遠的地方坐下來。

沒坐多久，艾莉諾一下子看見了威洛比，他就站在離她們幾碼遠的地方，正和一個非常時髦的年輕女子親熱地交談著。威洛比也看見了艾莉諾，馬上向她點了點頭，又繼續與那個女子交談，根本沒打算過來跟她說話，也沒打算走近瑪麗安，儘管他一定看見瑪麗安了。艾莉諾不由自主地轉向瑪麗安，看看她是否注意到這一切。恰在此時，瑪麗安看見了威洛比，突如其來的喜悅令她容光煥發，如果不是艾莉諾一把拽住她，她一定會馬上向威洛比奔過去。

瑪麗安驚呼道：「天哪！他在那兒——他在那兒。哎呀！他怎麼不看我？為什麼我不能過去和他說話？」

「你要保持鎮靜！不要在眾人面前暴露你的感情，也許他還沒有看見你呢！」艾莉諾說。可是，這話連艾莉諾自己也不相信，要在這樣的情況下保持鎮靜，瑪麗安不僅做不到，也不想這麼做。瑪麗安不安地坐在那裡，焦躁的情緒從她所有的表情中流露出來了。

最後，威洛比又轉過身來看著她們兩人，瑪麗安一下子站起來，溫柔地叫著他的名字，向他伸出了手。威洛比走過來，避開她的目光，竭力不去注意她的姿態，也沒有和她說話，而是向艾莉諾詢問達什伍德太太的健康情況，並問起她們來城裡多久了。艾莉諾聽他這樣問，再也無法保持鎮靜，氣得一句話也說不出來。但是，瑪麗安反應強烈，她臉色緋紅，萬分激動地嚷道：

「天哪！威洛比，你這話是什麼意思？你沒有收到我的幾封信嗎？你不想和我握手嗎？」

威洛比無法再回避了，但是，好像和瑪麗安接觸會使他感到痛苦似的，他只輕握了她的手一下，立即就把手抽了回去。很明顯地，在這幾分鐘的時間裡，威洛比一直在竭力使自己鎮靜下來。稍過片刻之後，艾莉諾觀察到他的表情平靜下來，只聽他心平氣和地說：

「我在上星期二到伯克利街登門拜訪，但你們和詹寧斯太太都不在家。我想你們見到我的名片了吧！」

「可是，你沒有收到我的信嗎？一定是出了差錯——某種可怕的差錯。這到底是怎麼回事？告訴我，威洛比，這到底是怎麼回事？」瑪麗安焦急萬分地說。

威洛比沒有回答，他的臉色變了，感到窘迫不安，但是，當看到剛才和他談話的那個年輕女子的眼神時，他好像覺得必須馬上克制住自己，於是他又恢復了鎮靜，說：

「是的，承蒙你發出你已到城裡的通知，我榮幸地收到了。」

說完之後，微微欠了欠身，匆忙走開去找他的朋友去了。

此時，瑪麗安的臉色像死人般慘白，她站不住，一下子癱倒在椅子上。艾莉諾擔心她隨時都可能暈過去，急忙用薰衣草香水給她定神，並遮擋住她，不讓人看見。

瑪麗安剛緩過氣來便說：「去找他，艾莉諾，強迫他到我這兒來。告訴他，我必須見他，我有話對他說。在這件事解釋清楚之前，我一刻也靜不下來，一定是可怕的誤會，噢，快去找他。」

「怎麼可以呢？親愛的瑪麗安，你必須等待，這兒不是解釋的地方，你只需要等到明天。」

艾莉諾好不容易才攔住妹妹，沒讓她親自去找威洛比，但是要說服她抑制激動——至少表面上保持鎮靜——直到她可以私下和威洛比進行有效的談話，這是她不可能做到的。瑪麗安不停地嗚咽，長吁短歎，以此來發洩她內心的痛苦。

一會兒後，艾莉諾看到威洛比離開了房間，於是告訴瑪麗安他已經走了，今晚不可能和他交談了，好讓瑪麗安鎮靜下來。瑪麗安馬上請姊姊懇求米德爾頓夫人送她們回去，因為她太痛苦了，一分鐘也待不下去了。

米德爾頓夫人還沒有打完一局牌，但是一聽說瑪麗安不舒服，她馬上把牌交給了一位朋友，馬車一準備好便告辭回家。在返回伯克利街的途中，她們幾乎沒說話，瑪麗安在極度痛苦的重壓下連哭都哭不出來。慶幸的是，詹寧斯太太還沒回家，她們直接回到自己房裡。瑪麗安聞了聞嗅鹽，稍稍鎮定了些，她很快脫了衣服上了床，似乎想一個人獨處。艾莉諾走出了房間，在等候詹寧斯太太回來的時候，她有足夠的時間可以仔細思考一下發生的事情。

毫無疑問地，威洛比和瑪麗安之間一定存在著某種約定，而同樣無可質疑的是，威洛比對這種關係已經感到厭倦了，威洛比今天的行為總不能歸咎於不能解釋的誤解和誤會。唯一的解釋是威洛比已經徹底變心了。如果艾莉諾沒有親眼看見威洛比窘迫的樣子，她一定比現在還要憤怒，他的窘態顯示他意識到了自己的行為不當，這也讓艾莉諾相信他不是那種品行不端的人，他並不是從一開始就心懷叵測地玩弄她妹妹的感情。艾莉諾深信，他們之間曾經有過愛情，威洛比確實愛過瑪麗安，或許是分離減弱了他的感情，而貪圖物質享受可能使他徹底拋棄了這種感情。

至於瑪麗安，艾莉諾不禁深感憂慮，這次不幸的會面已經給她帶來了極大的痛苦，而等待著她的可能後果會是更加強烈的痛苦。相比之下，艾莉諾覺得自己的處境倒算不了什麼，因為她能夠一如既往地敬重愛德華，不管他們將來如何各奔東西，她也總會有精神上的寄託。但是，所有的情況都在加劇瑪麗安的不幸，看來，她和威洛比注定要分道揚鑣，而即將來臨的不可避免的決裂，一定會使瑪麗安痛不欲生。

29

第二天，寒冷、陰鬱的一月的早上，當太陽還未升起、當女僕還未點燃爐火的時候，瑪麗安衣服也未穿好，就已經跪在靠近窗戶的椅子上，藉著透進來的微弱光線，一邊淚如泉湧，一邊奮筆疾書。艾莉諾被瑪麗安淒涼的嗚咽聲驚醒，焦急地觀察了妹妹一會兒，以最溫柔的口吻說：

「瑪麗安，我能不能問……」

「艾莉諾，什麼也別問，你很快就會知道一切。」

瑪麗安說話時拚命保持鎮定，但話音剛落，又沉浸在和剛才一樣撕心裂肺的痛苦之中。過了一會兒，她繼續寫信，但悲痛使她不得不時停下筆來，這充分證明，瑪麗安一定在給威洛比寫最後一封信。

艾莉諾本想安慰妹妹，但是瑪麗安懇求姊姊無論如何不要和她說話，艾莉諾只能儘可能平靜地注意著妹妹。瑪麗安的精神狀態非常令人擔憂，她只想一人獨處，在穿好衣服後，不僅不能在房間裡多待片刻，而且不停地改換地方，於是在房子裡四處徘徊，避免見到任何人，一直到吃早飯的時候。

吃早飯時瑪麗安什麼也不吃，也不打算吃。此時，艾莉諾能為妹妹做的就是竭力把詹寧斯太太的注意力完全吸引到自己身上，而不是百般安慰她、同情她。

今天詹寧斯太太的胃口很好，這頓早餐她們吃了很久。飯後，大家剛剛坐下來，就有人送給瑪麗安一封信。瑪麗安一把抓過信，臉色慘白，馬上跑了出去。艾莉諾覺得信一定是威洛比寫來的，頓時感到難受，低垂著頭，坐在那裡渾身發抖，非常擔心詹寧斯太太會注意到這些。但是，那位好心的太太只看到瑪麗安收到威洛比的信，這在她看來是個很好的笑料，於是開玩笑說她希望這封信正合瑪麗安的胃口。至於艾莉諾的痛苦表情，因為詹寧斯太太正忙著計算織地毯所需的絨線長度，所以根本沒有看見，繼續平靜地和艾莉諾談話。

瑪麗安剛一出去，詹寧斯太太說：

「我這一輩子從沒見過一個年輕女子像瑪麗安這樣不顧一切地戀愛！我的女兒們完全沒法和她相比，而且她們那時還非常蠢。瑪麗安小姐可完全是個不同的人，我從心底裡希望威洛比別讓她再等下去了，看到她倍受相思之苦，面帶病容的樣子，真讓人心疼啊！他們什麼時候結婚呀？」

艾莉諾原本不想說話，但是面對這樣一個問題，她不得不強迫自己回答，於是強作笑容說：

「夫人，你真的認為我妹妹和威洛比先生訂婚了嗎？我原本以為這不過是個玩笑，但你卻認真地提出了這個問題，你的話裡好像還有別的意思。我懇求你，不要再自欺欺人了，我向你保證，沒有什麼比聽說他們兩人要結婚更讓我感到驚訝的了。」

「達什伍德小姐，你怎麼能這麼說呢！我們不都知道他們一見鍾情，而且愛得神魂顛倒嗎？

難道我沒看見他們在德文郡時每天都在一起，而且整天形影不離嗎？難道我不知道你妹妹跟我到城裡來是為了買嫁妝嗎？得了，得了，別來這一套。你在這個問題上躲躲閃閃，就以為別人看不出來，告訴你吧！這件事早已鬧得滿城風雨了，我告訴了所有的人，夏洛蒂也是。」

艾莉諾非常嚴肅地說：「不！夫人，你真的搞錯了，真的，你不應該到處散布這個消息，你現在可能不會相信我的話，但將來你會發現你的確搞錯了。」

詹寧斯太太聽了大笑起來，可是艾莉諾已經無心再費口舌，她急切地想知道威洛比寫了些什麼，於是趕緊回到她們的房間裡。打開門，只見瑪麗安攤開四肢躺在床上，傷心得幾乎喘不過氣來，她手裡抓著一封信，另外兩、三封信散落在她身旁。艾莉諾一句話沒說，走過去坐到床上，拉起妹妹的手親膩地吻了好幾遍，隨即失聲痛哭了起來。兩人就這樣一起傷心了好一陣子之後，瑪麗安把幾封信都拿給艾莉諾，然後用手帕捂住臉，在極度痛苦的折磨下嚎啕大哭起來。艾莉諾知道，這樣強烈的痛苦看起來令人震驚，但是會有緩和的時候，於是安靜地坐在妹妹身邊看著她，直到痛苦有所減弱。隨後，艾莉諾急忙打開威洛比的信，讀了起來：

親愛的小姐：

我剛剛有幸接到你的信，請允許我向你致上誠摯的謝意。昨晚我的舉止令你不滿，這讓我感到很不安，儘管我全然不知道在哪一點上如此不幸地冒犯了你，但我還是懇請你原諒，並向你保證我的所作所為完全是無心的。每當想起以前在德文郡與你家的交往，我永遠會感到由衷的快樂，而且我認為那種交往不會因為你們對我舉止的誤會、誤解而斷絕。我對你們全家充滿了真誠的敬意，倘若因此讓你以為我有其他意圖時，或許是我在表達時有失謹慎，我將為此責備自己。當你瞭解了以下情況，就會同意我那時不可能有過別的意思：我的愛情早已別有所寄，而且我相信再過幾個星期我們就將完婚。雖然我非常遺憾，但我仍須服從你的吩咐，把有幸從你那兒收到的信件和你親切贈與的那綹頭髮歸還給你。

你最順從的、謙卑的僕人

約翰．威洛比

一月於邦德街

不難想像當艾莉諾讀到這樣一封信會多麼憤慨。雖然艾莉諾在讀信之前就已意識到這封信一定顯示了威洛比的不忠誠，並確定他們必須永遠分開，但是她怎麼也沒有料到他竟然會用這樣無恥的語言來宣布這件事！她無法想像，威洛比的舉止竟然與一切高尚的行為相距那麼遠，與一個紳士所應有的禮貌相距那麼遠，以至於寫這樣一封殘忍、惡毒的信。這封信不僅沒有表示他的歉意，而且還不承認他的背信棄義，甚至否認對瑪麗安的特殊感情，可以說，信中的字字句句都是對收信人的一種侮辱，顯示寫信的人是個狠毒、冷酷的混蛋。

讀完信，艾莉諾又氣又驚地待坐了一會兒，接著又讀了幾遍，每讀一遍，都會增加她對威洛比的厭惡，她根本不敢開口說話，唯恐傷害瑪麗安的感情。在艾莉諾看來，他們解約是好事，使瑪麗安逃脫了終生和一個無恥的人相結合的命運，逃脫了一場最不幸、最可怕的災難，使她得到了真正的解脫和救贖。

艾莉諾認真思考著信的內容，想著能夠寫出這樣一封信的人是多麼卑鄙、無恥，甚至可能聯想到了另一個人的迥然不同的品格，而那個人與這件事毫無關係。艾莉諾陷入無盡的遐思中，暫時忘記了妹妹的痛苦，忘記膝上還有三封信沒有讀，甚至忘記了自己在房間裡待了多久。這時，艾莉諾聽見一輛馬車駛到門前，她起身走到視窗察看，吃驚地發現是詹寧斯太太的四輪輕便馬車。儘管現在無法使瑪麗安平靜下來，但艾莉諾還是不想離開她，讓妹妹獨自待在家裡，於是她急忙稟告詹寧斯太太，妹妹身體不舒服，請求同意自己不去陪伴，詹寧斯太太一聽說瑪麗安不舒服，馬上欣然同意了。送走詹寧斯太太，艾莉諾回去照顧瑪麗安，發現她正打算從床上爬起來，因為長時間缺吃少睡而暈眩得差點摔倒，幸虧艾莉諾及時趕到。多少天來，瑪麗安不吃東西、無法入眠，一直處於焦躁不安的期待中，而現在一旦失去了支撐她的精神支柱，所有折磨的結果是出現頭疼、胃痛、神經衰弱的症狀。艾莉諾倒了一杯葡萄酒給她，她喝下去後覺得舒服了一些，終於能夠表達自己的感激之情了。

「可憐的艾莉諾，我連累你了！」瑪麗安說。

「我只希望，我能夠做點什麼讓你好過些。」

這話和別的話一樣，讓瑪麗安受不了，她懷著極大的痛苦，只喊了一聲：

「哎呀！艾莉諾，我實在太難過了啊！」話音未落已泣不成聲。

艾莉諾再也不能保持沉默，不能眼看著這不可抵擋的痛苦繼續折磨瑪麗安了。

「克制一下自己，瑪麗安，如果你不想毀掉你自己和所有愛你的人！想想你的母親，想想你的不幸會使她遭受怎樣的痛苦，為了她，你必須克制自己。」

瑪麗安嚷道：「我做不到，我沒辦法！如果我惹你心煩，你就離開我吧！恨我吧！忘掉我吧！但不要這麼折磨我，對於那些沒有悲傷的人來說，克制自己是多麼輕鬆的事啊！幸福的艾莉諾，你是不會知道我在遭受怎樣的痛苦啊！」

「你說我幸福，唉，你要是能知道我現在的心情就好了！看到你這麼不幸，你認為我是幸福的嗎？」

瑪麗安用手臂摟住姊姊的脖子，說：「原諒我，我知道你為我傷心，我知道你心地善良，不過，你還是——你一定是幸福的，因為愛德華愛你，不是嗎？還有什麼能抹殺那種幸福呢？」

「有很多、很多。」艾莉諾嚴肅地說。

瑪麗安拚命地叫喊道：「不！不！不！他愛你，而且只愛你一個人，你是不會有痛苦的。」

「看到你這個樣子，我也不會快樂的。」

「你永遠不會看到我其他的樣子了，我的不幸永遠都無法消除的。」

「不許這麼說，瑪麗安。你沒有可以感到安慰的事嗎？沒有朋友嗎？你的不幸難道無法補救嗎？儘管你現在感到很痛苦，可是請你想想，如果再晚些時候才發現威洛比的人品如此卑劣，你會多麼痛苦啊——如果你們的婚約長久地保持下去，然後他再提出解除婚約，你受到的打擊會有多大啊！你要知道，日子拖得越久，對你的打擊就越大。」

「婚約？我們沒有訂婚呀！」瑪麗安嚷道。

「沒有訂婚！」

「沒有！威洛比並不像你想的那樣卑鄙，他對我並沒有什麼不忠誠的。」

「但他對你說過他愛你吧？」

「是的——沒有——不！從來沒有明確說過，只是每天都在暗示這個意思，有時候我認為他已經……但其實他從來沒說過。」

「可是你寫信給他過吧？」

「是的。在巴頓發生了那一切之後，我寫信給他難道錯了嗎？」

艾莉諾沒有再說什麼，開始讀那三封信，很快把全部內容看了一遍。

第一封信是她妹妹在剛到城裡時寫給威洛比的，全文如下：

威洛比，你收到這封信會感到多麼驚訝啊！我想，當你得知我在城裡時一定會更加喜出望外。有機會來這裡（雖說與詹寧斯太太一起來的），對我來說具有無法抵擋的誘惑力。希望你能及時收到這封信，今晚就能到這兒來，不過，我想你未必能來，對此我並沒抱多大的希望。無論如何，我希望明天能見到你。再見！

瑪麗安．達什伍德

一月於伯克利街

第二封信是參加完米德爾頓家的舞會後的第二天上午寫的，內容如下：

前天沒有見到你，我的失望難以言喻。還有，一個多星期前我寫了一封信給你但也沒有得到任何回音，我的驚訝也是難以表達的。每時每刻，日復一日，我都一直在盼望收到你的來信，更盼望見到你。請你儘快再來一次，解釋一下讓我徒勞地等待的原因，不過最好能早一些，因為我們通常一點左右出去。我們昨晚參加了米德爾頓家舉行的舞會，聽說你也受到了邀請，這是真的嗎？如果情況真是如此，而你又沒來參加舞會，那麼，這表示自從我們分別以後你一定大大地改變了。但是，我認為這是絕對不可能的，我希望能很快得到你的親自保證——你完全沒有改變。

瑪．達

瑪麗安寫的最後一封信的內容是：

威洛比，你昨晚的行為會讓我怎麼想呢？我再次要求你解釋。我們久別重逢，我原本打算很高興、很親切地見到你，就以我們在巴頓的親密無間的交情來說，親切也是理所當然的，但是，實際上我遭到了冷落！我痛苦地度過了一個晚上，力求找到一個理由來解釋你那種幾乎可以稱之為侮辱的行為。雖然我無法對你的行為做出合乎情理的解釋，但我非常願意聽聽你的理由。也許你誤聽了有關我的傳言，或被別有用心的人欺騙了，而降低了我在你心目中的地位，那麼，請告訴我是什麼事，解釋一下你為什麼要做出那樣的舉動，我將為能消除你的疑慮而感到滿足。如果是我誤會了你，我會很難過；如果你已經不像迄今為止我所認為的那樣的人，你對我們大家的敬重只是虛情假意，你對我的所作所為只是欺騙，那麼，請你儘快告訴我。現在，我的內心處於可怕的猶豫不決的狀態，不管你是哪一種情況，只要能清楚明白地告訴我，都會減輕我目前的痛苦。如果你的感情已不再和從前一樣，請把我的信件和你保存的我那綹頭髮退還給我吧！

瑪．達

艾莉諾怎麼也不願相信，如此充滿溫情和信任的幾封信，竟然會得到威洛比那樣的回覆。不過，艾莉諾在心裡譴責威洛比的同時，並未忽視瑪麗安的失禮舉動，她責備妹妹不該把這些寫出來。艾莉諾默默地呆坐著，使她感到悲哀的是，瑪麗安這樣主動地、冒失地向別人表白愛情的不理性行為，結果卻遭到對方的無情嘲弄。這時，瑪麗安見姊姊讀完了信，便對艾莉諾說，信的內容其實沒什麼，任何人處在同樣的情況下都會這麼寫的。

瑪麗安補充說：「我以為，自己和他算得上已經訂婚了，就像嚴格的法律已經把我們相互連在了一起一樣。」

「我相信你是這麼想的，但不幸得很，威洛比不是這麼想的。」艾莉諾說。

「他以前也是這麼想的，艾莉諾，在好幾個星期他都是這麼想的，我很清楚。不管他現在變成什麼樣的人（原因就是有人使用卑劣的手段詆毀了我），他曾經把我看作最可愛的人，他退還給我的那綹頭髮是他用最誠摯的懇求得到的，你要是看到了他當時的神態、聽到了他當時的聲音，你就會明白了！你沒忘記我和他在巴頓的最後一個晚上吧？還有我們分別的那天早上，當他對我說，我們可能要過許多日子才能再見面時，他的痛苦——我怎麼能忘記呢？」

瑪麗安再也說不下去了，等一陣激動過去後，她以更堅定的語氣說：

「艾莉諾，有人殘忍地對待了我，但不是威洛比。」

「親愛的瑪麗安，不是他又是誰呢？他能受誰的慫恿呢？」

「可能是全世界所有的人，但不會是出自他自己的心。我寧可相信我認識的所有人聯合起來詆毀了我在他心目中的形象，也不相信他的天性會如此殘忍。他信裡提到的那個女人——不管是誰——總而言之，除了你、媽媽和愛德華以外，任何人都可能這樣殘忍地對待我。但我為什麼要懷疑威洛比，而不去懷疑其他人呢？你要知道，我瞭解他的心。」

艾莉諾不想爭辯，只是回答說：「不管什麼人這麼可惡地與你為敵，親愛的妹妹，讓他們看到你的心靈是何等高尚，讓他們看到你的生活是何等快樂吧！這樣，他們就別想幸災樂禍了。讓他們看看理性的、驕傲的心靈能夠抵抗任何惡毒的攻擊。」

「不！不！」瑪麗安嚷道：「我這樣不幸是沒有任何驕傲可言的。我就是痛苦，無論誰知道我在痛苦我都不會在乎，見到我這個樣子的人都可以幸災樂禍。艾莉諾呀艾莉諾，沒有遭受什麼痛苦的人盡可以感到驕傲，可以抵抗侮辱，甚至以牙還牙，但是我不能，我就是要感受痛苦，從中可以得到樂趣的人願意高興就儘管高興去吧！」

「可是，為了母親和我……」

「我會為你們著想。但是，要我在這樣痛苦的時候裝出高興的樣子——天哪，誰能做得到呢？」

兩人都沉默下來。艾莉諾若有所思地在壁爐和窗戶之間來回踱步，既沒感到火爐的溫暖，也沒看見窗外的景色。瑪麗安坐在床腳那頭，頭靠在床架杆上，又拿起威洛比的信，信中的每句話都使她顫抖，她驚叫道：

「太過分了！威洛比呀威洛比，這難道是你寫的信嗎？殘忍，殘忍——沒有什麼能為你開脫罪責，艾莉諾，什麼都不能夠為他開脫。即使他聽到了什麼詆毀我的傳言，他難道不該先表示懷疑嗎？他難道不該告訴我，給我澄清的機會嗎？（瑪麗安又在念信裡的話：『你親切贈與的那綹頭髮』）——這是不能原諒的。威洛比，你寫這話的時候良心何在？真是殘忍、無禮！艾莉諾，他這樣做對嗎？」

「不，瑪麗安，一定不對。」

「還有那個女人，誰知道她在玩什麼詭計？預謀了多長時間？又是如何精心策劃的？她是誰呢？她是個什麼樣的人呢？在我聽他說起過的女人中有年輕、迷人的嗎？不！沒有，沒有——他只說過我是這樣的人。」

停頓一下後，瑪麗安又激動地說：

「艾莉諾，我要回家，我要回去安慰媽媽。我們明天就走，好嗎？」

「明天？瑪麗安！」

「是！為什麼我要繼續留在這裡呢？我來這裡只是為了威洛比，但現在有誰關心我？又有誰愛我？」

「明天走是不可能的。詹寧斯太太待我們這麼好，我們陪伴她不僅是基於禮貌，還有感激的因素，即使是基於一般的禮貌，我們也不能這麼匆忙地離開。」

「好吧！也許再住一、兩天，但我不能在這兒久留，我不能留在這兒忍受別人的非議。米德爾頓夫婦、帕爾默夫婦——我怎麼能忍受她們的憐憫？像米德爾頓夫人那種女人的憐憫，噢，她知道這件事後會怎麼說啊！」

艾莉諾勸瑪麗安躺下，她聽話地躺了一會兒，但是身心的痛苦讓她難以安靜，在床上輾轉反側，到後來變得歇斯底里，艾莉諾怎麼安慰也無法讓她安靜地躺在床上，最後說服她喝了一些薰衣草藥水，這倒有點作用。從這時起到詹寧斯太太回來，瑪麗安都一直安安靜靜地躺在床上。

30

詹寧斯太太一回家就來到兩姊妹的房間，而且是直接推開門進來的，臉上顯出十分關切的神情。

「你好嗎？親愛的。」她同情地對瑪麗安說。瑪麗安扭過臉去，沒有說話。

「達什伍德小姐，她現在怎麼樣？可憐的人兒！她的精神可不好，唉，這也難怪，威洛比馬上就要結婚了，這個沒出息的傢伙！我可不能容忍他。泰勒太太半個小時前把這件事告訴了我，她是從格雷小姐的一個好朋友那兒聽說的，否則我一定不會相信，當時我幾乎氣暈過去。唉，我說，我只能這樣說，如果真有其事，那他就是非常惡劣地對待瑪麗安了，我希望他的妻子把他折磨得心神不寧。我真不知道男人怎麼會這麼胡作非為，如果我再見到他，一定狠狠地臭罵他一頓——他大概已經有很長時間沒有受到過這樣的責罵了。不過，有一點是令人寬慰的，親愛的瑪麗安小姐，他並不是世界上唯一可取的男人，就憑著你這張漂亮的臉蛋，永遠不乏追求者。好了，可憐的人兒！我不打擾她了，最好叫她馬上痛痛快快地哭一場，然後這事兒就算徹底過去了。幸好今晚帕里夫婦和桑德森夫婦要來，艾莉諾，你知道，這可以讓瑪麗安分散注意力，排解排解憂愁。」

她踮著腳尖走出去，好像覺得一點聲響都會加重瑪麗安的痛苦似的。

出乎艾莉諾的意料，瑪麗安決定下樓和大家一起吃飯，艾莉諾勸她不要這樣做，但是她不肯，說自己能忍受，這樣可以堵住那些說三道四的人的嘴。儘管艾莉諾不相信瑪麗安能一直待到正餐結束，但看見她能有意識地克制自己，不由得高興起來。

到了餐廳，瑪麗安雖然看起來很痛苦，但是比她姊姊預想的吃得多，也鎮定得多。當然，如果她開口說話，或對詹寧斯太太過分殷切的關懷稍微有一點敏感的話，她就不可能保持如此鎮定了，一定會再次痛苦不堪。幸運的是，瑪麗安一聲不吭，失神地呆坐在那裡，對眼前發生的事情茫然不知。

艾莉諾承認，詹寧斯太太的關心完全是一片好意，但卻使人痛苦，有時甚至讓人覺得荒謬可笑，不過，艾莉諾還是一再代妹妹向她表示感謝，以示禮貌。看到瑪麗安不開心，詹寧斯太太覺得有責任幫助她減少痛苦，於是像長輩在節日的最後一天溺愛自己的孩子一樣，一個勁兒地驕寵她。詹寧斯太太讓瑪麗安坐在壁爐前最好的位置上，勸她吃各種甜食和水果，還說當天的趣聞、樂事來逗她開心。如果瑪麗安對這一切好意的安排表示接受，並感到快樂的話，艾莉諾也就放心了，可是，她從妹妹的臉上看到了拒絕快樂的神情。瑪麗安終於察覺了這一切，她再也待不下去了，只說了聲難受，向姊姊做了個不要跟著她的手勢，然後匆匆走出了客廳。

瑪麗安一出去，詹寧斯太太便大聲說：「可憐的人兒！看她這樣真讓我傷心。她應該喝完葡萄酒再走，還有櫻桃乾！天哪，看來沒什麼東西合她的胃口，如果我知道她愛吃什麼，一定派人跑遍全城去找。唉，一個男人竟然如此錯待這樣漂亮的一個姑娘，真是不可思議！不過，在一方有很多錢，另一方錢很少的情況下，人們也就不在乎這些了。」

「那麼，那位小姐——我想你叫她格雷小姐吧，非常有錢嗎？」

「五萬鎊啊！親愛的。你見過她嗎？聽說她是個風騷又時髦的小姐，但並不漂亮。我記得她的嬸嬸比迪．亨蕭，嫁給了一個非常有錢的人，這家人都很富有。五萬鎊啊！人們都說這筆錢來得很及時，因為據說威洛比破產了。這也難怪，他總是把自己和馬車、獵犬打扮得漂漂亮亮，開銷那麼大，不破產才怪！唉，說這些有什麼用呢！但是，一個年輕人和一個漂亮的姑娘談戀愛，而且答應和她結婚，不能僅僅因為自己變窮了，而正好有一個闊小姐願意嫁給他，就突然變卦。在他沒錢的情況下，為什麼不賣掉馬、出租房子、打發走僕人，生活馬上來個徹底的改變呢？要是那樣的話，我敢保證，瑪麗安小姐一定會願意等待他的境況好轉。不過，如今的年輕人是不會這麼做的，他們絕對不會放棄尋歡作樂的事情。」

「你知道格雷小姐是個什麼樣的姑娘嗎？別人說她和藹可親嗎？」

「我從沒聽說她有什麼不好，實際上，我幾乎從沒聽到人們說起過她，除了今天早上聽泰勒夫人說過。有一天，沃柯小姐向泰勒夫人暗示，她認為埃利森夫婦很願意把格雷小姐嫁出去，因為格雷小姐和埃利森夫人總是合不來。」

「埃利森夫婦是什麼人？」

「格雷小姐的保護人呀！親愛的，她現在成年了，可以自己選擇丈夫了，而她做出的選擇可真夠漂亮的！現在——」詹寧斯太太頓了頓，然後說：「你可憐的妹妹回自己房間了，想必是獨自傷心去了，難道我們就想不出個辦法來安慰她嗎？可憐的孩子，讓她一個人獨處實在是太殘忍了，對了，等會兒會有幾個客人，可能會讓她高興一點。我們玩什麼呢？我知道她討厭惠斯特紙牌遊戲，難道沒有一種她喜歡而且大家可以一起玩的遊戲嗎？」

「親愛的太太，你大可不必太費心。我想，瑪麗安今晚不會再離開她的房間了，如果做得到的話，我會勸她早點睡覺，她實在需要休息。」

「當然，我看休息對她是再好不過了。晚飯她想吃什麼，讓她自己點好了！天哪，難怪她這一、兩個星期總是神色不好，垂頭喪氣的，我想這段時間她一直都處於焦慮不安中，今天早上接到的一封信把這件事徹底了結了！可憐的人兒，如果我早知道信的內容是這些的話，說什麼也不會拿她開玩笑，但我怎麼猜得到是這樣的事呢？我以為那不過是一封普通的情書，而且你也知道，年輕人總喜歡別人拿情書之類的事開他們玩笑。約翰．米德爾頓爵士和我的兩個女兒要是聽到這個消息，不知多擔心啊！我剛才在回家的路上就該到康杜特街去告訴他們這件事，還好我明天會見到他們。」

「我相信，帕爾默夫人和約翰．米德爾頓爵士用不著你提醒，也會不在我妹妹面前提起威洛比先生，或拐彎抹角地提起這件事。他們都是善良的人，一定知道在瑪麗安面前表現出知情的樣子會讓她多麼痛苦。還有，親愛的夫人，相信你會明白越少在我面前提起這件事，我就越不會難受。」

「喔，當然，聽見別人談論這件事你一定非常難過。至於你妹妹，我保證不會向她提起這件事兒，你都看見了，整個用餐期間我都隻字未提。約翰．米德爾頓爵士和我的兩個女兒都是很體貼的人，他們是不會提起的——尤其是我給他們一個暗示的話。就我個人認為，這件事說得越少越好，打擊也就會越快過去，遺忘得也就越快，議論這件事有什麼好處呢？」

「對這件事，議論紛紛只有害處，而且害處非常大，因為其中有些情況是不適合眾人談論的。事實上，我必須替威洛比先生說句公道話，他與我妹妹並沒有明確的婚約，所以談不上解除婚約。」

「哎呀！你就不要替他辯護了。哼，沒有明確婚約？當他帶著你妹妹走進艾倫罕莊園閒逛後，還需要談什麼婚約呢？」

為了瑪麗安和威洛比，艾莉諾沒有堅持糾正詹寧斯太太的想法，因為別人弄清楚真相後，瑪麗安的名譽可能會受損，威洛比也將無利可得。兩人沉默了一會兒，詹寧斯太太又忍不住開口說：

「好啦，親愛的，俗話說：塞翁失馬，焉知非福，這對布蘭登上校來說是個好消息，他最終會得到瑪麗安的，他會得到的。如果到了夏天他們還沒有結婚，你來找我好啦！天哪！上校聽到這個消息會多開心啊！我希望他今晚就來。總之，很可能你妹妹和他結婚更好，一年兩千鎊，既無債務又無障礙——只是有個小私生女，不過花不了幾個錢就可以打發她去當學徒，這樣一來，小私生女的事又有什麼影響呢？我告訴你，德拉福德是個好地方，完全像個古典式的莊園，舒適又設施齊備，四周栽種著最好的果樹圍成園牆，在一角還有一棵很棒的桑樹！天哪！我和夏洛蒂去過那兒一次，還把肚子撐壞了！那裡還有一所鴿舍、幾個泛著波光的魚塘、一條流水潺潺的水渠。總而言之，那裡有一個人所希望得到的一切。還有，那裡到教堂很近，離公路只有四分之一英里，你只要坐在屋後的一棵老紫杉樹上，就會看到絡繹不絕的馬車，所以從不會感到單調乏味。喔！那真是個生活的好地方！不遠處的村子有賣肉的，而且距離牧師的住所也很近，在我看來，那裡比巴頓莊園好一千倍，因為在巴頓莊園要到三英里外才能買到肉，而且沒有一個比巴頓別墅更近的鄰居。好啦，我要儘快給上校加油打氣。你知道，一塊好的羊肩肉會把其他肉都比下去，我們要努力讓瑪麗安把威洛比徹底忘記。」

「是呀！太太，只要能做到這一點，有沒有布蘭登上校都沒關係。」艾莉諾說，然後站起來去找瑪麗安了。不出所料，瑪麗安坐在自己房裡的壁爐前，悶悶不樂地面對著一小堆餘火發呆——直到艾莉諾進去，那是屋裡唯一的亮光。

「你最好離我遠一點。」艾莉諾只聽她說了這麼一句。

「只要你上床睡覺的話，我馬上離開。」

但是，瑪麗安一時任性起來，剛開始時拒絕睡覺，經過姊姊的好言勸說，很快就順從了。艾莉諾看著瑪麗安上了床，痛苦地把頭枕在枕頭上，然後才離開。

艾莉諾來到客廳，一會兒，詹寧斯太太也來了，手裡端著一只酒杯，裡面盛裝著一些液體。

詹寧斯太太進屋時說：「親愛的，我剛剛想起家裡還有康斯坦丁葡萄酒，味道很棒，我給你妹妹倒了一杯。我可憐的丈夫，他很喜歡這酒啊！只要他痛風的老毛病一發作，世上沒有什麼東西比這酒對他更有效了。你一定要拿去給你妹妹喝下。」

艾莉諾不禁笑了起來，因為她妹妹的情況和詹寧斯太太的丈夫完全不是同一回事。

艾莉諾回答說：「親愛的夫人，你真是太好了！剛才我離開房間的時候，瑪麗安已經上床了，現在應該睡著了。我想，對她來說休息是最有益於健康的，如果你允許的話，我可以喝了這杯酒。」

詹寧斯太太真後悔自己沒有早來五分鐘，可是對這個折衷辦法倒也滿意。艾莉諾一口喝下大半杯酒，心裡在想，說不定這酒還能治療一顆失戀的心，在她和妹妹身上試驗一下也未嘗不可。

喝茶的時候，布蘭登上校進來了，先環視了一下房間，艾莉諾從他的神態看出，上校對瑪麗安是不是在客廳裡並不抱任何希望，顯然他已經知道她不在這裡的原因了。可是，詹寧斯太太不是這樣想的，一看見上校進門，她就來到茶桌旁悄悄對艾莉諾說：

「你瞧，上校和平時一樣嚴肅，他還不太知道這件事呢，一定要告訴他，親愛的。」

上校拉過一張椅子挨近艾莉諾坐下，然後詢問起了瑪麗安的情況，他的眼神中透露出他完全知道了一切情況。

「瑪麗安不舒服，一整天都很難受，我們勸她睡覺去了。」艾莉諾說。

「那麼，也許，我今天早上聽到的消息是確切的了。」上校猶豫地說。

「你聽到了什麼？」

「一位紳士，我有理由認為……簡單地說，一個我早就知道已經訂了婚的男人……我怎麼跟你說呢？如果你已經知道了，我就不必說了，你一定已經知道了。」

艾莉諾強作鎮定地說道：「你指的是——威洛比先生要與格雷小姐結婚的事？是的，我們確實知道了，今天早上才知道的，看來這件事一天之內已經到處傳開了，真猜不透威洛比先生是怎麼想的。你是在哪兒聽說的？」

「在帕爾．瑪爾街的一家文具店裡。有兩個女士正在等馬車，其中一個向另一個說起這件婚事，聲音很大聲，所以我聽見了。她先是一再提到威洛比，這引起了我的注意，接著她十分肯定地說，威洛比與格雷小姐的婚事已經敲定了，這不再是個祕密了，只需要再做一些具體的準備工作，在幾週內就會舉行婚禮。有一件事我記得非常清楚，因為它有助於進一步認清威洛比那個人。婚禮過後，他們馬上就會到威洛比在薩默塞特郡的宅第庫姆去。真令我訝異啊！我向周圍的人一打聽，得知剛才說話的人是埃利森太太，後來又聽人說她就是格雷小姐的保護人。」

「是的。不過，你有沒有聽說格雷小姐有五萬鎊？關於威洛比與格雷小姐結婚的原因，這是我們能找到的唯一解釋。」

「可能是吧！不過威洛比可能……至少我認為——」上校停頓了一下，然後以不太自信的語氣說：「那麼，你妹妹……她現在……」

「她非常痛苦，我只能希望這種痛苦能很快過去。我相信，直到昨天為止，瑪麗安從未懷疑過威洛比的愛情，甚至現在也是，也許——但我認為他幾乎從未真正愛過她，而且從某些方面看來，他是個冷酷的人。」

「噢！是的，是很冷酷！可是你妹妹並不——我想你是這樣說的——她和你的看法並不一樣吧？」

「你瞭解她的個性，如果可能的話，她仍然會竭力替他開脫罪責。」艾莉諾說。

上校沒有再說話。一會兒，茶具端走了，牌桌安排妥當，中斷了他們之間的談話。一旁的詹寧斯太太一直高興地注視著他們談話，希望瑪麗安的事會讓布蘭登上校感到快樂，因為他又看到了希望，他可能會成為一個幸福的人，但是，讓她感到驚訝的是，整個晚上上校比往常還要不苟言笑和心事重重。

31

第二天早上，瑪麗安醒來，但痛苦並未減輕。

艾莉諾鼓勵瑪麗安把她的感受都傾訴出來，在吃早飯前，她們已經就此事談論了好幾遍。像往常一樣，艾莉諾表現冷靜，觀點鮮明；瑪麗安感性、衝動，沒有定見。有時瑪麗安認為威洛比和她一樣無辜、不幸，而有時又認為他是不可寬恕的；有時她覺得對外界的非議無所謂，有時又想永遠與世隔絕。不過，只有一件事瑪麗安是始終如一的，那就是儘量避開詹寧斯太太，如果萬不得已必須聽她嘮叨，堅決一言不發，因為瑪麗安絕不相信詹寧斯太太會同情她，體諒她的痛苦。

「不！不！不！這不可能，她不可能有同情心。她的好意不是體諒，她的和藹也不是愛，她所需要的只是聊天的素材。」瑪麗安大聲嚷道。

艾莉諾覺得現在沒有必要和妹妹爭論這個問題。瑪麗安一向個性敏感、思想細密，過於重視強烈細緻的感情和良好教養的舉止，因而在評價他人往往有失偏頗。如果說世界上大多數人都是聰明、善良的話，那麼，具有卓越才能和優雅舉止的瑪麗安卻屬於極少部分的那類人，既不通情達理，又有失於公正。發生了這樣一件事之後，瑪麗安對詹寧斯太太的評價更低了，即使詹寧斯太太完全是基於一片好心，但她的任何舉動都會使瑪麗安感受到新的痛苦。

早飯後，姊妹倆一起待在房裡，詹寧斯太太手裡拿著一封信走了進來，因為她認為這封信一定會給瑪麗安帶來安慰，於是面帶笑容說：

「親愛的，我帶來一樣東西給你，一定會讓你高興的。」

瑪麗安聽到這話，馬上想到一定是威洛比的來信，想像信的內容充滿了愛與悔恨，把發生的一切都解釋得合情合理，隨即就是威洛比急匆匆地衝了進來，拜倒在她的腳下，用一雙脈脈含情的眼睛望著她，以證明他說的句句是實。但是，事實馬上毀滅了瑪麗安的幻想，展現在她眼前的是她母親的來信。經歷從狂喜到悲哀，這使瑪麗安感到痛苦一直跟隨著她，她根本無法擺脫。

對詹寧斯太太的殘忍行為，瑪麗安的憤怒無以復加，只能用狂湧出的淚水來譴責她，不過，這種譴責對詹寧斯太太來說完全沒用，她還以為瑪麗安因收到這封信而得到了安慰呢！但是，當瑪麗安鎮定下來讀信的時候，並未從中得到什麼安慰。在她母親來信中，每一頁紙上都有「威洛比」，她母親仍然確信他們訂婚了，一如既往地相信威洛比，相信他對瑪麗安是忠誠專一的，只是因為艾莉諾的迫切請求，她才來信懇求瑪麗安坦誠地公開他們之間的關係，字裡行間充滿了對女兒的疼愛、對威洛比的喜歡，以及對他們將來的幸福的深信不疑，這令瑪麗安痛苦萬分。

想到母親，瑪麗安又想馬上回家，儘管母親錯誤地相信了威洛比，但母親才是最愛她的人，而且是比任何人都要親的親人。母親對她來說比以往任何時候都倍感親切。瑪麗安迫不及待要走，艾莉諾自己也拿不定主意，不知道究竟是待在倫敦好，還是回到巴頓好，於是提出聽聽母親的意見再定奪，這也得到了妹妹的同意。

這一天詹寧斯太太比平常早出門，因為如果不讓米德爾頓夫婦和帕爾默夫婦也和她一樣感傷，她是不會安心的，並且還斷然拒絕了艾莉諾的陪伴。看看發生的事情，再看看母親給妹妹的來信，艾莉諾覺得自己當初懇求母親寫這樣一封信是不當之舉，她憂心忡忡地坐下來，把發生的事如實地告訴了母親，請求她對她們下一步做出吩咐。瑪麗安等詹寧斯太太一走也來到客廳，一直站在桌旁看著艾莉諾寫信，為姊姊煞費苦心地如何向母親吐露這件事而感到不安，同時更為母親讀到信的內容後會帶來怎樣的影響而感到悲傷。

大約一刻鐘後，一陣敲門聲把瑪麗安嚇了一跳，她的神經已經脆弱得無法承受任何突如其來的聲響。

「這麼早會是誰呢？我還以為不會有人來打擾呢！」艾莉諾問。

瑪麗安走到窗口。

「是布蘭登上校！我們怎麼擺脫不了他！」她不耐煩地說。

「詹寧斯太太不在家，他不會進來的。」

「我才不信呢！」她說著走回自己的房間，又說：「他整天無所事事，竟然都不覺得打擾了別人。」

瑪麗安的說法既不公平也不對，但她的推測是正確的。布蘭登上校確實進來了，艾莉諾深知他是因為掛念瑪麗安才來的，而且，從他那悲傷不安的眼神中、從他那簡短焦急的問候中，艾莉諾確實看到了那種掛念，而她妹妹竟如此輕蔑他，這讓她無法原諒妹妹。

上校說：「我在邦德街遇見了詹寧斯太太，她鼓勵我來一趟，我是很容易被人說服的。我想，可能只會看到你一個人，我很希望是這樣，我的目的……我的願望……我希望你一個人在是……我相信是……是能夠給你們帶來點安慰——不，我不能說安慰……不是一時的安慰……而是要使你們確信……使你妹妹永遠確信，我對她的尊敬，對你和你母親的尊敬……請允許我講一些事情，以證明我這樣做完全是基於極其誠摯的尊敬……完全是基於一種急切的希望幫助你們的願望，我花了很長時間思考，我相信自己這麼做是正確的，難道還有什麼理由會讓我感到自己這麼做是錯誤的嗎？」他頓住了。

艾莉諾說：「我明白你的意思，你想告訴我一些威洛比的事情，以便我們更瞭解他的人品，你能說出一些事情就是對瑪麗安表示出了最深厚的友誼。不管是誰，只要能告訴我們這樣的訊息，我都將感激不盡，而我相信瑪麗安有朝一日也一定會對此表示感激的。請快告訴我吧！」

「簡單地說，去年十月我離開巴頓的時候——不過從這兒說起你可能會聽不懂，我必須從更早的時候說起。唉，達什伍德小姐，我笨嘴拙舌的，真不知道從何說起。我想，有必要簡單講一下我自己，關於這個問題——」他說著深深嘆了口氣後又說：「過去幾乎沒有什麼能夠誘使我把它說出來。」

上校停頓片刻，接著又嘆口氣，繼續說：

「你大概忘記了那一次談話，那是在巴頓莊園的一個舞會上，我們坐在一起談話，當時我提到我認識一位小姐，長得有些像你妹妹瑪麗安。」

艾莉諾答道：「我沒有忘記那次談話。」

聽說她還記得，上校顯得很高興，便接著說：

「她們兩人在容貌和性格上都十分相似，都一樣熱情奔放，一樣有想像力，一樣思維敏捷。這小姐是我的一個近親，從小就失去了父母，我父親成了她的保護人，把她養大成人。我們倆差不多一樣大，從小就是很好的夥伴和朋友，我不記得我有不喜歡伊麗莎的時候。我們長大後，我非常愛她，對她一往情深，不過，從我現在鬱鬱寡歡的樣子來看，你可能無法想像我曾經有過那麼強烈的愛情。我相信，伊麗莎對我的愛，就像你妹妹對威洛比的愛情一樣熾熱，可是我們愛情結局的不幸並不亞於你妹妹，儘管原因不同。十七歲那年，我永遠失去了伊麗莎，她結婚了——違心地嫁給了我哥哥。她有一大筆財產，而我們家卻負債累累，這恐怕就是能夠為我父親——她的叔父保護人——的行為做出解釋的唯一原因。我哥哥根本配不上伊麗莎，甚至也不愛她。我原本希望，她對我的愛會幫助她度過任何困難，而在一段時間內她也確實是這樣，可是到後來，她受到了無情的虐待，悲慘的處境動搖了她的決心，雖然她向我保證沒有什麼會使她……我真是亂說一氣，還從沒告訴你整個事情的發展呢！在她結婚前，我們曾經準備一起私奔到蘇格蘭，不料在出發前幾個小時，我表妹那背信棄義的女僕把我們出賣了。我被趕到一個遠房的親戚家裡，她則失去了自由，不許交際和娛樂，除非得到我父親的允許。唉，我太相信伊麗莎堅忍不拔的毅力，這種打擊對我來說太大了！但是，如果她的婚姻美滿幸福，而我當時又很年輕，心靈的創傷只要幾個月也就撫平了，至少我現在不用為之悲歎了，但情況並非如此。我哥哥一點也不愛伊麗莎，生活放蕩不羈，從一開始就待她不好。對於像伊麗莎這樣一個年輕、活潑、缺乏經驗的女性來說，我哥哥的行為給她的影響是可想而知的，所造成的後果也是不難想像的。起初，伊麗莎對自己所遭受的一切痛苦聽天由命，但是，她有那樣一個丈夫逗引她用情不專，又沒有一個人開導或制止她，因為我父親在他們結婚後幾個月就去世了，而我隨團部駐紮在東印度群島，所以她墮落了。如果我當時還在英國，也許……但是我那時想離開幾年，以促成他們兩人的幸福，為此還特意和別人換了防。大約兩年後，我聽說她離婚了，這消息與她結婚對我造成的打擊相比簡直就無足輕重了。就是這件事給我的生活籠罩上了陰影，直至現在，一想起我那時的痛苦……」上校激動不安地說。

上校說不下去了，一下子站起來在屋子裡踱來踱去，好幾分鐘都難以平靜下來。聽到上校講的事情，艾莉諾深受感動，而看到他痛苦不安的樣子，她一句話也說不出來。上校見她關切的表情，走上前來緊握住她的手，非常尊敬地吻了吻。又過了幾分鐘，上校終於稍微冷靜了一些，可以繼續講下去了。

「這樣痛苦地過了將近三年，我回到英國，頭一件事就是尋找伊麗莎。我四處打聽，但是毫無結果，從第一個引誘她墮落的人那裡也沒有找到線索，我擔心她陷入了更墮落的深淵。她的離婚津貼根本不足以維持她的奢華生活，而且我哥哥告訴我，她的離婚津貼權在幾個月前就轉讓給另一個人了，他猜想——冷靜地猜想，伊麗莎奢侈的生活方式使她為了擺脫暫時的經濟困境而被迫轉讓領取這筆錢的權利。最後，在我回到英國六個月後，我終於找到了她。我以前有個僕人，在我離開後遭到不幸，因為負債而被關進拘留所，我基於對他的關心，到拘留所看望他，沒想到伊麗莎也因負債被關在那兒。她完全變了樣，是那樣衰老，各種痛苦和磨難已使她青春不再。我簡直不敢相信，眼前這個病弱憔悴的人，就是我曾經熱戀過的那個美麗可愛的姑娘，看到她淪落到如此悲慘的境地，我是多麼痛苦啊！她患了肺結核，而且是末期的，而這對我倒是莫大的安慰，至少她不會繼續墮落，或遭受更多的磨難。在這種情況下，生命對她來說已經沒有意義了，除了有一段時間為死亡做好充分的準備。我把她安置在一座舒適的房子裡，給她妥善的照顧，在她去世前短暫的一段時間裡，我每天都去看她，在她生命的最後時刻，我守候在她身旁。」

上校又停下來，迫使自己鎮定一下，艾莉諾不由得發出一聲感嘆，表達了對他那朋友的不幸命運的深切同情。

「因為我認為你妹妹和我那可憐的、不名譽的表妹十分像，我希望你妹妹不要生氣，她們的命運是不會一樣的。我表妹可愛溫柔，如果她有堅強的意志，或有一個美滿的婚姻，她就有可能像你將來會看到的你妹妹的情況一樣。唉，我說這些幹什麼？達什伍德小姐，我已經有十四年沒有提起過這一個話題了，很難把它表述得清楚，我還是冷靜下來，說得簡潔些吧！伊麗莎把她唯一的小孩託付給我，那是個三歲的小女孩，是她第一次不正當關係的結晶。她很愛這個孩子，總是把她帶在身邊，她將孩子託付給我，是對我的莫大信任。如果我的情況允許，我很樂意嚴格履行我的職責，親自教育孩子，但是我沒有結婚，沒有妻子，因此只好把小伊麗莎安排在學校裡寄宿，我一有空就會去看她。五年前我哥哥死後，我繼承了家庭的財產，那孩子就經常來德拉福德看我。我跟別人說她是我的遠親，但是我知道大家都不相信，懷疑我和她有很近的血緣關係，就是說她是我的私生女。三年前，她十四歲，我讓她離開了學校，把她託付給多塞特郡一個非常受人尊敬的婦人照顧，那個婦人同時還照顧著另外地五個與小伊麗莎年齡相近的小女孩。從那時算起來，有大約兩年時間我們都過著平靜快樂的生活，但去年二月，大約十二個月前，她突然失蹤了。我馬上聯想起一件事，在她的懇求下，我曾經做出了一個不謹慎的決定，允許她和她的一個年輕女友到巴斯去，那個女孩是去照顧她父親的。那個女孩的父親是個純樸的人，可是我完全錯了。當我去巴斯詢問那個女孩時，她怎麼也不肯說，什麼也不告訴我，雖然我可以肯定她什麼都知道。她父親太老實了，完全不清楚自己的女兒在外面幹什麼，他相信自己的女兒與此事無關，還試圖說服我相信。總之，小伊麗莎就這麼走了，從此杳無音訊。在漫長的十八個月中，我整日胡思亂想、擔心受怕，我所遭受的痛苦可想而知。」

「天哪！怎麼會是這樣！難道會是威洛比……」艾莉諾驚叫起來。

「我得到小伊麗莎的消息——」上校繼續說：「是去年十月，她寫了一封信給我，這封信是從德拉福德轉寄來的，而我收到時正好大家準備去惠特維爾遊玩的那天早上，這就是我突然離開巴頓的原因。我知道，大家當時一定覺得很奇怪，我相信我還得罪了幾個人。我想，威洛比可能沒想到，當他因為我無禮地破壞了大家的遊覽興致而向我投來責難的目光時，我卻趕去拯救一個因為他而成了可憐的、痛苦的人。但是，即使威洛比知道了，又有什麼用呢？她會因此在看見你妹妹的笑容時減少幾分快樂、幾分快活嗎？不！他已經做出了這樣卑劣的事，而這樣的事，任何一個男人只要有一點憐憫之心是做不出來的。他誘騙了一個天真純樸的少女，之後把她拋入無望的絕境，使她無家可歸、得不到幫助、沒有朋友，甚至連他住哪裡都不知道。他拋棄了她，哄騙她說他還會回來，但他既沒有回去，也沒寫信，也沒有使她從困境中解脫。」

「真是卑鄙可惡到極點！」艾莉諾大聲叫道。

「你現在應該知道威洛比的人品了——揮霍無度、放蕩不羈，而且比這兩者更惡劣。如今你瞭解了這一切，請設想一下，我早就知道了你妹妹和他之間的事，看到你妹妹一直那麼迷戀他，還聽說要嫁給他，我心裡會做何感想呀！我上星期到這裡來，發現只有你一個人的時候，就決定搞清楚事實真相，雖然我還不知道自己瞭解真相後會怎麼辦。你一定認為我當時的舉動很奇怪，但現在你該明白了吧！眼看著你們大家被欺騙，眼看著你妹妹……但我又能做什麼呢？我知道，我是無法干預此事的，而且有時我又想，也許你妹妹能夠感化他，但是事到如今，威洛比竟然又幹出了這樣卑劣的事情，誰知道當初他對你妹妹安的是什麼心？不過，不管他是何居心，現在你妹妹只要把自己的處境與小伊麗莎的處境相比，想想那個可憐少女的淒慘遭遇，你妹妹一定覺得自己已經很幸運了。小伊麗莎和你妹妹一樣對威洛比一片癡情，所不同的是，小伊麗莎一生都要忍受自責的痛苦，相比之下，你妹妹就會覺得她自己的痛苦微不足道。要知道，她的痛苦不是因為她行為不端造成的，因而不會使她的名譽受損，相反地，所有的朋友會因此對她更加友善，並對她的不幸表示關切，為她在遭遇這樣的打擊下能夠堅強起來而尊敬她，會越來越喜愛她。不過，關於我告訴你的情況，請你酌情轉告她吧！會產生怎樣的效果你最清楚。還有，很重要的一點，如果我不是發自內心地相信這樣做對瑪麗安有幫助，會減少她的悔恨的話，我絕不會說出自己的家庭不幸來煩擾你，來讓我自己更痛苦，我擔心別人以為我這樣做是為了貶低他人而抬高自己。」

聽完上校的話，艾莉諾向他表示了深深的謝意，而且她相信，把這些事告訴瑪麗安會大有好處。

艾莉諾說：「最讓我痛心的是瑪麗安一直在設法為威洛比開脫罪責，因為這樣做比確信他是個卑鄙的人更使她好受些。儘管瑪麗安現在會很痛苦，但是我相信她很快就會平靜下來的。」

稍停了片刻，她接著說：「自從在巴頓與威洛比分手後，你有沒有再見到他？」

「見過，見過一次。一場決鬥是不可避免的。」上校嚴肅地回答。

艾莉諾被他那副神態嚇了一跳，不安地看著他說：

「什麼？你見他是要找他……」

「我不可能以別的方式和他見面。在被迫的情況下，小伊麗莎勉強地說出了情人的姓名。在我回到城裡之後兩個星期，威洛比也回到了倫敦，於是我們相約見面，他是為自己的行為自衛，我是去懲罰他的行為，我們都沒有受傷，因此這次決鬥沒宣揚出去。」

想像決鬥的情景，艾莉諾不由得發出了一聲嘆息，不過，對於一位具有男人氣概的軍人來說，她又覺得這樣做沒什麼可指責的。

「唉！」布蘭登上校停頓了一下，然後說：

「這就是她們母女倆的悲慘命運，多麼相似啊！我完全辜負了她對我的信任，沒盡到我的責任。」

「小伊麗莎還在城裡嗎？」

「不在。我見到她的時候，她已經快要分娩了。產後剛剛恢復，我就把她和孩子一起送到了鄉下，她現在還待在那兒。」

過了一會兒，上校想起自己可能讓艾莉諾離開她妹妹太久了，便告辭離去。當他告別的時候，艾莉諾再次對他表示了感激之情，同時打從心裡對他充滿了同情和敬意。

32

艾莉諾很快就把這次談話的內容說給妹妹聽，瑪麗安沒有對其中任何一部分的真實性表示懷疑，但是，所產生的效果並不完全像艾莉諾預料的那樣明顯。在艾莉諾講述的過程中，瑪麗安都是十分安靜、認真地聽著，既沒有提出異議，也沒有發表意見，更沒有為威洛比進行辯解，她的眼淚似乎顯示她認為他罪無可恕了。儘管艾莉諾確信瑪麗安已認識到威洛比是有罪的，儘管艾莉諾滿意地看到，瑪麗安在布蘭登上校來訪時不再回避，甚至主動和他說話，對他懷著同情和尊敬，儘管瑪麗安不再像以前那樣喜怒無常，情緒已平靜下來，但在艾莉諾看來，瑪麗安的痛苦並沒有因此而減輕，她依然憂鬱。瑪麗安覺得，發現威洛比品行卑劣比失去他的愛情更加令人痛苦，他對小伊麗莎的誘騙和遺棄、那個可憐小女孩的悲慘遭遇、他一度可能對她自己抱有不良企圖的懷疑，這一切加在一起，痛苦強烈地折磨著她，使她難以表達出內心的感受，所以一直沉溺於無言的鬱悶中。

達什伍德太太收到艾莉諾的來信，可以說受到了極大打擊，她的痛苦不亞於瑪麗安，她的憤怒甚至超過艾莉諾。她接連寫來一封封長信，告訴女兒們她所遭受的痛苦、她所能想到的一切，表示了對瑪麗安的擔憂和牽掛，並懇求瑪麗安在不幸之中一定要堅強——就連達什伍德太太也說到堅強，可見瑪麗安的痛苦是多麼大。達什伍德太太認為，瑪麗安一定覺得自己受到了傷害、受到了屈辱，但是她希望女兒不要一直沉溺於痛苦中。

達什伍德太太原本希望瑪麗安回巴頓，若是這樣她們就可以相互慰藉，但是，最後她斷然做出決定，瑪麗安現在去哪裡都可以，就是別回巴頓，因為巴頓的一切景物都可能勾起瑪麗安的回憶，使她想起過去與威洛比在一起的情景，痛苦會更強烈地折磨她。因此，達什伍德太太向兩個女兒建議，千萬不要縮短對詹寧斯太太的訪問期——從來沒有明確說過她們在倫敦待的時間，不過大家都希望至少有五、六個星期——在倫敦一定會有各種消遣和活動，還有很多朋友，而這些在巴頓是得不到的，儘管達什伍德太太知道瑪麗安對這些不屑一顧，但是她仍然希望瑪麗安可以藉此消除煩惱、治癒創傷，甚至從中得到一點快樂。

達什伍德太太希望瑪麗安和威洛比永遠不要再見面了，她認為瑪麗安待在倫敦不會有遇見威洛比的危險，因為自稱是她們的朋友的那些人一定會和威洛比斷絕來往，而且在熙熙攘攘的倫敦遇見威洛比的可能性比巴頓小得多——達什伍德太太在後來的信中認為，瑪麗安在巴頓一定會遇到威洛比，因為威洛比結婚後會去艾倫罕莊園拜訪。

達什伍德太太希望女兒們待在倫敦還有另外一個原因，約翰．達什伍德來信告訴她，他們夫婦二月中旬以前要到倫敦，達什伍德太太認為她們應該和她們的哥哥見見面。

瑪麗安認為，母親的意見和自己所希望的大相逕庭，是大錯特錯了，而且要求她繼續留在倫敦意味著得不到母親的安慰，自己還會被迫到那些討厭的社交場合中去，儘管如此，瑪麗安還是服從了母親的意願。

不過，讓瑪麗安感到欣慰的是，給她帶來不幸的事情卻會給姊姊帶來好處。而在艾莉諾看來，繼續留在倫敦已無法做到完全避開愛德華，這只會給自己增添煩惱，但這對瑪麗安來說比馬上回德文郡要好，為此艾莉諾也稍感欣慰。

艾莉諾小心謹慎地保護著妹妹，不讓她聽見別人提起威洛比的名字，她的努力沒有白費，因為不論是詹寧斯太太，還是約翰．米德爾頓爵士，甚至帕爾默夫人，他們都從未在瑪麗安面前說起過威洛比。艾莉諾希望他們在自己面前也不要談論威洛比，但這根本就是奢望，完全不可能，她不得不日復一日地聽著他們一個個發洩對威洛比的憤怒。

開始時，約翰．米德爾頓爵士簡直不敢相信會有這種事，因為他一直認為威洛比是一個體面的紳士、英國最勇敢的騎手，這真是令人不可思議！而後，約翰．米德爾頓爵士又發自內心地詛咒威洛比，發誓永遠不再和他說一句話，即使是在巴頓這樣的小地方，他們一起待上兩個小時也不會和他說半句話。約翰．米德爾頓爵士大罵威洛比是一個混蛋、一隻欺騙人的狗！他們在最後一次見面時，約翰．米德爾頓爵士還把他的一隻小狗送給了威洛比呢！

帕爾默夫人以她特有的方式表示了她的氣憤，她決定馬上和威洛比斷絕來往，其實他們根本就不認識，為此她感到萬分慶幸；她還真心希望庫姆離克利夫蘭別那麼近，不過這沒有什麼關係，因為兩地本來就相距甚遠；她恨透了威洛比，發誓永遠不再提起他的名字，而且逢人就說他是個飯桶。

帕爾默夫人的同情還表現在盡力打探正在籌辦的威洛比的婚禮細節，然後轉告給艾莉諾，比如在哪個馬車行訂做新馬車、由哪位畫家給威洛比畫像、格雷小姐的衣服在哪家衣料店縫製。

艾莉諾常被這些過於殷勤的慰問搞得心煩意亂，而此時米德爾頓夫人禮貌的、漠不關心的態度倒使她感到些許寬慰，她不禁在想，在安慰人的時候，好教養比好心腸更重要。

在艾莉諾時常被善意的喧鬧搞得心煩意亂的時候，她確切地知道有一個人對這件事毫無興趣、沒有半點好奇心，對她妹妹的健康也沒有任何焦慮之感，這對她來說是個莫大的安慰。

如果這件事成為眾人熱議的話題，米德爾頓夫人也會表示她的看法，發出一兩聲「的確非常令人震驚」的感歎。在這樣溫和地表達了自己的感情後，米德爾頓夫人不僅在見到兩位達什伍德小姐時不帶一絲感情，完全無動於衷，而且在見到她們時也根本不會聯想到此事。在這樣表示了對別人錯誤的堅決譴責，以及在這樣維護了女性的尊嚴後，米德爾頓夫人認為自己可以心安理得地去關心她的聚會了，並做出了一個決定（雖說違背了約翰．米德爾頓爵士的意願）——既然威洛比夫人既風雅又有錢，那麼，等她一結婚就把自己的名片送過去給她。

艾莉諾一直很喜歡布蘭登上校親切體貼的問候，所以他們時常在一起討論瑪麗安的事情，談話時彼此都十分信任。上校沉痛地說出自己不幸的過去與現在所遭受的恥辱，所做出的痛苦犧牲，而他得到的回報就是瑪麗安有時會以憐憫的眼神看著他，和他說話時語氣溫和，這些舉動不僅使上校確信他的努力增加了瑪麗安對他的好感，而且也給艾莉諾帶來希望，而這好感也將與日俱增。但是，詹寧斯太太對此一無所知，她只知道上校仍然像以前一樣鬱鬱寡歡，她既無法說服他去求婚，也不能說服他委託她去代他求婚。因此，在事情發生後的前幾天裡，詹寧斯太太認為上校和瑪麗安在夏天結不了婚，婚禮得拖延到米迦勒節（九月二十九日），而在一星期後，詹寧斯太太得出結論——他們不會結婚，因為上校和艾莉諾相處得十分融洽，談話也很投機，這似乎顯示德拉福德的桑樹、水渠、紫杉樹及由此帶來的一切榮譽都將給予艾莉諾，上校將不會向瑪麗安求婚，而是向艾莉諾求婚，一時間把愛德華忘得一乾二淨了。

二月初，就是從瑪麗安收到威洛比的來信不到兩個星期，艾莉諾不得不告訴妹妹一件痛苦的事——威洛比結婚了。其實艾莉諾早就向人打了招呼，一旦知道威洛比的婚事辦完，就把消息轉告她，因為她看到瑪麗安每天早上都會焦慮不安地翻看報紙，而她不願讓妹妹先從報紙上得到這個消息。

瑪麗安乍聽到這一消息時表現得很鎮靜，什麼都沒有說，一滴眼淚也沒有，但一會兒就哭了起來，一整天都一副可憐兮兮的模樣，看起來十分痛苦。

還好威洛比夫婦一舉行完婚禮就出城去了，既然沒有再見到威洛比夫婦的危險，艾莉諾就希望說服妹妹出門走走，因為瑪麗安自從受到打擊以後一直沒出過門。

不久前，兩位斯蒂爾小姐來到霍爾本街巴特利特大廈，在她們的表姊家做客，現在，她們又來到康杜特街和伯克利街拜訪兩家更為尊貴的親戚，並受到了主人熱情的歡迎。

不過，艾莉諾非常不願見到她們，她們的出現只會讓她感到難受。露西見她還在城裡，那副虛假的高興模樣讓艾莉諾哭笑不得，也顧不得什麼叫禮貌了。

「如果我看不到你還在這兒，一定會大失所望。」

露西反覆說，並特別加重了那個「還」字的語氣。

「不過，我一直覺得我會見到你，而且很肯定，你是不會在倫敦待很短時間的，儘管你在巴頓對我說，你在城裡不會超過一個月，但我當時就認為到時候你一定會改變主意的。是啊！你的哥哥、嫂嫂就快來了，如果你沒有見到他們，一定會遺憾的，現在你一定不會急著走啦！你沒按照自己所說的話去做，這讓我既驚訝又開心。」

艾莉諾完全明白她這番話的弦外之音，她不得不盡力克制自己，裝作聽不懂似的。

「親愛的，你們是怎麼來的？」詹寧斯太太說。

「老實說，我們不是坐公共馬車來的，是乘驛車來的，這一路上有個非常瀟灑的年輕人陪伴我們。大衛博士打算進城，所以我們認為可以和他乘驛車一起來，他舉止溫文爾雅，還很大方，比我們多付了十到十二個先令。」斯蒂爾小姐馬上得意洋洋地回答。

詹寧斯太太叫道：「哎呀！真不錯，太棒了！我想，這位先生一定還是個單身漢。」

斯蒂爾小姐裝模作樣地說：「得了吧！每個人都拿他和我開玩笑，我想不出這是為什麼。我的表妹們都說，一定是我把他征服了，不過，我可沒時時刻刻想著他。那天，表姊看見他穿過街道朝她家的方向走來，對我說：『天哪！你的意中人來了，南茜。』我說：『我的意中人，真的嗎？我不知道你指的是誰，這位先生可不是我的意中人。』」

「哎呀！說得多動聽啊！我看他根本就是你的意中人。」

「真的不是！你要是再聽見別人這麼議論，我求你反駁一下。」她矯揉造作地回答，臉上裝著一副認真的神情。

詹寧斯太太馬上給了南茜一個令她滿意的答覆，向她保證不會對此進行反駁，南茜聽了高興極了。

「達什伍德小姐，你哥哥、嫂嫂進城後，想必你們會和他們住一起吧！」露西停止了惡毒的含沙射影，開始發起了攻擊。

「我想我們不會的。」

「喔，我敢說你們會。」

艾莉諾不想和她就此事爭執下去。

「這是一件多麼令人意外而開心的事情啊！達什伍德太太竟然能讓你們兩個離開她這麼長時間！」露西繼續說。

「長時間？才不是呢！她們的訪問才剛剛開始呢！」詹寧斯太太插話說。

這讓露西啞口無言了。

「達什伍德小姐，很遺憾我們不能見到你妹妹，聽說她身體不舒服。」斯蒂爾小姐說。

原來瑪麗安在她們進來之前便急忙離開了。

「你真客氣，錯過了和你們見面的快樂，我妹妹也很遺憾。她近來頭痛得厲害，每天筋疲力竭，不適宜會客說話。」

「哎呀！太不幸了！不過，露西和我都是你們的好朋友，我想她可以見我們，我們只看看她，保證絕不會說半句話。」

艾莉諾客氣地拒絕了這一建議，說她妹妹也許已經換了睡衣，也許已經躺下休息了，因此不能來見她們。

「如果只是這樣，我們還是可以去看她嘛！」斯蒂爾小姐嚷道。

艾莉諾覺得自己對這樣的無禮行為已經忍無可忍了，不過就在這時露西厲聲責備了她姊姊一句，省去了艾莉諾出面制止的麻煩。

33

有一天上午，在艾莉諾的一再勸說下，瑪麗安同意陪姊姊和詹寧斯太太出去半個小時，不過她提出了附加條件——不去做客，只陪她們去薩克維爾街格雷商店，除此之外哪裡也不去。為了兌換母親的幾件舊首飾，艾莉諾要去薩克維爾街格雷商店和老闆洽談。

她們來到商店門口時，詹寧斯太太提出想去拜訪一下住在這條街的另一頭的一位女士，反正她到格雷商店也無事可辦，於是她們商定，各做各的事，詹寧斯太太拜訪結束後回來找她們。

兩位達什伍德小姐剛一走上臺階，就發現商店裡已有不少人了，她們只好等候。她們站在一位紳士的後面，這一列只有他一個人，看起來很快就會輪到她們。但是事實證明，這位紳士精心的打扮與他的禮貌相去甚遠，完全一副目中無人的樣子。為了挑選一個牙籤盒，他查看、品評了店裡的所有牙籤盒，花了一刻鐘的時間才確定了牙籤盒的大小和式樣。在此期間，這位紳士根本沒有注意到兩位小姐，只是無禮地瞟了她們三、四眼。儘管這位紳士是一流的時髦打扮，但他的五官卻使艾莉諾猛然聯想到一個人，想起了與這張臉有幾分相似的另一張堅定但毫不驚人的臉孔。

瑪麗安始終都沒有察覺到那位紳士對她們不禮貌的打量、對牙籤盒吹毛求疵時自負的神情，倒省卻了產生蔑視、憤怒之感的煩惱，因為她在格雷商店和在自己臥室裡一樣，完全沉浸在自己的內心世界裡，對周圍發生的事渾然不知。

最後，牙籤盒的事終於有了定案，連上面裝飾的象牙、黃金和珠寶都做了要求，還指定了日期，要求最晚必須在哪天把牙籤盒送去給他。然後，他慢條斯理地戴上手套，又瞟了兩位達什伍德小姐一眼，彷彿是想讓對方豔羨自己，然後帶著自負與傲慢的神情揚長而去。

艾莉諾趕忙上前抓緊時間辦自己的事。正在辦理成交手續的時候，又有一位紳士站在艾莉諾旁邊，她轉過臉看了一眼，訝異地發現那是她哥哥。

在格雷商店裡眾目睽睽下，他們見面時的那個高興與親熱勁，看起來還真像回事似的，這讓兄妹們都感到滿意，而他對她們母親的問候也是充滿敬意的。

艾莉諾得知，他和芬妮到倫敦已經兩天了。

「我昨天就很想去看你們，可是根本走不開，因為我們必須帶著哈里到埃克塞特交易所去看動物，哈里高興極了，剩下的時間得陪費拉爾斯太太。今天早上我本打算去看你們，只要有半小時的空閒時間就夠了，可是我們剛進城總有一大堆事情要辦，我來這裡是幫芬妮訂做一件海豹皮製品。不過，我想我明天一定能去伯克利街，由你們引見一下你們的朋友詹寧斯太太。我知道她很有錢，還有米德爾頓夫婦，你一定要把我介紹給他們，既然他們是我繼母的親戚，我很樂於表示對他們的敬意。我聽說，他們是你們的好鄰居。」他說。

「的確很好。他們照顧我們，讓我們過得很舒適，可以說無微不至地關心我們，他們的友善好得我無法形容。」

「聽你這麼說，我高興極了，真的。不過，這是理所當然的嘛，他們都很有錢，又是你們的親戚，本來就應該對你們以禮相待，提供種種方便。這麼說來，你們在小別墅裡過得非常舒適，什麼都不缺了。關於那棟別墅，愛德華跟我們做了一番最迷人的描述，他說最完美的是你們非常喜歡它，我們聽了也很高興。」

聽到哥哥說出這番話，艾莉諾不禁替他感到羞愧。這時，詹寧斯太太的僕人來告訴艾莉諾，他的女主人在門口等候她們，艾莉諾正好省得回哥哥的話。

達什伍德先生陪著她們走下臺階，來到詹寧斯太太的馬車旁，艾莉諾把他介紹給了詹寧斯太太。告別的時候，他再次表示希望第二天能去拜訪她們。

約翰．達什伍德先生如期來訪了，而且還帶來了她們的嫂嫂的口信，為她未能同來假意地表示歉意，說是因為她要陪伴母親，所以沒時間到處走。詹寧斯太太當即表示，因為都是親戚，她不會拘泥於禮貌，請她儘管放心；同時她還肯定地說，她很快就會去拜訪約翰．達什伍德夫人，帶著她的小姑們去看她。達什伍德先生對妹妹們態度冷淡，而對詹寧斯太太則殷勤有加、禮貌周全。

隨後布蘭登上校也來了，約翰．達什伍德先生用好奇的目光打量著他，好像在說，如果上校是個有錢人，他同樣也會以禮相待。

待了半個小時之後，達什伍德先生要艾莉諾陪他去康杜特街，把他介紹給約翰．米德爾頓爵士和米德爾頓夫人。那天天氣晴朗，艾莉諾欣然同意了。兩人剛走出屋子，達什伍德先生就開始打聽起上校的情況來。

「布蘭登上校是什麼人？他有錢嗎？」

「他在多塞特郡有一大筆財產。」

「這太讓人高興了。他看起來很有紳士風度，艾莉諾，我想我可以為你將擁有一個受人尊敬的家庭而恭喜你了。」

「我？哥哥，你是什麼意思？」

「他喜歡你，我仔細觀察過他，我真的這麼認為。他有多少財產？」

「我想，一年大約兩千鎊。」

「一年兩千鎊。」他說了一句，心裡頓時湧起一股激昂之情，接著說：「艾莉諾，看在你的份上，我真心希望他的錢是這個數目的兩倍。」

「我相信你的話，但我敢肯定地說，布蘭登上校並沒有想娶我的意思。」

「你錯了！艾莉諾，你大錯特錯了，你只要稍微努力一下，就能把他抓到手。也許目前他還猶豫不決，因為你的微薄財產使他畏縮，他的朋友也可能從中作梗，但是，一個女人只要稍稍獻點殷勤和鼓勵就會讓他不由自主地就範，你沒有理由不努力爭取他。你不要留戀你之前的戀愛了，簡而言之，你要知道那種愛情是根本不可能的，阻力是不可克服的，你很理性，不會不明白這個道理。布蘭登上校是個不錯的選擇，我會對他彬彬有禮，我會讓他對你和你的家庭感到滿意，總之，這是一件……」他壓低聲音說：「總之，這一定會受到所有人的祝福。」

他鎮定了一下，接著說：「我的意思是，你的朋友們都真心希望看到你有個好歸宿，尤其是芬妮，她十分掛念你們的事，還有她母親，費拉爾斯太太是個很和藹的人，她一定會很高興的，前幾天她就這麼說過。」

艾莉諾不想回答。

達什伍德先生繼續說：「如果真是這樣，那會發生相當驚人的事，芬妮的一個弟弟、我的一個妹妹都同時結婚，這也並非完全不可能。」

「愛德華．費拉爾斯先生要結婚了嗎？」艾莉諾問道，聲音很堅定。

「還沒有完全確定，不過正在考慮之中。愛德華有一個世上最出色的母親，如果婚約訂下來，費拉爾斯太太會非常慷慨地每年給他一千鎊。女方是已故莫頓侯爵的獨生女莫頓侯爵小姐，有三萬鎊財產。這個婚約對雙方來說都很理想，我認為他們會及時完婚。對一個母親來說，每年都要拿出一千鎊給自己的兒子，費拉爾斯太太真是太偉大了。再告訴你一件事，你就知道她有多慷慨了。那天，我們剛進城，她大概知道我們手頭的錢不是很多，就給了芬妮一張兩百鎊的現金支票。真是雪中送炭呀！因為我們在這兒的開銷一定會很大。」

達什伍德先生停下來，等待艾莉諾說句表示贊同和同情的話，艾莉諾只好勉強說：

「你們在城裡和鄉下的開銷一定都相當可觀，但你們的收入也很高呀！」

「並不像許多人想像的那麼多，不過我不想抱怨窮啊什麼的，我們的收入是相當不錯，我希望有朝一日這個數目會更大，但是，正在進行的諾蘭公地的圈地耗資極大，是我們最沉重的負擔，此外，這半年裡我還買了一點產業——伊斯特．傑翰農場。你一定記得那個地方，老吉布森以前住在那裡。從各方面來說那個農場都十分理想，而且與我的產業相鄰，我覺得我有義務把它買下來，如果讓它落到別人手裡，我將會非常自責。人得要為自己的便利付出代價，這下可好了，它已經花了我一大筆錢。」

「比你認為的實際價格高嗎？」

「那倒不是。買下農場的第二天，如果我手頭缺幾千鎊，我本來可以賣掉小賺一筆錢，可是想到買下它時花了我那麼多錢，如果便宜地賣掉，那就太不划算了，因為當時的市價很低。」

艾莉諾只能微微一笑。

「我們剛到諾蘭莊園時，大筆的開銷是難免的。你也很清楚啊，我們的父親把從斯坦希爾帶到在諾蘭莊園的財產（它們都是非常值錢的）全部送給了你母親，我絕不是埋怨他不該這麼做，畢竟他有權依自己的意願處置自己的財產。可是，我們就不得不因此而大量購買亞麻、絲綢、瓷器之類的東西，用來彌補家裡被拿走的東西。在花費了所有這些開支後，我們元氣大傷，所以費拉爾斯太太的好意真的是雪中送炭啊！」

「是啊！我希望在她的慷慨援助下，你們能過舒適、富足的生活。」

「再過一、兩年可能差不多，現在還沒辦法，而且還有很多事要做呢！芬妮的溫室一塊石頭也沒有砌，還有，除了擬定了花園的計畫外，什麼都沒做。」達什伍德先生嚴肅地回答。

「溫室要建在哪兒？」

「房子後面的小山坡上。我們把那些老胡桃樹全部砍掉了，坡頂上的荊棘也清理乾淨了。溫室建好後，從莊園的各個角度看，都是一道漂亮的風景，而花園就在它前面的斜坡上，漂亮極了。」

艾莉諾把對老胡桃樹的關切和對哥哥、嫂嫂這種行為的責難憋在心裡，什麼也沒說，但讓她感到慶幸的是，瑪麗安沒有聽到這件讓人惱怒的事。

達什伍德先生哭窮叫餓地已經說得夠多了，足以讓人知道他有多窮，足以讓他下次去格雷商店時不必為他的妹妹們每人買一副耳環了，於是他把話題轉向一些較為愉快的事情上，開始恭喜艾莉諾能有詹寧斯太太這樣一位朋友。

「她的確是個非常富有的人，她的房子、她的生活方式，都顯示她有很高的收入，你們和她交往會很有好處，不僅現在大有好處，將來可能也有大大的好處。她邀請你們到城裡來，說明她非常喜歡你們，她去世的時候應該也不會忘記你們的，她一定會留下一大筆遺產。」

「我倒認為不會留下什麼財產，因為詹寧斯太太只從她去世的丈夫那裡得到一筆財產，她會留給她女兒。」

「但是，她的生活開支絕對不會超過她的收入，理性的人很少會這樣做，而無論她積攢下來多少錢，她自己都有權處置。」

「難道你不認為她更可能把財產留給她的女兒，而不是留給我們嗎？」

「她的兩個女兒都嫁給了有錢人，她沒必要擔心她們，也不必把財產留給她們。在我看來，她這麼關心你們，這麼慈愛地對待你們，就是向別人顯示她將來可能會給予你們一種權利，這是一個做事謹慎的女人不可忽視的。她對你們很友善，而只要她表現出了這樣的行為，她就一定會意識到她的做法所引起的期望。」

「但是，她的做法並沒有引起那些與這件事關係重大的任何人的期望。哥哥，你想得太多、太遠了。」

「呃，當然！」達什伍德先生說著，似乎想讓自己鎮定一下，接著又說：

「但是一個人的能力是非常有限的。對了，親愛的艾莉諾，瑪麗安怎麼了？她看起來很不好，臉色蒼白，身體也相當羸弱，她生病了嗎？」

「她不舒服，她頭痛已經好幾個星期了。」

「真令人難過，在她這個年齡，任何疾病都會毀掉她的青春！她的青春太短暫了！去年九月，她還是我見過最漂亮的姑娘呢！對男人很有吸引力，她的氣質具有一種特別使男人傾倒的魅力。我記得芬妮時常說，瑪麗安會比你早出嫁，婚姻會比你美滿，可是事實證明芬妮錯了。說實話，我現在對瑪麗安能否嫁一個每年最多只有五、六百鎊的男人都表示懷疑，所以如果你不能擁有一樁好姻緣的話，那就讓我太失望了。多塞特郡！我對那個地方瞭解得不多，不過，親愛的艾莉諾，我很樂意多瞭解一些，而且我想，到時候芬妮和我一定會成為你們的第一個客人。」

艾莉諾非常認真地想讓她哥哥明白，她根本不可能嫁給布蘭登上校，但是，她哥哥一心期望這樁婚姻能為他帶來極大的喜悅，所以他是不會就此放棄的，因此他還決定努力拉近與上校的關係，盡心全力促成這門婚事。約翰．達什伍德對自己沒能為妹妹們做點兒事而感到內疚，所以他極度渴望別人能夠為她們多做些事，而布蘭登上校的求婚，或是詹寧斯太太的遺贈，是彌補他失職最簡單、最容易、最划算的方法。

他們的運氣不錯，米德爾頓夫人在家，一會兒約翰．米德爾頓爵士也回來了，大家都很客氣。約翰．米德爾頓爵士一向是好客的，儘管約翰．達什伍德先生不擅長識人，但也很快就認為他是一個好脾氣的人，而米德爾頓夫人根據達什伍德先生時髦的裝扮也認為他是一個值得交往的人。當約翰．達什伍德先生離去時，對爵士夫婦都讚美有加。

約翰．達什伍德先生對他妹妹說：「我要跟芬妮報告一個令人高興的消息，米德爾頓夫人真是一個風雅的女人！我敢肯定，芬妮一定喜歡結識這樣的女人。還有詹寧斯太太，雖然不像她女兒那樣，但她舉止得體，你嫂嫂可以放心地來拜訪她了。我們以前聽說詹寧斯太太那已故丈夫的全部財產都是用卑劣的手段掙來的，所以，芬妮和費拉爾斯太太因此有著強烈的偏見，認為她和她女兒都不是可以交往的女人。現在我的報告應該會令她們滿意的，她們可以放心地來往了。」

34

約翰．達什伍德夫人非常相信她丈夫的判斷力，第二天就去拜訪了詹寧斯太太和她的女兒。她發現，詹寧斯太太是值得結識的，即使這個女人和她的兩位小姑處在一起。至於米德爾頓夫人，約翰．達什伍德夫人也覺得她是世上最討人喜歡的女人之一。米德爾頓夫人也一樣喜歡約翰．達什伍德夫人。她們兩人都很冷酷、自私，這是她們相互吸引的首要原因，而她們的舉止都得體而乏味，她們的內涵都比較貧乏，這些又使她們之間產生了共鳴。

不過，約翰．達什伍德夫人的言行雖然得到了米德爾頓夫人的歡心，卻沒有贏得詹寧斯太太的好感。在詹寧斯太太看來，她不過是個舉止傲慢、談吐虛偽的小女人，她和她的小姑見面時毫不親熱，和她們幾乎無話可說。約翰．達什伍德夫人在伯克利街逗留了一刻鐘，其中至少有七分半鐘坐在那裡一言不發。

艾莉諾心裡很想知道愛德華這時在不在城裡，但她絕不會主動去問芬妮，而芬妮說什麼也不會在艾莉諾面前主動提起愛德華，因為芬妮相信愛德華與艾莉諾之間仍然有很深的感情，需要隨時隨地使他們保持距離。但是，芬妮不肯透露的消息，艾莉諾很快就從別人那兒知道了。不久，露西因為見不到愛德華而來向艾莉諾訴苦，希望得到她的同情。愛德華已經和達什伍德夫婦一道來到城裡，而露西卻見不到，因為害怕被人察覺他們之間的關係，愛德華不敢來巴特利特大廈，雖都迫不及待地想見對方，但也只能寫信互通訊息。

時隔不久，愛德華兩次來伯克利街拜訪，證實了他人就在城裡。有兩回當她們上午赴約回來的時候，在桌子上發現他的名片。艾莉諾對他的來訪感到高興，更為自己沒有見到他感到高興。

達什伍德夫婦非常喜歡米德爾頓夫婦，雖然他們從來不願意給別人什麼好處，但他們還是決定請米德爾頓夫婦到哈利街共進晚餐，他們租了一座很好的房子，為期三個月。同時，他們還邀請了兩個妹妹和詹寧斯太太，約翰．達什伍德也沒有忘記布蘭登上校。上校總是樂於與達什伍德小姐們待在一起，對自己受到達什伍德先生的熱情禮遇，感到十分訝異，但更感到快樂。費拉爾斯太太將會出席這個家庭晚宴，但艾莉諾不知道她的兩個兒子是否會在場，不過，一想到能見到費拉爾斯太太，倒使她對這次宴會產生了興趣。過去，艾莉諾每當一想到拜見愛德華的母親，心裡就會忐忑不安，現在她可以不必為此憂心忡忡，對他母親對自己的看法也可以持完全無所謂的態度，但她很想知道費拉爾斯太太究竟是個什麼樣的人，這種好奇心促使她像以前一樣強烈地希望見到費拉爾斯太太。

艾莉諾雖然有點不開心，但對這次晚宴的興趣卻大大地增加了，因為她聽說兩位斯蒂爾小姐也受到了邀請。

兩位斯蒂爾小姐的殷勤使米德爾頓夫人非常喜歡她們，儘管露西並不優雅，她姊姊也沒禮貌，可是米德爾頓夫婦還是樂意邀請她們到康杜特街做客一、兩個星期。當兩位斯蒂爾小姐一聽說達什伍德夫婦要請客，於是她們在晚宴舉行的前幾天就到米德爾頓夫婦家做客了。

兩位斯蒂爾小姐之所以能成為約翰．達什伍德夫人的座上嘉賓，並不是因為他們是多年照顧愛德華的紳士的侄女，而是她們是米德爾頓夫人的客人，所以她們得和主人受到一樣的歡迎。露西早就想結識費拉爾斯一家人，以便清楚地瞭解他們的性格，同時更明確地瞭解她自己的困難所在，並爭取獲得一個努力取悅於他們的機會，因此，在收到約翰．達什伍德夫人的請帖的那一刻，她感到了一種很少有過的快樂。

不過，艾莉諾接到請帖的反應卻截然不同。艾莉諾推測，愛德華和他母親住在一起，既然他母親要去參加晚宴，那他一定也會受到邀請。在發生了所有的一切事情之後，她第一次見到他就是看見他和露西在一起——她不知道自己到時候怎麼受得了。

也許，艾莉諾完全不必有這些憂慮，而且事實證明這些憂慮根本沒有必要，因為露西的「好意」幫助她消除了憂慮。露西為了使艾莉諾感到失望和痛苦，她告訴艾莉諾，愛德華星期二一定不會去哈利街，並說愛德華不去是因為對她的愛，他擔心自己和露西在一起時無法掩飾這種愛情。

星期二到了，兩位年輕的小姐即將見到那位令人生畏的婆婆了。

大家一起上樓時，露西說：「可憐、可憐我吧！親愛的達什伍德小姐！這裡只有你能同情我，我快站不住了。天哪！我馬上就要見到那個能決定我終身幸福的人了，那個將要成為我的婆婆的人！」

艾莉諾本來可以提醒她，她們要見到的人可能成為莫頓小姐的婆婆，而不是她的婆婆，自己也得到些許安慰，但艾莉諾沒有這麼做，而是誠懇地向露西保證，她真的很同情她，而這卻使露西大為訝異，因為她雖然不安，但至少希望自己能成為艾莉諾妒羨不已的對象。

費拉爾斯太太是個瘦小的女人，身板挺直，近於呆板，五官給人近乎乖戾的印象。她的臉色灰黃，小鼻子小眼，毫無美感，低矮的額頭增添了傲慢和暴躁的個性色彩，修飾了過分單調乏味的面部表情。她不苟言笑，因為她和一般人不同，她說話的多少與她想法的多少是成正比的，即使偶爾說幾句，也沒有一點兒與艾莉諾有關。費拉爾斯太太見到艾莉諾，決定無論如何不會喜歡她，而且為了進一步貶抑她，還有意對兩位斯蒂爾小姐很親熱。

現在，艾莉諾不會被費拉爾斯太太對自己的態度搞得不開心。如果是在幾個月前，費拉爾斯太太對自己的態度一定會嚴重地傷害她，可是現在費拉爾斯太太已經辦不到了。看到費拉爾斯母女非常喜歡露西——因為露西很活躍，艾莉諾啞然失笑，如果她們像她一樣瞭解露西，那她們一定會立即傷害露西了，而艾莉諾自己根本不會給她們帶來危險，卻受到了她們的故意冷落。當艾莉諾為誤施的禮遇感到好笑時，想到了這一切是有著卑鄙用意的，同時看到斯蒂爾姊妹不斷地大獻殷勤，她不由得對她們四個人極端蔑視。

榮幸地受到如此賞識，露西簡直欣喜若狂，而斯蒂爾小姐呢，只要別人拿她和大衛博士開玩笑，她就感到很快活了。

晚宴非常豐盛，僕人很多，一切都顯示女主人想要炫耀一下這個家庭的富有和男主人管理財產的能力。儘管諾蘭的產業正在擴增中，儘管它的主人一度因為只要手頭再缺幾千鎊就會忍痛賣掉其中的一部分，但是，找不到任何跡象顯示他們是貧窮的——這是達什伍德先生和艾莉諾談話時曾經想要得出的結論。實際上，在這個家庭裡，除了談話，什麼都不貧乏。約翰．達什伍德的話沒幾句值得一聽，而他妻子的話就更少了，不過這並沒有什麼好丟臉的，因為他們的大多數客人也都是這樣。

女士們吃完飯回到客廳後，這種談吐的貧乏表現得非常明顯，因為男士們先前在談論什麼政治、圈地、馴馬等，可是全都談完了，他們已經在談別的話題了。於是，在咖啡端上來前，女士們一直在談論一個話題：年齡相仿的哈里．達什伍德和米德爾頓夫人的二兒子威廉到底誰高誰矮。

如果兩個孩子都在，只要比一下就能分出高矮，但因為只有哈里在，大家各說各的，隨意猜測，而且執意堅持自己的看法。

各方的猜測是這樣的：

兩位母親雖然都深信自己的兒子高，但都禮貌的說對方的兒子高一點。

兩位外祖母的偏愛不亞於兩位母親，但是她們更坦率些，都認為自己的外孫比較高。

露西一心想取悅兩位母親，認為兩個孩子就年齡來說個子都很高，她分不出他們的高矮有什麼差別，斯蒂爾小姐把兩個孩子都讚美了一番。

艾莉諾曾發表過一次看法，認為威廉高一些，結果得罪了費拉爾斯太太，更得罪了芬妮，而她竟然覺得沒有必要談論這件事，更加得罪了她們。當大家讓瑪麗安發表意見時，她馬上說自己從來沒有考慮過這件事，沒有什麼看法，因而得罪了她們所有人。

在離開諾蘭之前，艾莉諾曾為她嫂嫂畫了一對非常漂亮的畫屏，剛剛裝裱好送過來，此刻就擺放在客廳裡。約翰．達什伍德陪同男賓們走進來時，殷勤地把畫屏拿給布蘭登上校欣賞，希望得到他的讚美。

「這是我妹妹艾莉諾的畫作，你是個很有欣賞眼光的人，你一定會喜歡它們的。我不知道你以前有沒有見過她的作品，不過大家都說她畫得很好。」

上校矢口否認自己的欣賞水準高，但是就像見到艾莉諾的任何畫作一樣，熱情洋溢地稱讚了這對畫屏，這自然引起了其他人的好奇，於是大家輪流傳看。費拉爾斯太太不知道這是艾莉諾畫的，要求馬上拿給她看看，這對畫屏在得到米德爾頓夫人令人滿意的讚賞之後，芬妮把它們遞給了她母親，同時考慮周全地告訴她，這是達什伍德小姐畫的。

「嗯哼，很漂亮。」費拉爾斯太太說著，但連看都不看一眼就遞回給了她女兒。

芬妮的臉有點兒紅了，也許她也覺得母親的行為太無禮，於是說：

「這畫屏很漂亮，媽媽，不是嗎？」

但是，她大概又擔心自己太有禮貌，對艾莉諾的誇獎太過分了，馬上又補充說：

「你不覺得它們和莫頓小姐的繪畫風格很像嗎？媽媽，莫頓小姐的確畫得好極了，她最後的一幅風景畫畫得太漂亮了！」

「的確畫得太漂亮了，她做什麼事都做得很漂亮。」

這一下讓瑪麗安忍無可忍了。她早已討厭費拉爾斯太太，再一聽她這麼不合時宜地讚賞別人而貶低艾莉諾，儘管瑪麗安一點兒也不知道對方的用意何在，但也激怒了她，頓時怒氣沖沖地說：

「真是一種特別的稱讚方法！對我們來說，莫頓小姐算什麼？誰知道她是什麼人？誰又在乎她是什麼人？在這裡，我們談論的只是艾莉諾。」

說著，她從嫂子手裡奪過畫屏，給了它們應得的讚賞。

費拉爾斯太太看起來怒火中燒，她挺直了僵硬的身體，給了瑪麗安尖銳猛烈的回擊。她宣布說：「莫頓小姐是莫頓侯爵的女兒。」

芬妮也顯得非常生氣，她丈夫也因為他妹妹的放肆而感到驚恐不安，而瑪麗安的發怒使艾莉諾受到的傷害比導致瑪麗安發怒的原因所受到的傷害更大。不過，從布蘭登上校注視著瑪麗安的眼神看來，他只注意到瑪麗安可愛的一面。

看到姊姊在如此微小的地方受人輕視，瑪麗安是無法容忍的，但瑪麗安的感情流露還不只於此。費拉爾斯太太以冷酷、傲慢的態度對待她姊姊，這似乎預示著艾莉諾將來會遭遇非常大的困難、極大的不幸，一想到這些，瑪麗安不寒而慄，於是，在一種摯愛感情的強烈驅使下，她走到姊姊身旁，伸出手臂摟住姊姊的脖子，臉緊貼著姊姊的臉，低聲而熱烈地說：

「親愛的，親愛的艾莉諾，不要在乎她們，不要因為她們而不開心。」

瑪麗安說不下去了，情緒完全失控，一頭撲到艾莉諾的肩上，突然放聲大哭，大家的注意力都被吸引了過來，而且似乎都很關心她。

布蘭登上校馬上不由自主地站起來，逕自走向她們；詹寧斯太太一邊說「哎喲，可憐的寶貝！」一邊明智地拿出自己的嗅鹽給她聞；約翰．米德爾頓爵士對這種神經性疾病的製造者威洛比——感到十分憤怒，他馬上換了個位置，坐到露西．斯蒂爾小姐旁邊，用耳語把整個不幸事件簡短地講述了一下。

幾分鐘後，瑪麗安恢復了正常。儘管剛才發生的事影響了她的情緒，但她一直和大家坐在一起，沒有要求提前離去。

她哥哥輕聲對布蘭登上校說：

「可憐的瑪麗安！她的身體不像她姊姊那樣好，她很敏感，性情也沒有艾莉諾好。對於一個曾經非常美麗的年輕姑娘來說，一下子失去了魅力，這是非常痛苦的。也許你不會相信，瑪麗安幾個月前還被大家驚為天人呢！她和艾莉諾一樣漂亮，可是你現看到了，一切都成為了過去。」

35

艾莉諾想見見費拉爾斯太太的好奇心得到了滿足，在費拉爾斯太太身上發現的一切使她相信，如果兩家結成姻親，一定弄得雙方都不愉快。同時，費拉爾斯太太的傲慢、冷酷和對她自己的偏見使她意識到，即使愛德華沒有婚約的束縛，她和愛德華的婚事也一定會困難重重。因為在她和愛德華之間存在著一個更大的障礙，而這障礙使她可免於遭遇費拉爾斯太太所施加的痛苦，使她免於寄希望於費拉爾斯太太的反覆無常，使她免於費盡心機地去贏得費拉爾斯太太的好感，艾莉諾不禁為自己感到慶幸。

讓艾莉諾難以理解的是，露西因為受到費拉爾斯太太的禮遇而十分高興，利益與虛榮心竟使她失去了判斷力，完全沒有看出來她之所以會受到偏愛，僅僅只是因為她不是艾莉諾，或說只是因為她們不瞭解她的真實身分。事實上，情況的確如此，露西的快樂心情不僅從她當下的眼神裡表現出來了，而且第二天早上她還毫不隱諱地說出來了——露西請求米德爾頓夫人用馬車把她送到伯克利街，她期望單獨見見艾莉諾，告訴她自己有多快樂。

幸運的是，露西剛到不久，詹寧斯太太收到帕爾默夫人的一封信而出門去了。

屋子裡剛一剩下她們兩個人，露西就叫了起來：「我親愛的朋友，我太快樂了，難道還有什麼事比費拉爾斯太太昨天對我的偏愛更令人高興嗎？她太和藹可親了！以前我一想起見到她就害怕，可是當我認識她之後，才感覺她是那樣親切，看來她非常喜歡我，不是嗎？一切你都看見了，沒讓你留下深刻印象嗎？」

「她對你非常客氣。」

「客氣！難道你只看見客氣嗎？但是我看見的比這還多很多，她對我萬分親切，一點兒也不傲慢，你嫂嫂也是啊！她們都和藹可親。」

艾莉諾很想談點別的，可是露西非要艾莉諾承認她有理由感到快樂，艾莉諾只好說：

「如果她們知道你們訂婚了，還這樣喜歡你的話，那是當然值得高興的了，但是情況並非如此……」

露西打斷艾莉諾的話說：「我就猜你會這麼說，但是，如果費拉爾斯太太不喜歡我，沒有必要裝出喜歡我的樣子，而她喜歡我，這比什麼都重要。我敢說事情的結果一定會很圓滿，我過去常常想到的那些阻礙根本就不存在。費拉爾斯太太是個很好的人，你嫂子也是，她們兩人都是很可愛的人！我真納悶，怎麼從來沒聽你說過你嫂子有多討人喜歡。」

對此，艾莉諾無話可答，也不想回答。

「你不舒服嗎，達什伍德小姐？你看起來沒精神——你連話都不說，一定是不舒服。」

「我的身體從來沒有像現在這麼好過。」

「我打從心裡為你感到高興，但的確看不出來。如果你真的病了，我會非常難過的，因為你是這個世上給了我最大安慰的人！要是沒有你的友誼，真不知道我會變成什麼樣子。」

艾莉諾盡力做出客氣的回答，看來露西對她的答覆似乎頗為滿意，所以接著說：

「我完全相信你對我的友誼，它僅次於愛德華的愛，讓我得到了最大的安慰。可憐的愛德華！不過，現在好了——我們可以見面了，可以經常見面了，因為米德爾頓夫人很喜歡達什伍德夫人，這樣我們一定會經常去哈利街，而愛德華差不多有一半的時間都會待在他姊姊家裡。費拉爾斯太太和你嫂子都很好，她們不只一次地說見到我很高興，她們真是太好了！如果你告訴你嫂子我對她的看法，相信你怎麼說都不會過分。」

但是，艾莉諾並沒有做出任何表示。露西繼續說：

「我敢斷定，如果費拉爾斯太太不喜歡我，我馬上就會看出來。比方，如果她只是禮貌性地跟我打招呼，然後一句話也不跟我說，也不看我一眼，也從不和顏悅色地看我，你知道我的意思——如果她以這種可怕的方式對待我的話，我會忍受不了，我就會死了這條心，因為我知道，如果她真的不喜歡什麼，那種不喜歡的程度一定是非常強烈的。」

艾莉諾完全不必對此做出任何回答，因為房門打開了，僕人通報說費拉爾斯先生來了，隨即愛德華就走了進來。

這是個令人尷尬的場面，這從每個人的表情都看得出來，三個人的樣子都非常可笑，愛德華似乎感到進退兩難。這是他們每個人都竭力想要避免的局面，但是還是出現了，而且只有他們三個人，沒有其他人幫助解圍。兩位小姐首先恢復了鎮定，不過露西必須裝出保守祕密的樣子，因而只能用眼神表示她的愛，和愛德華打了個招呼後，就再也不作聲了。

不過，艾莉諾要做的事可就多了。她稍稍鎮定了一下，強迫自己用一種輕鬆而自然的態度對他的到來表示歡迎，經過進一步的努力，她的表情更加自然了。儘管露西在場，儘管她覺得自己受到了不公平的對待，但她還是對愛德華說很高興見到他，而且還為他上次來伯克利街時她不在家而感到很抱歉。儘管露西那雙銳利的眼睛正密切地注視著她，但艾莉諾並沒有因此而失去應有的殷勤，本來就是朋友，也還算得上是親戚，所以她認為對愛德華應該以禮相待。

艾莉諾的態度使愛德華放心許多，終於鼓足勇氣坐了下來，不過，他的神情窘迫，但這是合乎情理的，因為他不像露西那樣不在乎，他的良心無法讓他像艾莉諾那樣處之泰然。

露西故作正經地坐著，一句話也不說，幾乎就只有艾莉諾一個人說話了。艾莉諾不得不主動告訴愛德華她母親的身體狀況、她們如何來到倫敦等等情況，而這些情況原本應該是愛德華主動問起的，但他根本沒問。

艾莉諾很快就果斷做出了決定，她以去叫瑪麗安來為藉口，離開了他們兩人。艾莉諾不僅這麼做了，而且做得很漂亮，還在樓梯口磨蹭了幾分鐘，好多給他們留點時間，然後才去叫她妹妹。瑪麗安聽說愛德華來了，立即跑進客廳，她見到愛德華所表現出的歡快，就像她的其他感情一樣強烈。瑪麗安伸出手和愛德華握手，說話的語氣充滿了一個妹妹對哥哥的真摯的愛。

「親愛的愛德華！這真是值得歡喜的日子！好得可以補償一切！」她大聲嚷道。

愛德華本想以同樣親切的態度回應瑪麗安，但在這樣的狀況下，他連自己實際感情的一半都不敢流露出來。他們又坐下來，一、兩分鐘內都無人說話，而此時，瑪麗安正以柔情的眼神時而看看愛德華，時而看看艾莉諾，唯一使她感到遺憾的是，姊姊和愛德華見面的喜悅被露西打擾了。愛德華第一個說話了，因為他注意到瑪麗安的臉色變了，他表示說擔心瑪麗安不適應倫敦的生活。

「哎呀！不要為我擔心！」瑪麗安活潑而熱情地說，眼睛裡卻充滿了淚水。「不要擔心我的健康，你看艾莉諾的身體好好的，這對我們兩個來說就足夠了。」

這話既不能使愛德華和艾莉諾感到好受，也不能博得露西的好感，她不滿地抬眼看著瑪麗安。

「你喜歡倫敦嗎？」愛德華問。他想隨便說點什麼，把話頭岔開。

「一點兒都不喜歡。我原本以為會得到很多快樂，結果什麼樂趣也沒有。看到你是倫敦給我的唯一的安慰，真好，你還是那個老樣子！」

她停了下來，可是沒有一個人回應。

瑪麗安接著說：「我想，艾莉諾，我們應該請愛德華送我們回巴頓。我想我們再過一、兩週就該走了，我相信愛德華不會不願意吧！」

可憐的愛德華嘀咕了一句，但誰也不知道他說的是什麼，甚至連他自己也不知道。瑪麗安看見愛德華不安的樣子，以為那是和她內心猜測到的相同原因造成的，因而感到心滿意足，於是很快說起了別的事。

「愛德華，我們昨天在哈利街過的是什麼樣的一天啊！太乏味了，簡直乏味至極！關於這件事我有好多話要對你說，不過現在不能說。」

瑪麗安想要對愛德華說的是：她發現他們兩人的親戚比以前更難相處了，而且她非常討厭他母親。此時此刻，瑪麗安非常謹慎，並沒有把想說的話說出來，這表現可說是一個很大的進步，令人欽佩。

「愛德華，你為什麼不在那裡呢？為什麼你沒去？」

「我在別處有約會。」

「約會！有這樣的朋友來相聚，還有什麼約會比這更重要呢？」

露西渴望馬上報復瑪麗安，她大聲說：「瑪麗安小姐，也許在你看來年輕男子遇到各種大小約會時只要不對味就會不守約，當然啦，如果他們原本就不打算守約，當然就不會赴約了。」

艾莉諾怒不可遏，但是瑪麗安似乎沒有察覺到這句話的譏諷意味，她冷靜地回答說：

「我不是這樣認為，真的，我非常肯定愛德華只是良心驅使才沒有去哈利街。我認為，他是世上最有良心的人，無論那個約會多微不足道，無論它多麼違背他的利益或快樂，他都會赴約。他最怕給別人帶來痛苦，最怕讓別人失望，他是我見過的最不自私自利的人。愛德華，事實就是如此，我一定要這麼說。什麼！你不想聽到別人讚美你嗎？那你就不能算是我的朋友，因為想要接受我的友愛和敬意的人，必須接受我的公開讚美。」

可是，在這樣的場合下，她的讚美卻使她三分之二的聽眾心裡不是滋味，更使愛德華非常不高興，他很快起身告辭。

「這麼快就走？親愛的愛德華，這可不行！」瑪麗安說。

她把他拉到旁邊一點，小聲對他說露西不會待很久，但愛德華仍執意要走。而露西呢？即使愛德華在這裡待上兩個小時，她也會待得比他更久。愛德華剛走一會兒，露西就走了。

露西離開後，瑪麗安說：「鬼才知道她為什麼老來這裡？難道她看不出來我們希望她走嗎？這讓愛德華多難受啊！」

「你為什麼這麼說？我們都是愛德華的朋友，而且露西認識他的時間比我們久，愛德華喜歡見到她就像喜歡見到我們一樣。」

瑪麗安目不轉睛地望著姊姊，然後說：「你知道，艾莉諾，你這麼說我可不能忍受，我才不相信你那些違心的話呢！」

說完後瑪麗安離開了房間。艾莉諾不敢跟她再說什麼，因為她向露西保證過要保守祕密，所以只能讓瑪麗安繼續持有錯誤的看法了。這麼做艾莉諾自己也很痛苦，但她必須恪守承諾，而她所能希望的只是：愛德華不要常來這裡，讓她或他自己因為聽到瑪麗安錯誤且熱情的話語而感到痛苦，也不要再承受今天會面時遭遇的任何痛苦。

36

這次會面後才幾天，報紙上登出了這樣一條消息——湯瑪斯．帕爾默先生的夫人平安地生下一個兒子，一個繼承人。對於這家人所有的親朋好友來說，這無疑是一件令人興奮、滿意的事情。

這件事關係到詹寧斯太太的幸福，因而讓她改變了原本她的時間安排。為了儘可能地與夏洛蒂待在一起，她每天一早就過去了，直到深夜才回家。達什伍德姊妹原本可以清清靜靜、舒舒服服待在詹寧斯太太家裡，可是，在米德爾頓夫婦的再三要求下，只好整日待在康杜特街，把她們的時間都花在米德爾頓夫人和兩位斯蒂爾小姐身上，而其實這幾個人一點也不歡迎她們，只是口頭上聲稱需要她們陪伴罷了。

達什伍德姊妹是有頭腦的人，不會成為米德爾頓夫人的理想同伴，而兩位斯蒂爾小姐更以嫉妒的目光看待她們，認為她們闖入了自己的地盤，來分享她們想要獨占的盛情。米德爾頓夫人對待艾莉諾和瑪麗安的態度溫和有禮，其實她並不喜歡她們，因為她們既不會恭維她，又不會讚美她的孩子，她認為她們不是溫柔賢淑的姑娘，又因為她們喜歡看書，她便認為她們一定很愛挖苦人。

達什伍德姊妹的出現，使米德爾頓夫人和露西都受到了約束。米德爾頓夫人不好意思在她們面前整日遊手好閒、無所事事，而露西就無法做她想做的事——阿諛奉承，因為她怕惹來她們的輕蔑。在這三個人中，對達什伍德姊妹的出現最不會感到不安的是斯蒂爾小姐，而且完全可以和她們和睦相處，只要她們任何一個願意把瑪麗安和威洛比之間發生的事完整、詳細地講給她聽，那她就會認為，她們的到來使她做出的犧牲——把壁爐前最好的位置讓出來——得到了最好的補償，但是，達什伍德姊妹並不想以這種方式和斯蒂爾小姐和睦相處。儘管斯蒂爾小姐常向艾莉諾表示對她妹妹不幸遭遇的同情，並且不只一次在瑪麗安面前流露出對不忠實的男人的譴責，但這除了引來艾莉諾冷漠的目光、瑪麗安的憎惡之外，並產生不了其他的效果。當然，還有一種更容易的方法可以使斯蒂爾小姐成為她們的朋友，那就是只要拿博士的事和她開玩笑就行了，但是她們根本不想滿足她的這個願望。因此，如果約翰·米德爾頓爵士不在家，斯蒂爾小姐可能會一整天都聽不到對此事的笑談，而她只能自己可憐兮兮地提上幾句了。

詹寧斯太太可完全沒有想到還有這些妒忌和不滿，認為姑娘們在一起是件令人高興的事，所以每天晚上她都會恭喜這些年輕朋友們能躲開她這樣一個老蠢婦人的陪伴。詹寧斯太太有時會到約翰·米德爾頓爵士家，有時在自己家裡和她們待在一起，但無論在哪兒，她總是興致勃勃、興高采烈。她把夏洛蒂的順利康復歸功於自己的悉心照料，而且總是津津樂道地講述夏洛蒂的情況，可惜只有斯蒂爾小姐一個人有興趣聽這些事。不過，有一件事一直使詹寧斯太太感到不愉快，她每天都要抱怨幾句，原因是帕爾默先生堅持他們男人的一個共同觀點，認為所有的嬰兒都是一個樣。儘管詹寧斯太太一眼就能看出小傢伙和這個家庭的每個親戚都長得很相像，但卻無法使他的父親接受這一點，也無法使他相信這個孩子和其他嬰兒長得並不一樣，甚至不能使他承認一個簡單的事實——這個小傢伙是世上最漂亮的孩子。

大約就在這個時候，不幸開始降臨到約翰·達什伍德夫人頭上。當她的兩個小姑和詹寧斯太太首次來哈利街做客時，碰巧她的一個朋友丹尼森太太也來訪，這件事本身似乎並不會給她帶來不幸，但是，當丹尼森太太聽到達什伍德小姐們的姓名，自然認為她們是達什伍德先生的妹妹，由此得出了一個錯誤的判斷，她馬上推斷出她們也住在哈利街，而因為有這樣的誤解，在其後的一、兩天內，達什伍德姊妹和她們的哥哥、嫂嫂一樣接到了丹尼森太太的請柬，邀請大家去她家參加一個小型音樂會，這樣的結果必然導致約翰·達什伍德夫人不得不用自己的馬車去接達什伍德姊妹，更糟糕的是她還必須表現得對她們關心備至，忍受因此引起的一切不快，而且誰能保證日後還會不會出現這樣的誤會，她們以後不會再和她一起出去呢？

瑪麗安已經逐漸習慣了每天出去參加各種聚會，不過無論出去與否對她來說都是一件無所謂的事。她總是安靜而機械地為每天晚上的約會做著準備，一點兒也沒希望從中獲得絲毫快樂，而且經常是直到出發前的最後一刻才知道去哪裡。

瑪麗安對自己的衣著打扮已經變得漠不關心，只是隨隨便便地梳妝一下。在等待約翰·達什伍德夫人的馬車來接她們的時候，斯蒂爾小姐對瑪麗安的穿著打扮充滿好奇，她事事都要打聽，不弄清處瑪麗安每件衣服的價錢絕不罷休，她還能估算出瑪麗安一共有多少件外套，而且比瑪麗安算得還精準；她還希望打聽到瑪麗安每週花多少錢洗衣，以及每年在自己身上花費多少錢。經過一番調查後，斯蒂爾小姐總是會以恭維的話作為結束，但瑪麗安認為這是一種非常無禮的行為，因為在經受了對她外衣的價格和製作、鞋子的顏色和頭髮樣式的盤查後，斯蒂爾小姐總是會對她說：「在我看來，你漂亮極了，一定會征服不少男人。」

約翰．達什伍德夫人的馬車到了，瑪麗安向斯蒂爾小姐辭別後便上了馬車。

晚會就像其他音樂會一樣，到會的有不少人對音樂確實有欣賞力，也有不少人根本一竅不通，而那些表演者在他們自己和親密朋友看來，是英國第一流的民間音樂家。

艾莉諾不懂音樂，鋼琴、豎琴和小提琴都不能吸引她的注意，她隨意地觀察著屋子裡的其他東西。一會兒，她瞥見了那個在格雷商店裡挑選牙籤盒的人，並發現他在和她哥哥說話，並且還望著自己。她決定從她哥哥那兒打聽他的名字，不料他們兩人朝她走過來，達什伍德先生向她介紹說，他是羅伯特．費拉爾斯先生。

他從容且客氣地向艾莉諾打了招呼，並鞠了躬，他的動作和語言使艾莉諾完全相信，正像露西所說的，他是個十足的花花公子。如果艾莉諾當初喜歡愛德華不是因為他的人品好，而是因為他的至親的份上，那她應該感到非常慶幸了，她對他母親和姊姊的乖戾脾氣十分反感，而現在他弟弟的這一鞠躬更把這種反感推向了頂點，而她就不會為必須和愛德華分開而有半點惋惜了。艾莉諾對這對兄弟倆有如此大的差異感到十分訝異，她同時也發現，儘管一個人愚昧和自負，但根本不會使她對另一個人的謙虛和美德失去敬愛之心。他們兄弟兩人為什麼會如此不同，羅伯特在談話中向艾莉諾做了解釋。羅伯特確信，愛德華之所以不能進入與其身分相符的社交界，完全是因為他非常不善交際，羅伯特為此感到惋惜。在羅伯特看來，導致這種不幸的原因在於愛德華接受的是私人教育，而不是天賦不足，而他自己雖說天賦不見得優越，但是得到了在公立學校受教育的益處，因而很容易地就融入到社交中去了。

他接著說：「我認為，其實這沒有什麼大不了的，當我母親為此感到難過的時候，我時常這樣勸慰她。我總是對她說：『親愛的媽媽，你要放寬心，這種不幸是無法補救了，而且是你自己造成的，為什麼當初你違背自己的意願，聽信舅舅羅伯特先生的話，讓愛德華在他一生中最關鍵的時間去接受私人教育呢？如果你就像對我一樣，把他送進威斯敏斯特公學（倫敦著名的貴族子弟學校），而不是把他送到普拉特先生家裡的話，所有的一切都不會發生了。』這就是我對這件事的一貫看法，我母親已經完全認識到了她的錯誤。」

艾莉諾不想反對他的意見，因為一想到愛德華住在普拉特家裡這件事，她就不會感到絲毫滿意。

「我想你是住在德文郡道利希附近的一座別墅裡。」羅伯特接著說。

艾莉諾糾正了他說的地理位置，這似乎讓他感到很訝異，竟然有人住在德文郡卻不靠近道利希。不過，他還是對她們的別墅表示了由衷的讚許。

「就我本人來說，我非常喜歡別墅，它總是給人舒適優雅的感覺。如果我有足夠的錢，我一定會在倫敦郊區買一小塊地建造一座別墅，隨時可以開車去那兒，和幾個朋友好好娛樂一番。對那些想要蓋房子的人，我都勸他們建造別墅。前幾天，我的朋友羅德．考特蘭特意來徵求我的意見，將博諾米（約瑟夫．博諾米，當時著名的建築師）幫他畫的三張設計圖給我看，要我幫他決定採用哪一張，但我跟他說：『親愛的考特蘭，哪一張都別用，無論如何你要建造一座別墅。』同時把三張圖紙都拋進了火裡，我想他最終會這麼做的。

有些人認為，別墅空間小，招待客人很不方便，這可完全錯了。上個月，我在達特福附近我的朋友伊里亞德的別墅裡做客，伊里亞德夫人想舉辦一個舞會。她著急地問我：『親愛的費拉爾斯，怎麼辦呢？請告訴我該怎麼辦，這別墅裡沒有一個房間能容得下十對舞伴，晚餐又在哪裡吃呢？』我馬上發現在這裡舉辦舞會不會有任何困難，於是說：『伊里亞德夫人，完全不用著急。餐廳可以很輕鬆地容納十八對舞伴，牌桌可以擺在客廳裡，書房可以用來吃茶點，晚餐就設在大會客室裡吧！』伊里亞德夫人聽了這個意見非常高興。我們量了一下餐廳，發現恰好能容納十八對舞伴，於是事情完全按照我的設想安排妥當了。因此，只要知道如何籌畫，在一座別墅裡就可以和在一所寬敞的住宅裡一樣，享受到舒適的生活。」

艾莉諾對此一概表示同意，她認為自己的合理反駁就是對他的恭維，而羅伯特根本不配得到。

約翰．達什伍德和艾莉諾一樣不喜歡音樂，因而把精力集中在思考別的事情上，並突然產生了一個想法，回到家後立即說給妻子聽，希望得到她的贊同。達什伍德先生的想法是，既然丹尼森太太誤以為他妹妹住在他們家，還不如趁詹寧斯太太這段時間外出忙碌的時候，請她們來家裡做客，開銷就少多了，也不會帶來什麼不便。達什伍德先生之所以會有這種想法，全是因為受到良心的譴責，因為他沒有履行對父親的諾言，良心上總是感到不安，要想從內疚中解脫出來，有必要這樣對他的妹妹們以示關心。芬妮聽到丈夫這個想法大吃一驚。

「在我看來，這樣做會得罪米德爾頓夫人，因為你妹妹天天都跟她在一起，否則我會很高興這麼做的。你知道，我總是願意盡力關心她們，像今天晚上帶她們出去就說明了這一點。但是，她們現在是米德爾頓夫人的客人，我怎麼能要求她們離開她呢？」

達什伍德先生雖然對妻子一向很恭順，但她的反對理由毫無說服力，他說：「她們已經在康杜特街住了一個星期了，再到我們親近的親戚家裡住一個星期，我想米德爾頓夫人是不會不高興的。」

芬妮停頓了一下，然後說：「親愛的，如果行的話，我會誠懇地邀請她們來，可是我剛剛已經決定，想邀請兩位斯蒂爾小姐來住幾天。她們是舉止得體的好姑娘，再說她們的叔叔普拉特先生對愛德華那麼好，我覺得應該款待她們。你知道，我們可以在其他時間邀請你的妹妹來，而斯蒂爾姊妹可能以後不會再來城裡了。我敢肯定，你會喜歡她們的，我母親也很喜歡她們，哈里也非常喜愛她們。」

達什伍德先生被說服了，而且馬上意識到邀請兩位斯蒂爾小姐是必要的，日後再邀請妹妹來，這樣的決定讓他的良心也平靜許多。不過，他又想到，也許以後也不需要這種邀請，因為艾莉諾會是布蘭登上校的妻子，而瑪麗安就會成為布蘭登家的客人了。

芬妮為自己避掉了一些麻煩事而欣喜，還為自己的急中生智而得意。第二天早上，她寫了封信給露西，邀請她和她姊姊在米德爾頓夫人能讓她們出來的時候到哈利街待些日子。這一邀請讓露西真正打從心裡高興了起來，看來達什伍德夫人似乎在幫助她，使她的希望成為事實！能夠有機會和愛德華及其家人待在一起，這對露西來說是最重要的事，沒有什麼比這一邀請更能使她感到心滿意足！

露西收到信不到十分鐘就拿來給艾莉諾看，這使艾莉諾第一次感到露西可能真的有很大希望，因為芬妮和她們相識才不久，就做出了如此不同尋常的友好表示，這顯示她對露西的友善並非完全是基於對艾莉諾本人的敵意，一定有其他的原因。露西的阿諛奉承已經征服了米德爾頓夫人的傲慢，打開了約翰．達什伍德夫人一向禁閉的心扉，也為露西可能獲得更大勝利開展了平坦大道。

兩位斯蒂爾小姐搬到哈利街去了。約翰．米德爾頓爵士不只一次地去拜訪了斯蒂爾姊妹，帶回來的都是她們倍受寵愛的消息，艾莉諾認為一切都符合她對那件事的預料。達什伍德夫人很快樂，她從來沒有像喜歡她們那樣喜歡過任何年輕女子，還送給她們每人一個針線盒，並稱呼露西的教名，她甚至不知道自己以後能否離得開她們。

37

十四天後，帕爾默夫人的身體狀況已恢復得非常好，她母親認為自己沒必要用全部時間來陪她，只要每天看望她一、兩次就夠了。詹寧斯太太又回到了自己家裡，恢復了以前的生活作息，還發現達什伍德姊妹對她的回來十分開心。

達什伍德姊妹回到伯克利街三、四天後的一個上午，詹寧斯太太去看望帕爾默夫人回來後，急匆匆地走進了客廳，臉上一副嚴肅的神情。當時艾莉諾獨自坐在客廳裡，看見詹寧斯太太的樣子，以為有什麼驚人的消息要宣布，果然不出所料，詹寧斯太太說：

「天哪，親愛的達什伍德小姐！你聽說那個消息了嗎？」

「什麼消息？夫人。」

「一件奇怪的事！但你不用急，我會慢慢把詳細情況告訴你的。今天我到帕爾默先生家時，夏洛蒂被孩子急壞了，認為孩子病得厲害。那孩子不停地哭鬧，躁動不安，渾身長滿了疹子。我仔細察看了一番，對她說：『親愛的，沒什麼大不了的，不過是麻疹。』奶媽也是這麼說的。可是夏洛蒂不相信，於是派人去請多諾萬醫生，他剛從哈利街回來，馬上就趕來了。他檢查了一下孩子，說是麻疹，沒什麼大問題，夏洛蒂這才放下心來。多諾萬醫生剛準備要走，我也不知道怎麼回事，突然心血來潮地問他有沒有什麼新聞。他聽了之後，臉上的表情似笑非笑，就像他知道一件極其重大的事情似的，最後他小聲說：『恐怕在你照料下的兩位年輕小姐會感到不愉快，因為她們嫂嫂身體不舒服，不過我認為沒有什麼好大驚小怪的，希望她能儘快康復。』」

「什麼？芬妮生病了？」

「親愛的，我當時也是這麼問的：『達什伍德夫人病了？』然後，很快就把事情的來龍去脈搞清楚了。愛德華．費拉爾斯先生，就是我常常拿來取笑你的那個年輕人（我很高興根本沒這回事），他好像和我的表侄女露西訂婚已經一年多了！就是這麼一回事，親愛的，而且這件事除了南茜之外沒有人知道！你能相信竟然有這樣的事嗎？他們彼此相愛並沒有什麼好稀奇的，但是事情居然發展到這個地步，而且沒有引起任何人的猜疑，真是怪！我從來沒有看見過他們在一起，否則我一定馬上就會發現這件事的蛛絲馬跡。因為害怕費拉爾斯太太，這件事一直嚴格保密，就連你的哥哥、嫂嫂也沒懷疑。直到今天早上，可憐的南茜把事情全部洩漏了，你知道，南茜心腸好，可是沒大腦。南茜心裡這樣想：『天哪！她們這麼喜歡露西，對她和愛德華之間的事一定不會刁難。』於是她走到你嫂子跟前，向她吐露了這件事。你嫂子當時正獨自坐著織毛毯，一點兒也沒想到會發生什麼事，因為五分鐘前她還在跟你哥哥說，她希望愛德華和某位侯爵的女兒配成一對，我忘了是哪位侯爵了。所以，你可以想像得出來，這件事對你嫂子的虛榮心和自尊心是多麼沉重的打擊，結果她馬上歇斯底里的尖叫了起來，才驚動了你哥哥，而他當時正在樓下的化粧室裡，打算給諾蘭莊園的管家寫封信，他一聽見馬上飛奔上樓，然後，一個可怕的情景出現了！

此時，露西正好走進去，她做夢也沒有想到會發生這種事。可憐的人！她真可憐！她還遭到粗暴無禮的對待，你嫂子發狂似地大罵她，然後就暈了過去。南茜跪在地上，尖叫著，放聲痛哭。你哥哥在屋子裡煩躁地踱來踱去，完全束手無策。達什伍德夫人說，不許她們再待一分鐘，於是你哥哥也跪下了，請求她給她們時間收拾東西後再走。這時，你嫂子又歇斯底里地發作起來，你哥哥怕得要命，馬上派人去請多諾萬醫生。當多諾萬醫生到達時，他們全家人吵鬧不休，亂作一團。多諾萬醫生離開的時候，看見我的表侄女們跨進了馬車，可憐的露西幾乎走不動，南茜的情況也差不了多少。我無法容忍你嫂子的行為，無論她反對與否，我都衷心地希望愛德華和露西能夠結婚，天哪！據說愛德華很愛露西，要是他聽到這一切一定會心煩意亂，他姊姊竟然如此對待他心愛的人，如果愛德華為此大發脾氣，我一點也不訝異的，多諾萬醫生也是這麼認為的。幸好多諾萬醫生又回到了哈利街，因為費拉爾斯太太聞訊趕了過去，你嫂子斷言她一定也會歇斯底里。我一點也不同情她們母女，真不懂人們為了金錢和地位竟然如此小題大做，在我看來，根本沒理由不讓愛德華和露西結婚。我相信，費拉爾斯太太有能力讓她的兒子過得很好，雖然露西一無所有，但是她知道如何把一切事情安排打理得更好，只要費拉爾斯太太一年能給愛德華五百鎊，露西就能把家務操持得很好，而別人要用八百鎊才能做到呢！天哪！他們要是能有一座像你們家一樣的別墅該有多舒服啊！或許稍微大一點，再有兩名女僕和兩名男僕，我能幫他們找個好管家，因為我的管家貝蒂有個妹妹現在正閒著，她非常合適。」

詹寧斯太太說到這裡停住了。在詹寧斯太太敘述的過程中，艾莉諾一直在思考，如何對這件事做出在別人看來很自然的評價。她高興地發現，沒有人懷疑她對這件事特別有興趣，也高興地發現詹寧斯太太不再認為她喜歡愛德華了，而最使她高興的是，因為瑪麗安不在場，她可以毫不窘迫地談論這件事，能夠毫無偏袒地對與這件事有關的每個人的行為做出評價。

艾莉諾努力想要驅散頭腦中「他們最終不會結婚」的想法，但事實上，她不能肯定自己內心真正盼望事態究竟如何結局，她很想知道費拉爾斯太太會怎麼說，更加想知道愛德華會怎麼做。艾莉諾十分同情愛德華，但對露西只有那麼一點點同情，而對與此事有關的其他人一點也不同情。

因為詹寧斯太太沒完沒了地談論這件事，艾莉諾意識到有必要讓瑪麗安做好談論這件事的準備，所以必須立即告訴她事情真相，努力讓她在聽別人談論時不要流露出為姊姊感到難過或對愛德華感到不滿的神情。

艾莉諾要做的是件痛苦的事，因為愛德華和她的關係，對瑪麗安來說是一種精神慰藉，如果她知道了真相，恐怕對愛德華會永遠沒好感，而且在瑪麗安看來，她們姊妹倆的遭遇極其相似，這會使她再次陷入痛苦之中，儘管如此，艾莉諾還是必須馬上告訴她。

自從知道愛德華訂婚以來，艾莉諾一直十分克制，也沒有表現出自己的痛苦，她希望自己的言行舉止可以啟示瑪麗安該怎麼做。艾莉諾簡潔地講述了事情，雖然不能做到完全不動情，但她既沒有過於激動，也沒有過於悲傷，反倒是瑪麗安一臉驚恐地聽著，然後痛哭了起來。艾莉諾不停地安慰妹妹，一再保證說自己的心情很平靜，說愛德華除了輕率以外，並沒有其他的過錯。

但在瑪麗安看來，愛德華就是第二個威洛比，她無法理解艾莉諾的行為，因為艾莉諾承認真心地愛過愛德華，可是她並沒有表現出多痛苦，根本不及自己當初的悲傷。至於露西．斯蒂爾，瑪麗安認為她是一個令人討厭的人，絕對不可能吸引一個有理智的男人愛上她，艾莉諾費了很大精力才讓她相信愛德華以前鍾情於露西，但始終無法說服她原諒這件事，她甚至不願承認這是件很自然的事。艾莉諾想，只有對人性有了更清楚的認識，瑪麗安才會理解這些事。

艾莉諾首先講述的是愛德華和露西之間婚約存在的事實及其時間，這時瑪麗安激動了起來，艾莉諾只好省略更多細節，好言安慰妹妹，以減輕她的痛苦、驚訝，並平息她的憤怒。一會兒之後，瑪麗安開始問起詳情。

「艾莉諾，這件事你知道多久了？他寫信告訴你的嗎？」

「四個月了，去年十一月露西來巴頓時就把他們訂婚的祕密告訴我了。」

聽了這話，瑪麗安的目光裡流露出難以置信的驚愕，然後嘆道：「四個月！你知道這件事有四個月了？」

艾莉諾做了肯定的回答。

「什麼！在你對我的不幸倍加關切的時候，你心裡一直藏著這件傷心事？而我當時還責備你不瞭解我的悲傷，說你幸福得很呢！」

「事實正好相反，但你當時的狀況不適宜知道這件事。」

「四個月！你表現得那麼冷靜，那麼樂觀！你怎麼能承受得住呀？」瑪麗安嘆息不已。

「因為我答應過露西要保守祕密，而且我覺得不應該讓我的親人和朋友擔心，否則我是不會快樂的。」

看起來瑪麗安似乎受到了極大的震撼。

艾莉諾接著說：「那個時候，我常希望你和母親不要陷入錯誤的認識中，曾經有過一、兩次，我很想向你們說明真相，但是一想到別人對我的信任，就打消了念頭。」

「四個月！而且你還一直在愛著他！」

「是的。但我不僅僅只是愛他，我還珍惜你們的幸福，我不想讓你們為我痛苦。現在，無論是想起這件事還是談到這件事，我幾乎可以做到不那麼衝動，也不感到特別痛苦了，因為我認為，這一切並不是因為我有什麼輕率的行為而引起的，我也認為愛德華並沒有不端正的行為，他沒有過錯，我希望他幸福。我確信愛德華是在盡自己的義務，雖然現在他可能有些悔恨，但最終他一定會盡到自己的責任的，因為露西並不缺乏理智，而這是建立美滿婚姻的基礎。瑪麗安，儘管忠貞的愛情令人嚮往，但是從另一角度來看，一個人的幸福並不完全依賴於某一個人，這是不恰當的，也是不可能的。愛德華會娶露西，至少露西在才貌方面勝過大部分的女性，而隨著時間的推移，愛德華會逐漸忘記他曾經愛過的另一個比露西優秀的人。」

「如果你真的這樣想，如果你失去了最珍貴的東西還能如此輕易地用其他的東西來彌補的話，那麼，對你的堅忍不拔和理性也就沒有什麼好訝異的了，我完全可以理解。」

「我明白你的意思。你以為我從來沒有痛苦過，可是四個月啊！瑪麗安，這件事一直緊緊纏繞在我心頭，卻不能向任何人傾訴！告訴我這件事的人，正是那個和愛德華訂過婚，毀了我的一切前程的人，她是強迫我，並帶著洋洋得意的神情告訴我的，因此，我必須消除那個人的猜疑，努力表現出漠不關心的樣子，而且她還一遍又一遍地跟我講起這件事，欣喜若狂地說起她的希望和幸福。我知道，我與愛德華已經永遠沒希望了，儘管我多盼望能和他在一起，儘管沒有任何事證明他是卑鄙的，也沒有任何事顯示他對我是冷漠的。你知道，這件事並不是我唯一的不幸，我還受到了他姊姊敵意的、他母親傲慢無禮的對待，我因為愛情吃盡了苦頭，卻沒有享受到它所帶來的甜蜜。你現在一定可以想到，我曾經一直在遭受痛苦，我之所以能冷靜地考慮這個問題，完全是在痛苦中不斷努力克制的結果。」

瑪麗安完全信服並深為感動。她嚷道：

「哎呀！艾莉諾，我將痛恨自己一輩子，我對你是多麼殘忍啊！你是唯一安慰我的人，為我的不幸而悲傷、痛苦，可是我對你的感激和報答是什麼啊？你一直在為我做出表率，而我卻不當一回事。」

說完，兩姊妹激動地擁抱在一起。瑪麗安答應姊姊，當任何人談起這件事時，絕不會表現出絲毫的痛苦，見到露西也不會流露出討厭的神情，甚至在看見愛德華的時候，也要一如既往地熱誠相待，這對瑪麗安來說已經是很大的進步了。瑪麗安認為，如果她在什麼地方傷害了別人的話，只要能彌補過失，要她做什麼都行。

瑪麗安果真履行了她的諾言，無論詹寧斯太太說什麼，她的表情都很正常，也沒有提出任何異議，只是禮貌地回答：「是的，太太。」當詹寧斯太太讚揚露西時，她只是不由自主地從一張椅子挪到另一張椅子上，當詹寧斯太太談到愛德華的愛情時，她只是感到喉頭很緊。看見妹妹在克制自己時表現得如此堅強，艾莉諾感到十分欣慰。

第二天早上，她們的哥哥來訪，瑪麗安的堅強再次經受到考驗。達什伍德先生一臉嚴肅地來和她們談論這件可怕的事，並帶來了他妻子的消息。

他剛剛坐定就說：「我想，你們已經聽說了吧！我們家昨天發生了一件駭人聽聞的事情。」

她們都流露出肯定的表情。

「你們的嫂子遭受了巨大的痛苦，費拉爾斯太太也是，總之，那個情景非常複雜和不幸，不過，我希望這場風暴能很快過去，我們當中沒人被這件事所擊垮。可憐的芬妮！她昨天一整天都歇斯底里，但我不想驚動你們。多諾萬醫生說，不用太擔心，芬妮的體質好，個性又堅強，她會挺過去的。她以天使般的堅毅承受住了這一切！她說她絕不會再相信任何人了，不能怪她說出這樣的話，因為她被人如此愚弄和欺騙，她是那樣厚待和信任她們，卻遭到了如此忘恩負義的對待！她邀請她們完全是基於仁慈之心，認為她們是純潔無瑕、舉止得體的姑娘，值得受到關切，否則我們兩個人是打算邀請你們到我們家的，她之所以這樣做，只是因為她覺得她們值得器重，都是天真無邪、規規矩矩的姑娘。現在好了，卻得到這樣的報答了！可憐的芬妮充滿感情地對我說：『我真心希望，我們當初邀請的不是她們，而是你的妹妹。』」

他說到這裡停下來，等著他的妹妹們表示感謝，然後接著往下說。

「當芬妮向費拉爾斯太太說明這件事時，可憐的費拉爾斯太太所遭受的痛苦是無法用言語來形容的。本來她懷著最真摯的愛一心想為愛德華安排一門合適的婚事，誰能想到他居然早就和另一個人祕密訂婚了，這是她萬萬沒料到的，她非常痛心。我們商量下一步該怎麼辦，最後她決定把愛德華叫來。愛德華真的來了，但是要講述後來發生的事情，我都感到很難過。費拉爾斯太太要他馬上解除這個婚約，我和芬妮都懇求他，可是一切都無濟於事，什麼義務、感情等一切的一切，愛德華全都置之不顧，我以前從未想到愛德華這麼固執，這麼沒有感情。他母親嚴肅地對他說，如果他和莫頓小姐結婚，她會非常慷慨，她會把諾福爾克的產業交給他，扣除稅金後每年足有一千鎊的收益，她甚至還說如果他們的經濟情況不好，每年還可以給他一千二百鎊。費拉爾斯太太還表示，如果他依然堅持那個低賤的婚約，那麼，毫無疑問地貧窮一定會與這個婚姻共存，他自己的兩千鎊將是他的全部財產，而她永遠不會再見他了，也絕不會給他任何幫助，如果他想要獲得一個有較好收入的職業，她會千方百計地加以阻止。」

瑪麗安聽到這裡，憤怒得不得了，忍不住拍手大叫起來：「天哪！這可能嗎？」

「愛德華竟然如此頑固，你可能很驚訝，瑪麗安，這是很自然的。」她哥哥回答道。

瑪麗安正要反駁，但想起了自己的諾言，於是忍住了。

達什伍德先生繼續說：「所有的努力都毫無結果，愛德華很少說話，但他的態度很堅決，說什麼都不放棄婚約，無論付出多大的代價，他也要堅持婚約。」

詹寧斯太太再也無法保持沉默了，直截了當地說：「這麼說來，他的行為像個正直的人，請恕我直言，達什伍德先生，如果他的行為與此相反的話，我倒會認為他是個混蛋。我和你一樣，這件事多少和我有點關係，因為露西是我的表侄女，我相信世上沒有比她更好的姑娘，她比任何人都更應該得到一個好丈夫。」

聽到這樣的話，達什伍德先生不禁大為驚訝，不過他一向冷靜，很少發火，從不想得罪任何人，尤其是有錢人。於是他心平氣和地說：

「我一點兒也不想批評你的親戚，夫人。我想，露西．斯蒂爾小姐一定是個非常值得愛的姑娘，但是在目前的情況下，這門親事是不可能的，況且，和一個由她叔叔照管的年輕人祕密訂婚，而這個年輕人還是費拉爾斯太太這樣特別有錢的人的兒子，這事可不同尋常。總之，我並不想指責與你有關係的任何人的行為。我們都希望露西獲得幸福，事情發生後，費拉爾斯太太的行為是高貴和仁慈的，是所有好母親都會這麼做的。愛德華已經抽出了自己的命運之籤，但恐怕是支下下籤。」

瑪麗安嘆了口氣，表示了她的憂慮。艾莉諾為愛德華感到悲傷，因為他竟不顧母親的威脅，而堅持娶一個不能給他全部幸福的女子為妻。

「那麼，結果呢？」詹寧斯太太說。

「很遺憾，夫人，結果是不幸的決裂，愛德華將永遠得不到他母親的眷顧了。他昨天離開了他的家，不知道去哪兒了，也不知道是否還在城裡。」

「可憐的年輕人！他會變成什麼樣啊？」

「是呀！夫人，想到這一點就讓人痛心。他出生在富貴人家，原本應該享有富足的生活，如今搞得一無所有，我真想不出來還有什麼比這更悲慘的了。總共兩千鎊的財產外加利息，一個男人怎麼能靠這點錢生活呢？他本來在三個月內就能得到每年兩千五百鎊的收入（因為莫頓小姐有三萬鎊的財產），卻因為他的愚蠢而失去了這一切，真是天大不幸啊！我們都很同情他，也因為我們沒有能力幫助他，更加同情他。」

詹寧斯太太大聲說：「可憐的年輕人！如果他願意來我家吃住，我是非常歡迎的，要是我能見到他，一定會這麼對他說，因為他現在的收入顯然是負擔不起開銷的。」

艾莉諾從心裡感激詹寧斯太太對愛德華的關心，不過她的表達方式讓艾莉諾忍俊不禁。

約翰．達什伍德先生說：「如果他聽從朋友的勸告，現在什麼也不會缺了，既然情況如此，那誰也幫不了他了。事實上，還有一件對他更不利的事呢，他母親在目前的情緒狀態下做出了一個決定，打算把諾福爾克的產業交給羅伯特，而那本來應該是愛德華的。早上我離開的時候，費拉爾斯太太正和律師商量這件事呢！」

詹寧斯太太說：「哎喲！這就是她的報復。每個人都有自己的報復方法，但我想我不會因為一個兒子惹惱了我就讓另一個兒子從中獲益。」

瑪麗安立起身，在屋子裡踱來踱去。

達什伍德先生說：「對一個男人來說，還有什麼比看見弟弟占有本應屬於自己的財產而惱火的呢？可憐的愛德華！我真的同情他。」

達什伍德先生就這樣抒發了一陣自己的感情，然後結束了他的訪問。他一再向他妹妹們保證，芬妮的病情並沒有什麼危險，請她們不必擔心，說完便告辭而去。

約翰．達什伍德剛一離開，瑪麗安的怒火就爆發了，艾莉諾沒辦法讓她克制下來，而詹寧斯太太則認為沒有必要壓抑自己的情感，於是三人各抒己見，對那群人展開了激烈的抨擊。

38

詹寧斯太太稱讚了愛德華的行為，但只有艾莉諾和瑪麗安明白他的行為的實際價值。其實，愛德華為了露西而不願順從他母親這種行為的意義實在很渺小，因為他不僅失去了朋友，也失去了財富，除了認為自己的行為是正確的之外，再也沒有什麼事能使他稍感安慰的了。艾莉諾讚賞他的正直，瑪麗安因他受到了懲罰而同情他，原諒了他的過錯。

當這件事公開了後，當姊妹倆單獨在一起時，誰也不願提起這件事。艾莉諾不願提起這個話題，是因為瑪麗安總是武斷地認為愛德華仍然鍾情於她，使得艾莉諾越想從頭腦中驅散那個想法——「他們最終不會結婚」，但那個想法卻越堅固；而瑪麗安沒有勇氣談論這個話題，是因為這必然會使姊姊的行為和自己的行為形成鮮明的對比，結果只會讓自己更加悔恨。

瑪麗安感受到了自己的行為和姊姊的行為之間的差距，但她沒有像她姊姊所希望的那樣振作起來，而是以不斷自責的痛苦來充分感受這種差距，深深地懊悔自己以前從來沒有嘗試過努力振作起來。現在，瑪麗安只感到悔恨，卻沒有想到及時改過，她的意志薄弱，仍認為自己不可能振作起來，因而情緒只會變得更加低落。

在她們知道事情後的第三天，這天是星期天，天氣晴朗，陽光明媚，雖然還只是三月中旬，但已經吸引了許多人到肯辛頓花園去玩了，詹寧斯太太和艾莉諾也在其中。因為得知威洛比夫婦回到了城裡，瑪麗安總是害怕碰見他們，因而寧可待在家裡。

來到花園不久，詹寧斯太太遇到一位好友，她們熱情地交談起來，艾莉諾倒也落個清靜，正好可以趁機想想心事。周圍全是陌生人，無論是嚴肅的人還是快樂的人，她完全不感興趣。後來，她無意中看見斯蒂爾小姐正在向她打招呼，看起來相當害羞。在詹寧斯太太的盛情邀請下，她暫時離開了她的同伴，來到她們中間。詹寧斯太太馬上對艾莉諾低聲說：

「讓她把一切全說出來，親愛的，只要你問，她什麼都會告訴你。你看，我不能離開克拉克太太。」

其實，根本不用問，斯蒂爾小姐（南茜）自己就會主動把一切告訴她們。

「見到你真高興，因為我最想見到你了。」然後放低聲音說：「我想詹寧斯太太都聽說了，她生氣了嗎？」斯蒂爾小姐說著，然後親暱地挽著艾莉諾的手臂。

「我想她對你們一點兒也不生氣。」

「太好了。那麼，米德爾頓夫人呢？她生氣了嗎？」

「我想她不可能生氣。」

「我太高興了。因為這件事，這段時間我過的是什麼日子啊！我還從來沒見過露西如此大怒過。開始時，她發誓說這輩子再也不會幫我裝飾新帽子了，也不會再為我做任何事情了，不過她現在已經恢復正常了，她不生氣了，我們又和好如初。你看，她幫我的帽子做了個蝴蝶結，昨天晚上還裝飾了羽毛，我看，你也要取笑我了。可是，我為什麼就不能紮粉紅色絲帶呢？我倒不在乎這是不是博士最喜愛的顏色，當然，如果他沒有說過，我也絕不會知道他最喜歡這個顏色了。我的表姊們總是拿博士和我開玩笑，有時我在她們面前都抬不起頭來。」

斯蒂爾小姐說話完全離題了，艾莉諾幾乎無話可說，幸好她意識到了這一點，馬上回到了正題。

「好吧！達什伍德小姐，對於人們謠傳愛德華不能娶露西這件事，他們愛怎麼說就怎麼說，但那根本不是事實，散布這種流言的人太無恥了。」斯蒂爾小姐得意地說。

「我從來沒有聽到過類似的說法。」艾莉諾說。

「你沒聽到？但是有人說過，我很清楚，而且不只一個人。戈德比小姐就對斯帕克斯小姐說過：『凡是有點理智的人都不會認為費拉爾斯先生應該放棄像莫頓小姐這樣擁有三萬鎊財產的女子，而去娶一個一無所有的露西．斯蒂爾。』這話我是親耳聽到斯帕克斯小姐說的。另外，我表哥理查也說，真的涉及到財產問題時，他擔心費拉爾斯先生會改變主意。當愛德華三天沒到我們那兒去的時候，我自己也不知道是怎麼想的了，就連露西都有些絕望了，因為我們是星期三離開你哥哥家的，星期四、五、六整整三天都沒見到他，也不知道他怎麼了。露西曾打算寫信給他，但自尊心不允許她這麼做，隨即打消了這個念頭。不過，今天上午我們從教堂回到家時他就來了，事情的經過就全搞清楚了。原來，星期三他被叫到哈利街，他母親和所有人責罵他，他向她們宣布，他愛露西，非露西不娶；因為被這些事搞得心煩意亂，他一離開他母親的家就騎上馬，跑到鄉下去了；為了讓自己好受些，星期四、五，他在一家客棧獨自待了兩天。他說，現在他沒有財產了，什麼都沒有了，經過再三考慮，他認為繼續和露西保持婚約似乎太不公平，那樣她的損失可就太大了，還要跟著他過窮日子，因為他只有兩千鎊，也沒有希望再得到更多收入，如果去做牧師，他能得到的不過是副牧師的職位，而靠這樣微薄的收入他們怎麼生活呢？他無法忍受露西過得不好，因此他請求露西，如果她願意，可以馬上解除婚約。他之所以提出解除婚約，這完全是為了露西好，是為了她，而不是為了他自己。我敢發誓，自始至終他都沒有說一個字表示厭倦露西了，或想和莫頓小姐結婚，或其他任何類似的想法。但可以肯定的是，露西根本不願意聽，她馬上告訴他——柔情蜜意地告訴他，她不想解除婚約，她和他靠微薄的收入能夠維持生活，而且，無論他的錢多麼少，她都會知足的，這讓愛德華簡直欣喜若狂。然後，他們談論了一會兒，一致認為愛德華應該馬上去做牧師，等他得到一份牧師的薪水後再結婚。就在這個時候，我表姊在樓下叫我，說理查夫婦的馬車到了，要帶我們之中的一個來肯辛頓花園，於是我只好走進去打斷他們，問露西是否想去，她說她不想離開愛德華，所以我跑上樓穿上絲襪，然後和理查夫婦到這兒來了。」

「我不明白，你所說的『打斷他們』是什麼意思？你們不是待在一起嗎？」艾莉諾說。

「怎麼會呢？哎呀！達什伍德小姐，你以為人談情說愛時允許旁人在嗎？真不害臊！這一點你一定比我清楚（她笑起來，但很不自然）。他們在客廳裡，我只是在門外聽到的。」

艾莉諾大聲說：「原來這些都只是你在門口聽到的？不好意思，我事先不知道，否則我是不會讓你告訴我的，因為這些談話是你不該知道的。你怎麼能對你妹妹這麼做呢？」

「哎呀！那有什麼關係，我只是站在門口聽到了能夠聽到的話，我相信，要是換成露西，她也會這麼做的。大約一、兩年前，當瑪撒．夏普和我偷偷約會時，露西總是藏在壁櫥裡或壁爐板後面偷聽我們說話。」

艾莉諾想談點別的事，但是斯蒂爾小姐迫不及待地想把腦子裡的想法說出來。

「愛德華說他很快就要去牛津，他現在住在帕爾．瑪爾街。他母親的脾氣真是乖戾，不是嗎？你的哥哥、嫂嫂也不太厚道。不過，我不想在你面前說他們的壞話，但我們真的是被他們用馬車打發回家的。我很擔心你嫂子向我們要回送給我們的針線盒，不過她隻字未提，我小心翼翼地把針線盒藏了起來。愛德華說，他在牛津有點事，必須去一段時間。我想，只要他能得到任何一位主教的賞識，應該就會馬上接受聖職。我真不知道他會得到什麼樣的副牧師職位！天哪！（她一邊說一邊咯咯地笑起來）我敢打賭，我知道我的表妹們聽到這些後會說什麼，她們一定會對我說，我應該寫封信給博士，請他為愛德華找個職位——副牧師職位。可是，我絕對不會做這件事，我會直截了當地說：『哎呀！真的要我寫信給博士？我真不明白你們怎麼會這麼想。』」

「好啊！有備無患嘛，看來你們已經做好準備了。」艾莉諾說。

斯蒂爾小姐剛想回答，她的同伴正向這邊走來，於是她換了個話題。

「哎呀！理查夫婦來了，我本來還有很多話要對你說，可是我不能離開他們太久了。理查夫婦是很體面的人，理查先生賺了很多錢，他們有自己的馬車。沒時間了，請你轉告詹寧斯太太，聽說她沒生我們的氣，我很高興，也請轉告一下米德爾頓夫人。如果你和你妹妹要離開這裡，而詹寧斯太太又需要人陪伴的話，我們會很高興去陪她的，不管她要我們待多久都行。我想，米德爾頓夫人一定不會再邀請我們去了。再見！很遺憾，瑪麗安小姐不在這裡，請代我向她問好。哎呀！你今天不該穿這件斑點薄紗裙，我不明白你怎麼不擔心它被鉤破了。」

這就是斯蒂爾小姐臨別時所關心的事情，一說完便被理查夫人叫走了。

艾莉諾瞭解到的情況比她自己所預料的並沒有多多少，但也夠她琢磨好一陣子了。就像她推斷的一樣，愛德華和露西結婚已是確定的事，但婚禮的時間還無法確定，一切都取決於愛德華是否能得到牧師職位，而關於這一點，目前看來一點機會也沒有。

剛回到馬車裡，詹寧斯太太就迫不及待地想知道情況，但是艾莉諾認為，那些情況是偷聽來的，儘量少傳播為好，因而她簡單地講述了一下，只談到他們還繼續保持著婚約，以及將採取什麼辦法來實現這個婚約。詹寧斯太太聽了之後，很自然地發表了一番評論：

「等到他得到牧師的薪水！好啊！我們都知道結局會怎樣。他們會等上一年，發現毫無希望，他們就會用副牧師那一年五十鎊的薪水安家，再加上他那兩千鎊財產所得的利息，及斯蒂爾先生和普拉特先生能夠給露西的一點點錢，然後他們每年會生一個孩子！上帝保佑，他們會極度貧窮的！我必須想想辦法，看看我能為他們的家做點什麼。對了，一定得僱兩名女僕、兩名男僕。不！不！他們還必須僱一個身強力壯的姑娘做粗活。現在看來，貝蒂的妹妹永遠不會是他們的管家了。」

第二天上午，艾莉諾收到一封信，是露西寫來的。

親愛的達什伍德小姐：

希望你能原諒我冒昧地寫信給你，但是我知道你對我非常友善，在發生了一切不幸後，你一定很高興聽我說明我自己和我親愛的愛德華的情況，因此我不再表示歉意，就直截了當地說了。感謝上帝！我們雖然遭遇不幸，但現在都很好，而且都為擁有彼此的愛情而感到幸福。我們承受了巨大的磨難和考驗，但我們非常感謝許多朋友的幫助，你是其中最重要的一位，我將永遠銘記朋友們的深情厚誼，愛德華也是這麼認為的。我想，你和親愛的詹寧斯太太一定會很高興地聽到下面的情況。昨天下午我和愛德華在一起待了兩個小時，我認真地提出了解除婚約的建議，但他根本不願意聽。我想，為了慎重起見，我有責任去敦促他這麼做，如果他同意，我們就立即分手，但是愛德華說他永遠不會同意，只要能得到我的愛情，他就不會在乎他母親的怒火。當然，我們的前景並不很光明，但我們必須樂觀地等待，希望他很快就能被任命為牧師。如果你有能力給他推薦一個能夠給予他牧師的職位的人，相信你不會忘記我們的。可愛的詹寧斯太太也一定會這麼做，相信她會向約翰．米德爾頓爵士、帕爾默先生或任何能夠提供幫助的人為我們說幾句好話。可憐的南茜，她本應為她所犯的錯誤受責備，但她也是一片好意，所以我沒說什麼。希望詹寧斯太太不要覺得太麻煩而不來看望我們，無論她在哪天上午能光臨寒舍，都是對我們最友好的表示，我表姊們也會感到萬分榮幸的。信紙有限，我就此擱筆了。請代我問候詹寧斯太太，如果你有機會見到約翰·米德爾頓爵士、米德爾頓夫人及可愛的孩子們，也請代我問候他們，向他們轉達我最誠摯的敬意，請轉達我對瑪麗安小姐的愛。

你的露西
三月寫於巴特利特大廈

艾莉諾看完信，馬上就推斷出了寫信人的真實意圖，把信交給了詹寧斯太太。詹寧斯太太一邊朗讀，一邊滿意地稱讚。

「真是太好了，她寫得多感人啊！當然，如果愛德華願意，應該讓他解除婚約，這倒完全像露西的風格。可憐的人！我希望我能替他找到一個牧師的職位。你瞧，她稱我為可愛的詹寧斯太太，她真是世上心腸最好的姑娘，的確非常好，這句話說得太漂亮了。嗯，我一定會去看她。她考慮得多周到啊！想到了所有的人！謝謝你，親愛的，謝謝你把信給我看，這是我所讀過最感人的一封信，露西是多麼高尚的一個人啊！」

39

達什伍德姊妹來到城裡已有兩個多月了，瑪麗安越來越不想待下去，非常渴望回到巴頓，因為那裡有清新的空氣、自由和靜謐的氣氛。瑪麗安以為，如果有什麼地方能使她感到自由自在的話，那就是巴頓。艾莉諾渴望離開這裡的心情幾乎和妹妹的一樣迫切，但她認為這並不是馬上就能做到的事，因為這麼遠的路途一定會有難處，但瑪麗安卻無法認同這一點。不過，艾莉諾也開始認真考慮回家的事了，並把這件事告訴了詹寧斯太太，而詹寧斯太太則好意地極力挽留她們，並且提出了一個方案，如果根據這個方案去做，雖然她們回到家的時間會晚個幾星期，但比較之下，艾莉諾覺得這個方案確實可行。帕爾默夫婦在三月底要回到克利夫蘭過復活節，詹寧斯太太和達什伍德姊妹都接到了夏洛蒂的熱情邀請，希望她們一同前往。艾莉諾對這個邀請並沒有興趣，但因為帕爾默先生在知道瑪麗安的不幸之後，對她們的態度有了很大的改變，再加上他也非常真誠地邀請她們，所以艾莉諾就欣然接受了。

可是，當艾莉諾把這件事告訴瑪麗安時，瑪麗安的反應卻非常激動。

「克利夫蘭？不！我不能去克利夫蘭。」

「你忘了，克利夫蘭不是在……它和……並不相鄰。」艾莉諾輕聲細語地說。

「但它在薩默塞特郡！我不能去薩默塞特郡，那個我曾經盼望去……的地方。不，艾莉諾，你不要指望我會去那裡。」

艾莉諾不想說服妹妹克服這種情緒，她只是以比較特別的方法來告訴妹妹，唯有這個方案能夠讓她們儘快回到巴頓，儘快回到她們渴望見到的母親身邊，這方案不僅更方便、更可行，而且時間上也不會拖延太久。克利夫蘭距離布里斯托爾只有幾英里遠，從那裡到巴頓不過一天的路程，到時候母親可以派僕人到布里斯托爾去接她們，她們不必在克利夫蘭待一個星期以上，大約三個星期以後就可以到家了。瑪麗安深愛自己的母親，因而最終戰勝了感情上的恐懼，聽從了姊姊的意見。

詹寧斯太太非常真誠地勸說她們和她一起從克利夫蘭再回到倫敦，艾莉諾對此表示了感激，但不能使她們改變計畫，而且她們還得到了母親的贊同。所有回家的事都已儘可能地安排好了，瑪麗安還列出了回到巴頓的時間表，從中得到了一些安慰。

達什伍德姊妹確定要離開之後，布蘭登上校第一次來訪時，詹寧斯太太對他說：

「唉！上校，我真不知道，如果沒有達什伍德小姐，我們倆該怎麼辦？她們已經決定從帕爾默家直接回巴頓，我們回來的時候會有多沮喪啊！到時候，我們會像兩隻貓一樣無聊地坐在那裡，只能你看我、我看你了。」

也許，詹寧斯太太描繪出一幅無聊乏味的生活情景，是希望激起上校求婚的勇氣，而如果詹寧斯太太真是那樣想的話，那她馬上有理由相信她的目的達到了。當時，艾莉諾走到視窗去為朋友丈量一幅版畫的尺寸，上校也跟了過去，目光意味深長，他們兩人在視窗交談了好幾分鐘。詹寧斯太太是個有教養的人，絕不會偷聽別人說話，甚至為了不聽見談話而刻意換了座位，坐到了正在彈鋼琴的瑪麗安的旁邊，儘管如此，但這並不妨礙她細緻入微地觀察艾莉諾的表情，什麼風吹草動都逃不過詹寧斯太太的目光。她發現艾莉諾的臉色變了，情緒很激動，因為極其專注地聽上校說話，竟停下了手上的工作。在瑪麗安從一個樂章轉到另一個樂章的一點間歇時刻，詹寧斯太太聽到了上校說的一些話，他好像在為自己的房子不好而道歉，這使她的想法得到了進一步的證實，並認為這件事是確鑿無疑了。不過，令詹寧斯太太感到奇怪的是，上校怎麼會認為有必要道歉，也許是基於禮貌吧！至於艾莉諾回答了什麼，詹寧斯太太沒聽清楚，但從她的嘴型判斷，她認為那沒有多大關係。他們又談了幾分鐘，可惜詹寧斯太太一個字也沒聽見。

一會兒，瑪麗安的演奏又停了下來，詹寧斯太太又聽見上校說的一些冷靜的話。

「恐怕這件事不能很快就辦成。」

這完全不像愛人應該說的話，詹寧斯太太不禁大為震驚，差點兒激動得脫口而出：「天哪！還有什麼使這件事不能很快辦成呢？」不過她克制住了自己，只是內心默默地說：「太奇怪了！他沒必要等到再老一點才結婚吧！」

但是，上校說出這句話後，艾莉諾並沒有生氣。又過了一會兒，他們結束了談話，兩人朝不同的方向走去，上校看起來是要告辭。他們分別的時候，詹寧斯太太清清楚楚地聽見艾莉諾真誠地說：

「我將永遠感激你。」

詹寧斯太太很滿意艾莉諾的感激之情，只是不明白上校在聽到這句話後竟然馬上沉著地向她們告別，而且也沒有對艾莉諾的話做出任何回應。這讓詹寧斯太太大感意外，她以前從沒有想到過，這位老朋友求起婚來怎麼會這麼漠然。

事實上，艾莉諾和上校之間的談論內容完全是另一回事。

上校滿懷同情地說：「我聽說，你的朋友費拉爾斯先生受到了他的家人的不公平對待。如果我聽到的消息是準確的話，那麼，他是因為堅持與一個很值得愛的年輕小姐的婚約，而被他的家人完全拋棄了，對吧？是這樣嗎？」

艾莉諾告訴他情況確實如此。

上校極憤慨地說：「太殘忍了！太蠻橫無禮了！把兩個長久相愛的年輕人拆開，或企圖把他們拆開，真是沒人性啊！費拉爾斯太太不清楚她的行為可能造成什麼後果，可能會把她的兒子逼到絕境！我在哈利街見過愛德華．費拉爾斯先生兩、三次，我很喜歡他。我想，他不是那種一見面就可以和他親密交往的人，不過，我所看到的已足以讓我祝福他，而他又是你的朋友，我就更希望他萬事如意了。我聽說他打算去做牧師，麻煩你告訴他，德拉福德的牧師職位正好空著，我從今天剛收到的來信裡得知的，如果他願意接受，那個職位就是他的了，不過，他目前處境堪憐，再懷疑他是否願意接受，也許是無稽之談。那是一個很小的教區，薪水並不多，我想前任牧師每年的收入不會超過兩百鎊，雖然這對他多少有點幫助，但恐怕沒辦法讓他過舒適的生活。儘管如此，我還是很樂意把這個職位推薦給他，請你讓他相信這一點。」

艾莉諾聽到這一番話大為吃驚，就算是上校向她求婚，她也不會比此刻更吃驚。兩天前艾莉諾還認為愛德華沒有希望得到推舉，但現在已經有了，他可以結婚了！而使他得到這個職位的人不是別人，偏偏是她自己！她非常激動，內心在刹那間湧動著一種非常複雜的情緒，但無論她的這種情感中攙雜了不很純潔、不很快樂的因素，都已不重要了，重要的是愛德華得到了一個牧師職位。她對上校的善行和友誼表示了由衷的敬佩和感激，還認真地稱讚了愛德華的品德和性格，並且答應，如果上校真的願意把這個職位推薦給愛德華，她很樂意轉告給他。不過，艾莉諾認為，上校本人去跟愛德華說更合適，因為她不願意讓愛德華覺得是因為她的關係他才得到了恩惠，她希望自己能置身事外，但是，布蘭登上校也是基於同樣的想法而不願意親自出面，這使得艾莉諾不便再推辭。艾莉諾相信，愛德華還在城裡，而且那天在肯辛頓花園斯蒂爾小姐已經告知了他的位址，她可以保證當天就可以把這個消息告訴愛德華。這件事談妥後，布蘭登上校開始談到他很高興有這麼一位令人尊敬的鄰居，然後，抱歉地說起牧師的房子很小，狀況也不好，對於這個問題，艾莉諾認為無關緊要，至少房子的大小是無所謂的。

「我想，房子小應該不會給他們帶來不便，但和他們的家庭收入相稱。」

一聽這話，上校馬上發現，因為有了這個職位，艾莉諾認為愛德華可以結婚了，這讓上校很訝異，因為在他看來，德拉福德的牧師薪水有限，像愛德華那種長期習慣舒適生活的人，根本無法依靠這點微薄的收入來安家，於是上校說出了他的看法。

「這個小教區的牧師薪水很少，只能讓費拉爾斯先生過比較舒適的單身漢生活，根本無法養家。很抱歉，我的幫助只限於此，我的關心也只能做到這一步了。不過，如果將來有機會進一步幫助他，我一定會像現在一樣真誠地盡心盡力，除非那時我對他的看法和現在大不一樣。我現在提供的幫助微不足道，只是使他距離那唯一幸福的目標前進了一點點，至於說到結婚，那還是非常遙遠的事，至少，這件事無法很快達成。」

40

布蘭登上校剛走，詹寧斯太太就笑著說：「達什伍德小姐，我並不想向你打聽上校跟你說了什麼。我發誓，我儘量不聽你們的談話，不過，有幾句話還是傳到了我的耳朵裡，知道他在說什麼。老實對你說，我生平還從來沒有像現在這樣高興過，我衷心地祝福你快樂。」

「謝謝你，夫人，這確實是一件讓我快樂的事，而且我深深地感到布蘭登上校是多麼善良的人，像他這樣的人已經不多了，很少有人能有這樣一顆同情心！我從來沒有遇到過比這更讓我訝異的事呢！」

「天哪！親愛的，你太謙虛了！我一點也不訝異，因為我最近時常想這件事，它的發生實在是再正常不過了。」

「那是因為你瞭解上校平日的為人，不過，至少你沒有預見到那個機會這麼快就出現了。」

「機會！」詹寧斯太太重複道：「那是一定的，當一個男人決定了一件事情後，無論如何總會很快找到一個機會的。親愛的，希望你永遠開心，如果說世上真有幸福的伴侶的話，我想我很快就會知道到哪兒去尋找他們了。」

「我想，你打算去德拉福德尋找。」艾莉諾淡然一笑。

「是啊！親愛的，我的確要去。至於說到房子不好，我不知道上校是什麼意思，因為那是我見過的最好的房子。」

「他說那房子很久沒整修過了。」

「唉，這怪誰呢？他為什麼不修？他自己不去做這件事還有誰做呢？」

這時，僕人進來報告說馬車已在門口等候。詹寧斯太太準備出門了，於是她說：

「親愛的，我的話還沒說完卻不得不走了，不過，無論如何，晚上我們可得好好把話說個痛快。我就不邀請你跟我一起出去了，你大概滿腦子都想著這件事，希望不會有人打擾你。還有，你一定想把這件事告訴你妹妹。」

瑪麗安在她們談話前就走出去了。

「當然，太太，我會告訴瑪麗安的，但現在我還不想告訴任何人。」

「喔，很好，那你也不願意我把這件事告訴露西了，我今天想去一趟霍爾本。」詹寧斯太太相當失望地說。

「是的，夫人，請你也別告訴露西，晚一天說沒什麼關係，在我寫信給費拉爾斯先生之前，我認為不應該對任何人說起這件事。我馬上就寫信給他，現在最重要的是不能耽誤他的時間，因為他會有許多與接受聖職有關的事情要做。」

這話讓詹寧斯太太感到莫名其妙，不懂她為什麼要急著把事情告訴費拉爾斯先生。不過，考慮片刻之後，她有了一個快樂的想法，於是大聲說：

「啊哈！我明白你的意思了，你希望費拉爾斯先生做主人，嗯，這對他再好不過了，是啊！他做牧師前當然要做好準備了。我真高興，你們兩人之間的事情發展得如此神速。但是，親愛的，這是不是不太合適？不應由上校親自寫信給他嗎？由他寫最合適。」

艾莉諾不明白詹寧斯太太開頭說的那幾句話，也不想明白，只是對她的話的結尾部分做了回答。

「布蘭登上校是個謹慎的人，他寧願讓別人把他的打算告訴費拉爾斯先生，也不願意自己去做。」

「所以，你就只好做這件事了，啊哈！這種謹慎倒滿奇怪的。好了，不打擾你了，再見，親愛的。噢，自從夏洛蒂生孩子之後，我還沒有聽到過讓我這麼高興的事呢！」

詹寧斯太太走了出去，可是很快又走了回來。

「我剛才想起貝蒂的妹妹，親愛的，我很樂意給她找到一個這麼好的女主人，不過，她是否能做女主人的貼身侍女，我可不敢肯定，但她的確是個出色的女僕，擅長做針線活兒。好吧！這事等你有空時再考慮吧！」

「當然，夫人。」艾莉諾答道。

其實，她根本沒有注意聽詹寧斯太太在說什麼，她只想獨自安靜地寫信。

現在，艾莉諾唯一關心的問題是，應該如何向愛德華表達那個意思。因為他們之間的特殊關係使這件事執行起來有些困難，她既擔心說得過多，又擔心說得過少，於是手裡拿著筆反覆思忖著，直到被愛德華的到訪所打斷。

愛德華是來送告別名片，正好在門口遇見了詹寧斯太太，她一定要他進去，說達什伍德小姐在樓上，想跟他說一件重要的事。

在艾莉諾看來，告訴愛德華這件事，無論寫信多麼困難，但至少比直接對他本人說要容易些，但是，愛德華的突然出現使艾莉諾大吃一驚。自從愛德華的婚約公開後，他們一直都沒見過面，再加上艾莉諾一直在考慮如何告訴愛德華那件事，因此，當她看見他時，有好幾分鐘都非常不安，愛德華也很苦惱，兩個人就這麼尷尬地坐在一起。最後，還是愛德華先開口說話。

「詹寧斯太太告訴我，你想和我談談，至少我理解她是這個意思，否則我一定不會這樣貿然闖進來打擾你，儘管在離開倫敦以前不能見到你和你妹妹我會感到非常遺憾，尤其是我可能無法在短期之間再見到你們。我明天要去牛津。」

艾莉諾稍稍鎮定下來之後說：「可是，你總應該得到我們美好的祝福再走吧！即使我們沒辦法親自向你表示祝福。詹寧斯太太說得一點不錯，我是有件重要的事要告訴你，剛才正準備寫信呢！我接受了一個非常愉快的使命，布蘭登上校十分鐘前還在這裡，他要我轉告你，他知道你打算去做牧師，他很高興能把德拉福德的牧師職位送給你，現在那個位子剛好有空缺，只是俸祿不高。請允許我祝賀你，有一位如此令人尊敬的朋友，而且我和他都希望牧師薪水——一年大約兩百鎊——能夠更多一些，使你能更好地……或許不只是解決你自己的衣食問題……總而言之，能夠使你實現你的一切幸福願望。」

一時間，愛德華說不出話來，沒有人知道他的內心有何感想。看起來，他對這個意外的消息感到格外震驚，只說出了幾個字：

「布蘭登上校！」

「是的。」這時她更加鎮定了，因為難熬的時刻已過，她繼續說：「布蘭登上校是想表示一下他對最近發生的事情的關切——對於你的家人的不公平行為使你陷入痛苦的境地的關切，我相信，瑪麗安、我及你的所有朋友，都同樣關心你，而這也證明上校非常尊敬你的品德，非常讚許你目前的舉動。」

「布蘭登上校送給我一個牧師職位，這可能嗎？」

「因為你受到自己家人不友善的對待，讓你訝異有人對你表示好意了。」

「不是這樣的！」愛德華回答，猛然醒悟過來是怎麼回事。

「能得到你的友好相待我並不感到訝異，因為我知道，這一切都應該歸功於你，歸功於你的善良。如果我能夠表達出我感激的心情的話，我會這麼做的，但是你知道，我不善言辭。」

「你搞錯了。這事與我毫無關係，你應該把上校的幫助歸功於——至少可以完全歸功於你自己的美德和上校的賞識。在我得知上校的想法前，根本不知道那裡有個牧師職位空著，也沒想到他會有這麼一個職位送給你。作為我和我們家的一個朋友，上校也許會——其實我知道，他提供給你這個職位會讓他從中感受到很大的快樂。不過，說句老實話，他之所以這樣做根本不是我的請求。」

艾莉諾不願意讓愛德華覺得自己是他的恩人，但是，誠實又迫使她猶豫地承認了自己稍微發揮了一點作用。大概因為艾莉諾態度猶豫的緣故，愛德華更加確信他心裡最近產生的猜疑——艾莉諾和上校交好了。艾莉諾說完之後，愛德華坐在那裡沉思了一會兒，然後像是相當費勁地說：

「看來布蘭登上校是個品德高尚的人。我總是聽人們這樣評論他，而且我知道，你哥哥非常敬佩他。毫無疑問的，他是個聰明人，而且他的舉止是十足的紳士風度。」

「的確如此，我相信，透過進一步交往，你會發現他完全就像你所聽說的那樣，日後你們將會成為近鄰（我聽說牧師住所幾乎緊鄰著他的宅第），他具有這樣的品格，這一點就非常重要了。」

愛德華沒有回答。不過，當艾莉諾轉過頭時，他嚴肅地、不快地看了她一眼，彷彿是說：他希望牧師住所和上校的宅第距離遠一點。

「我想，布蘭登上校住在聖．詹姆斯街吧？」他一邊說，一邊從座位上站了起來。

艾莉諾告訴了他門牌號碼。

「那我得趕快走了。既然你不肯接受我的謝意，那我就去向上校表達我的感謝，並告訴他，他已經讓我成為了一個非常——非常幸福的人。」

於是他們道別了。艾莉諾誠摯地表示，無論他所處的環境發生怎樣的變化，她都永遠祝他幸福。愛德華也想表示同樣真誠的祝福，但卻表達不出來。

房門在愛德華身後關上的一瞬間，艾莉諾自言自語地說：

「當我再見到他的時候，他就是露西的丈夫了。」

艾莉諾坐下來沉浸在往事中，回想起愛德華說過的話，並努力去理解他的全部感情。當然，她也想到了自己所經歷過的種種不愉快。

詹寧斯太太回來了。儘管她剛剛新結識了一些人，一定有很多話要說，但是，比起她急切地想問艾莉諾的事，一切都顯得不再重要。

一見到艾莉諾，詹寧斯太太就大聲說：

「喔，親愛的是我叫那個年輕人進來找你的，我做得不對嗎？你應該不會遇到什麼麻煩事吧，他沒有表示不願意接受你的提議吧？」

「沒有，太太，那是不可能的。」

「那麼，他要多長時間才能做好準備呢？」

「說真的，我對這類儀式知之甚少，不過，我想兩、三個月內他就能得到完成授職儀式了。」

詹寧斯太太驚呼起來：「兩、三個月？天哪！親愛的，你說得倒輕鬆！難道上校能等上兩、三個月！上帝保佑！我都不耐煩了，而且我認為沒有必要為費拉爾斯先生等上兩、三個月，一定能找到別的聖職人員的。」

「親愛的夫人，你想的是什麼啊？布蘭登上校的唯一目的不就是想幫助費拉爾斯先生嗎？」

「上帝保佑你，親愛的，你不會是想勸我相信，上校和你結婚只是為了送給費拉爾斯先生十個饑尼吧？」

詹寧斯太太的話剛一出口，艾莉諾這才恍然大悟，連忙做了解釋，兩個人都不禁為這樣的誤會開心地大笑起來。

一陣驚喜過後，詹寧斯太太說：「是啊！牧師的房子是很小，很可能好久沒修繕了。啊哈！虧我想得出來，當時我還以為他在為另一棟房子感到抱歉呢！聽說他那一幢房子一樓就有五間起居室，能放十五張床呢！真是好笑，太荒謬了！不過，親愛的，我們得敦促上校趕在露西去那兒以前幫忙修繕一下牧師住所，好讓他們住得舒適一些。」

「但是，布蘭登上校似乎認為，牧師薪水太少，他們沒辦法結婚。」

「親愛的，上校是個傻瓜，因為他自己每年有兩千鎊的收入，就以為沒有人能靠少少的錢結婚。記住我的話，如果我還活著，我就要在米迦勒節前（九月二十九日，英國四大結帳日之一）到德拉福德的牧師住所拜訪他們一次，而且露西必須要在那裡，否則我是不會去的。」

艾莉諾完全同意詹寧斯太太的看法——他們可能很快就要結婚了，而不會再等下去。

41

愛德華向布蘭登上校致謝後，高興地去找露西，當他到達巴特利特大廈，快樂的心情無法言喻，以至於第二天詹寧斯太太去表示祝賀時，露西說她從未見過愛德華如此興高采烈過。

露西的快樂明顯地寫在臉上，她和詹寧斯太太都興致勃勃地期望，在米迦勒節之前能夠歡聚在德拉福德的牧師住所。對於艾莉諾，露西毫不猶豫地把愛德華得到職位的功勞給了她，又以極大的熱情說起她對他們兩人的友情，說是無論現在還是將來，達什伍德小姐為他們所做的一切努力都不會使她感到驚訝，因為她相信，達什伍德小姐能夠為她所尊重的人做任何事。至於布蘭登上校，她不僅願意把他當作聖人崇拜，而且還真心希望人們把他當作聖人對待，但是在露西內心，她真正渴望的是向教區繳納的什一稅能提高到最大限度，還暗下決心，到了德拉福德，她要儘可能利用他的僕人、馬車、牛和家禽。

自從約翰．達什伍德最後一次到伯克利街拜訪已有一個多星期了，在這段時間內，達什伍德姊妹對約翰．達什伍德夫人除了一次口頭問候外，再也沒有表示過關心，艾莉諾覺得有必要去看望一次，這是一種義務，儘管這麼做不僅違背她自己的意願，而且也得不到她的同伴的支持。但瑪麗安堅決拒絕，還阻止她姊姊，詹寧斯太太也因為太厭惡達什伍德夫人而不願去，儘管她很想看看達什伍德夫人在最近發生了那件事後變成了什麼樣子，儘管她非常想以支持愛德華來激怒達什伍德夫人。最後，艾莉諾只好獨自去拜訪，去見一個她比任何人都更討厭的女人。

達什伍德夫人拒絕見客，但在馬車離開這幢房子的時候，她丈夫碰巧出來。看見艾莉諾，達什伍德先生表示非常高興，告訴她他正準備去伯克利街拜訪，並向她保證，芬妮見到她一定會很高興，邀請她進屋去。

他們上樓到了客廳，裡面沒有人。

「我想芬妮在她自己的房間裡，我馬上就去叫她，我想她絕不會不願意見你，一定不會的，尤其是現在，不可能有……無論如何，你和瑪麗安是我們非常喜歡的人。瑪麗安怎麼沒來？」

艾莉諾隨便為妹妹找了個藉口。

「你一個人來也好，因為我有許多話要跟你說。關於布蘭登上校的牧師職位的事是真的嗎？他真的把它送給了愛德華？我昨天聽說了這件事，正要去問問你呢！」

「是真的。布蘭登上校把德拉福德的牧師職位送給了愛德華。」

「真的！天哪，真教人吃驚！他們之間根本沒有親屬關係或姻親關係呀！而且，現在取得牧師職位要花很多錢呢！那個職位有多少薪水？」

「大約一年兩百鎊。」

「很好……如果在已故牧師年老多病且快要離職時舉薦，上校也許能得到一千四百鎊，但他為什麼不在前任牧師沒死前就把這件事辦好呢？布蘭登上校是個有見識的人，怎麼會這樣呢？我真不明白，在一件如此簡單的事情上他竟然這麼沒有遠見！不過，我想幾乎每個人的性格中都有令人難以揣測的部分。經過考慮一番後，我覺得事情很可能是這樣的：愛德華只是暫時擔任這個職務，等真正買走聖職的那個人長大了，上校再正式交給他，一定就是這麼一回事，你相信我好了。」

可是，艾莉諾斷然否定了他的想法，而且說她就是把布蘭登上校的餽贈轉達給愛德華的人，完全清楚整件事情，這使她哥哥無話可說，不得不相信了。

「這太令人驚訝了！上校的目的是什麼呢？」聽了她的話以後約翰．達什伍德大聲說。

「很簡單，他想幫助費拉爾斯先生。」

「好了，好了，無論布蘭登上校的目的是什麼，愛德華都是一個非常走運的人！不過，你不要向芬妮說起這件事。雖然我已經把這件事透露給了她，她也強忍著接受了，但她還是不喜歡聽到別人總是說起這件事。」

說到這裡，艾莉諾不得不發表自己的看法，她認為芬妮會冷靜地忍受她弟弟得到這個職位的，因為這件事又不會使芬妮和她的孩子們挨餓受窮。

「費拉爾斯太太，現在還不知道這件事，我想最好儘可能隱瞞她，能瞞多久就多久。當然，他們一旦結婚，恐怕她就會知道一切了。」約翰．達什伍德接著說，聲音壓得很低。

「可是，為什麼要這樣呢？可以肯定的是，費拉爾斯太太在得知她兒子有了足夠維持生活的收入時是不會滿意的，但是，在她最近採取了報復行動後，為什麼還要去顧及她會有什麼反應呢?她已經和她兒子斷絕關係了,還要那些她可以左右的人也都拋棄了他,既然她都這樣做了,很難讓人想像她還會因為愛德華而產生任何情緒,愛德華的任何事情她都不會感興趣,她連孩子的舒適程度都不顧了,怎麼可能還有一個身為母親的擔憂呢!」

「噢,艾莉諾,你的話有一定道理,但它是建立在不瞭解人性的基礎上的。當愛德華舉行他那不受祝福的婚禮時,他母親的感受一定就像從來沒拋棄他似的,所以一定要儘可能隱瞞她,免得讓她難受,費拉爾斯太太永遠不會忘記愛德華是她的兒子。」

「你的話讓我很驚訝,我認為她已經忘得一乾二淨了。」

「你冤枉她了,費拉爾斯太太是世上最慈愛的母親之一。」

艾莉諾默然不語。

「我們現在正在考慮讓羅伯特娶莫頓小姐。」停頓了片刻,達什伍德先生說。

艾莉諾覺得她哥哥那一本正經的口氣很好笑,她冷冷地回答:

「我想,這位小姐在這件事上沒有選擇的權利。」

「選擇?你這是什麼意思?」

「我的意思是,照你的說法,對於莫頓小姐來說,無論是嫁給愛德華還是嫁給羅伯特,都是一樣的。」

「當然,是沒有什麼區別,因為羅伯特現在其實已經被看作長子了。至於其他方面,他們都是不錯的年輕人,只是我不清楚哪一個更好。」

艾莉諾沒有再說什麼，約翰・達什伍德也沉默了一會兒。

「親愛的妹妹，有一件事——」思考一番之後，約翰・達什伍德友愛地握著艾莉諾的手，壓低聲音說：「我一定要告訴你，因為你一定會很高興。我有充分的理由認為，如果不是這樣，我一定是不會說的，雖然這事我不是聽費拉爾斯太太親口說的，是芬妮告訴我的，在費拉爾斯太太看來，無論她對你有多麼不滿意，但是比起愛德華和露西的這件婚事來說要好很多，不會帶給她太煩惱。我很高興聽到費拉爾斯太太從這個角度考慮問題，你知道，這對我們所有人來說都是一個令人滿意的結果。費拉爾斯太太說：『兩害相權取其輕，本來是無法比較的，如果一定要選擇其中之一，我現在寧願選擇煩惱少的。』當然，現在說這些已沒有什麼意義，感情已經不再，所有的一切都過去了，但是，我想還是應該告訴你，因為我知道你一定會高興的。現在，你應該沒什麼可遺憾的了，親愛的艾莉諾，你做得很好，非常好。你最近見到布蘭登上校了嗎？」

即使這番話沒有滿足艾莉諾的虛榮心，但至少也讓她有些飄飄然，她感到非常高興。這時，羅伯特・費拉爾斯先生進來了，他們一起閒聊了幾分鐘後，約翰・達什伍德想起來還沒告訴芬妮他妹妹來了，便離開客廳找她去了。

在艾莉諾看來，因為母親的偏愛，羅伯特雖然生活放蕩，現在卻享受著不合理的恩惠，而他哥哥為人正直，卻反而被拋棄。看著羅伯特一副無憂無慮、自鳴得意的樣子，更增加了艾莉諾對他的厭惡。

他們在一起還不到兩分鐘，羅伯特就開始談起愛德華，因為他也聽說了關於牧師職位的事，他很好奇。艾莉諾就像剛才對約翰．達什伍德所說的那樣複述了一遍，不料羅伯特聽了竟樂不可支，笑得前仰後翻。想到愛德華去做牧師，住在一座小小的牧師住所裡，他就覺得滑稽好笑，再加上他由此展開的怪誕聯想，想像著愛德華穿著一件寬大的白袍念祈禱文，或宣告誰和誰締結婚姻，更讓他覺得十分荒謬可笑。

艾莉諾一直默默地、嚴肅地聽他說著，眼睛不由自主地盯著他，目光中明顯對這種愚蠢舉動充滿輕蔑之感，不過，羅伯特正在興頭上，對艾莉諾的眼神渾然不覺。最後，羅伯特終於控制住了自己，其實真正使他開心的時刻早已過去了。

「我們可以把這看作一個笑話，不過，說實話，這其實是一件很嚴肅的事情。可憐的愛德華！他水永遠被毀了，為此我感到難過，因為我知道他是個非常善良的人。可憐的愛德華，從小到大，他的言談舉止都不怎麼討人喜歡，可是你知道，人並不是天生就具有同樣的能力，我說的是得體的言談舉止。可憐啊！一想到他要和一群陌生人打交道，真夠可憐的！說實話，當我母親第一個把這件事告訴我時，我是如此震驚，開始時還不肯相信，之後我覺得應該馬上採取行動，於是對我母親說：『親愛的媽媽，我不知道你打算怎麼辦，但就我個人而言，如果愛德華真的和那個年輕女子結婚的話，我就永遠不再與他見面了。』我當時的確感到萬分震驚！可憐的愛德華，他完全是自作自受，如此一來他就永遠把自己排除在上流社會之外了！但是，正如我當時對我母親所說的，對此我一點兒也不感到驚訝，從他所受的教育來看，發生這種事是在預料之中的。我那可憐的母親簡直都快氣瘋了！」

「你見過那位小姐嗎？」

「見過一次。當時她正住在這裡，我碰巧進來待了十分鐘，一看就知道她是個什麼樣的人。就是一個鄉下姑娘，沒半點兒氣質，一點也不優雅，更談不上漂亮，不過正是我認為能夠輕易迷住可憐的愛德華的那種姑娘。我母親對我說完這件事，我馬上提出親自去找他談，勸他解除婚約，但是一切為時已晚，做什麼都來不及了，因為不幸的是，事情發生的時候我不在家，直到我母親和他決裂之後我才知道，大家鬧到那個地步，你知道，已經不是我能干預的了。如果我能早幾個小時知道，我想一切很可能還有辦法挽救，我一定會這樣對愛德華說：『親愛的兄弟，想想你在做什麼！你訂了一個丟臉的婚約，而且還是你的家庭一致反對的一個婚約。』總之，我想總會想到辦法的，但是現在一切都太晚了，他得要過窮日子了，沒錯！他真的要挨餓了。」

羅伯特剛剛鎮定地做出這樣的判斷，約翰．達什伍德夫人就走了進來。儘管達什伍德夫人從來沒有和外人談論過這件事，但艾莉諾還是能看出這件事對她精神上造成的影響，因為她進來時表情慌亂，而且力圖與艾莉諾親近些，甚至還對艾莉諾和妹妹很快就要離開倫敦這件事表示關心，說她原本希望能常和她們碰面——這真是一件不容易的稀罕事！達什伍德先生陪伴在妻子身邊，入迷地聽著她說話，似乎她的話語中充滿了世上最深情、最優美的旋律。

42

艾莉諾又到哈利街做了一次短暫的拜訪，向哥哥、嫂嫂辭行，約翰・達什伍德恭喜她們不花分文就能走那麼遠的路程回到巴頓，同時也恭喜布蘭登上校要跟她們一起到克利夫蘭去。芬妮冷淡地邀請她們，歡迎她們任何時候到諾蘭莊園去，而這卻是最不可能發生的事，約翰・達什伍德私下熱情地對艾莉諾保證，他很快就會去德拉福德看她。

艾莉諾發現，似乎所有的人都決意要把她送到德拉福德，她覺得有些可笑，因為不僅她哥哥和詹寧斯太太把那裡看作她未來的家，而且就連露西也一再懇切地邀請她去那裡看她，但是，那個地方是她現在最不願去的，也是最不想住的地方。

四月初的一個清晨，漢諾威廣場和伯克利街的兩幫人分頭從家裡出發，然後在某個地方碰面。為了夏洛蒂母子，女士們要多花兩天的時間，而帕爾默先生和布蘭登上校要晚幾天出發，大家相約在克利夫蘭見面。

瑪麗安雖然在倫敦沒有過幾天舒心的日子，雖然早就盼望著離開，但是，當真的到了向這幢房子告別的時候，她又悲痛不已。因為正是在這幢房子裡，她最後感受到對威洛比的希望與信任，而如今他們之間的一切感情都已消逝。在這個地方，威洛比還在忙於新約會、新計畫，而這一切卻和她毫無關聯，想到這些，在即將離別的時刻，瑪麗安怎能不流下傷心的眼淚呢！

艾莉諾在離別時感到非常高興，因為這裡沒有值得她留戀的東西，也沒有她因為要永遠與之分離而感到遺憾的人，而且她很慶幸自己從對露西的承諾中解脫了出來，也很慶幸自己能不讓威洛比在結婚後再見到她妹妹。艾莉諾相信，回到巴頓後，幾個月寧靜的生活會使瑪麗安的情緒恢復平靜，也會使她自己的思緒更為平靜。

她們一路順利，第二天進入了薩默塞特郡。在瑪麗安翻來覆去的變化無常的看法中，這裡一會兒是個令人嚮往的地方，一會兒又是個令人害怕的地方。第三天中午前，她們抵達了克利夫蘭。

克利夫蘭是一棟寬敞的新式建築，坐落在一個傾斜的草坡上，四周環衛著冷杉，花椒、洋槐夾雜著一些楊樹，密密層層的，把房子遮得嚴嚴實實。周圍沒有花園，但是娛樂場地相當寬闊，還有大片的灌木叢和幽靜狹窄的林間小路，一條光滑的礫石路環繞著莊園，草坪上點綴著零散的樹木。

瑪麗安走進屋子的時候，意識到這兒距離巴頓只有八十英里，距離庫姆不到三十英里，不禁激動了起來。她在屋裡待了不到五分鐘，趁眾人幫助夏洛蒂把孩子交給女管家的時候，她悄然離開了，獨自穿過蜿蜒的、剛剛吐露新綠的灌木叢，來到遠處的一個高地。站在希臘式的神廟旁向東南眺望，目光深情地停留在地平線盡頭的山頭上，想像著從那邊的山頂上也許能看見庫姆大廈。

在這個悲喜交加的時刻，瑪麗安的眼淚奪眶而出，不禁大哭起來。當她沿著另一條路回克利夫蘭莊園的時候，感受到了鄉村的自由、逍遙和快活，決定待在克利夫蘭的每一天都要獨自外出散步。

她回到莊園的時候，其他人正要出門，於便和她們一起到附近瀏覽鄉村優美的景色。然後，她們來到菜園，一邊觀賞牆上的花，一邊聽著園丁抱怨蟲害。在暖房裡，夏洛蒂心愛的植物因為霜凍被凍死了，這個消息引來夏洛蒂的哈哈大笑。在家禽飼養場，飼養員失望地談起老母雞不在窩裡下蛋、雞被狐狸偷吃了、一窩小雞正在迅速死亡，夏洛蒂從這些事中又找到了新的快樂。就這樣，上午的時間很快便消磨過去了。

瑪麗安完全沒有想到這裡的天氣變化如此之大。上午的天氣還很晴朗乾燥，晚飯後竟然下起了大雨，而且一直下個不停。瑪麗安原本打算趁著黃昏時分步行去希臘式神廟，也許可以在那附近好好逛逛，無奈天公不作美，只好作罷。

一群人平平靜靜的，時間也靜靜地流逝。帕爾默夫人照顧孩子，詹寧斯太太在織地毯，大家談論著留在城裡的朋友們，猜想米德爾頓夫人會舉辦怎樣的聚會，帕爾默先生和布蘭登上校當晚除了看報紙是否還有別的事可做。艾莉諾雖然對此毫不關心，還是加入她們的談話中，而瑪麗安則有自己的嗜好，那就是無論到了誰家都會尋找藏書室，她很快就找到了一本書，靜靜地閱讀起來。

帕爾默夫人對待客人十分熱情，可以說完全盡到了一個女主人的責任，只是因為她缺乏思想和優雅的風度，在禮貌上常有欠缺，但她的爽快和真誠足以彌補這些不足。她那張臉十分可愛，再加上友好的態度，使她顯得非常迷人，即使有什麼缺陷也並不讓人感覺討厭，因為她很隨和，一點兒也不自誇自大。除了她的笑聲，艾莉諾能夠原諒她的一切。

第二天晚上，兩位紳士來了，趕上了一頓很遲的晚餐。一行人增加了兩位男士，他們不僅壯大了隊伍，而且還為大家帶來了許多趣事樂聞。

艾莉諾很少見到帕爾默先生，但在次數有限的見面中她看出，他對她和她妹妹的態度前後發生了很大的變化，她根本無法想像他在自己家裡會是什麼樣子，不過，她很快地發現，他對所有的客人都彬彬有禮，只是偶爾對他妻子和岳母有點粗魯。艾莉諾認為，他原本完全能成為一個令人愉快的同伴，只是因為他太自負了，總以為自己比一般人都聰明，就像他認為自己比詹寧斯太太和夏洛蒂都聰明一樣。至於他的性格和生活習慣，艾莉諾覺得他和他的同齡人並沒有什麼不同，比如他的胃口很好、起居不定時、喜歡孩子，但又裝作輕視的樣子；本該用來辦事的上午時間卻全耗費在打彈子球上了。總而言之，艾莉諾喜歡他，這種喜歡的程度完全超過了她自己的預料。不過，艾莉諾也不會因為不能更加喜歡他而感到遺憾，她在帕爾默先生身上看到了貪圖享樂、自私自利和驕傲自大，這讓艾莉諾愉快地想起了愛德華的寬宏大量、樸實無華和謙虛謹慎。

布蘭登上校最近去了一趟多塞特郡，回來之後，完全把艾莉諾看作費拉爾斯先生的無私的朋友，也把她看作是自己的知己，和她談了許多德拉福德牧師住所的事，講了它的不足之處，以及他自己是如何打算彌補這些不足的想法。上校對艾莉諾的態度像在其他情況下一樣，再見到她時所表現出來的坦率的快樂神情和她談話的親切感、對她的意見的尊重程度……，這一切彷彿都證明了詹寧斯太太關於他有情於她的說法是正確的，同時，如果艾莉諾不像自己一開始認定的那樣仍然相信瑪麗安才是上校真正喜歡的人，那麼，她自己或許也會對此產生懷疑。

但事實上，除了詹寧斯太太向她提過外，這樣的想法幾乎從沒有在她的腦子出現過，她很清楚她和上校之間是值得信賴的朋友關係，因為詹寧斯太太注意到的是上校的行為，而她注意到的是上校的眼神。

當瑪麗安得了重感冒而頭暈、喉嚨痛時，布蘭登上校的目光中透著焦慮不安，因為沒有用言語表示，所以沒有被詹寧斯太太所察覺，而艾莉諾卻從中發現了熾熱的感情和情人所懷有的驚慌。

來到這裡的第三天和第四天傍晚，瑪麗安又兩次獨自出去散步，在令人欣喜的微光中，她不僅走到了灌木叢中的碎石地上，而且走遍了附近的各個地方，尤其是走到了莊園領地的最遠地帶。那裡人跡稀少，古樹參天，芳草叢生，一片蔥蘢滴翠，因為瑪麗安冒失地穿著濕鞋、濕襪子坐在地上，結果患了重感冒。前一、兩天她還不承認自己生病了，因為病情越來越嚴重，才引起了大家的關切和她自己的重視，但她不想吃藥。儘管她感到頭重腳輕、發燒、四肢痠痛、咳嗽、喉嚨疼，但她認為好好休息一晚就能完全康復，艾莉諾費了很大的勁才說服她上床時試用了一、兩種最簡單的治療方法。

43

第二天早上，瑪麗安還是像平常一樣早起，不管誰問她感覺如何，她都說好多了。但是，她一整天都坐在壁爐前不停地發抖，手裡拿著書卻讀不下去，或是無精打采地躺在沙發上，最後，她覺得越來越難受，還提前上了床。布蘭登上校只是對她姊姊的鎮靜自若感到吃驚，雖然艾莉諾不顧妹妹的反對整天陪伴她，照顧她，夜裡還強迫她吃了藥，但是她和瑪麗安一樣，相信睡一覺後病情就會好轉，因而沒有半點驚慌。

但是，瑪麗安一整夜都在發燒，難以入眠，姊妹兩人的期望落空了。早上，瑪麗安堅持要起床，但她根本坐不起來，又不由自主地躺倒在床上。這時，艾莉諾採納了詹寧斯太太的意見，派人去請帕爾默夫婦的醫生。

哈里斯醫生檢查了之後安慰達什伍德小姐，說她妹妹只要幾天就能痊癒，但卻又說她妹妹得的是病毒性感冒，並且說出了「傳染」兩個字。帕爾默夫人一聽大吃一驚，很替孩子擔心。詹寧斯太太從一開始就對瑪麗安的病情看得比艾莉諾嚴重，現在聽到哈里斯醫生的診斷，神情顯得十分凝重，竭力主張夏洛蒂和孩子必須馬上離開，而這讓夏洛蒂更加恐懼了。帕爾默先生雖然認為她們根本不需擔心，但發現妻子十分焦慮，離開的願望十分強烈，於是決定讓她離開。就在哈里斯先生到達後不到一個小時，夏洛蒂就帶著孩子及保母離開，到巴思山另一邊幾英里遠的帕爾默先生的一個近親家，在她的懇求下她丈夫答應一、兩天後就去那裡和他們作伴。夏洛蒂也熱切地懇求她母親也去那裡陪她，不過，詹寧斯太太有一顆善良的心，這也是她受到艾莉諾真心喜愛的原因。她當眾宣布，只要瑪麗安還在生病，她就絕不離開克利夫蘭，既然是她把瑪麗安從她母親身邊帶走的，那她就要盡全力無微不至地照料她，代行母親的職責。艾莉諾發覺，詹寧斯太太任何時候都是個最積極的好幫手，樂意分擔她的辛勞工作，而且因為詹寧斯太太在護理方面有較豐富的經驗，也給了艾莉諾很大的幫助。

可憐的瑪麗安被這場病折磨得無精打采，她感到自己渾身都是病，也不再奢望第二天就能康復，而且一想到這場病毀了第二天的計畫，症狀變得更加嚴重。第二天原本是她們踏上回家旅途的日子，一路上她們將由詹寧斯太太的一位僕人照料，再過一天的上午她們就能見到母親了，而現在不得不耽擱下來。

第二天，病人的情況既沒有好轉，但也沒有加重。帕爾默先生基於真正的仁愛與善良，也為了不被人曲解成嚇跑的，儘管他非常不願意走，但終於被布蘭登上校說服了，去履行他對妻子的諾言。當帕爾默先生準備動身的時候，布蘭登上校以更大的勇氣提出自己也要走，這時詹寧斯太太的好心干預既及時又合適。在她看來，上校在他所愛的人正為她妹妹感到焦慮不安的時候離開，會使他們兩人都失去安慰和依靠，於是她告訴上校，她需要他待在克利夫蘭，當達什伍德小姐在樓上陪伴她妹妹時，她需要他和她一起玩皮克牌等等，詹寧斯太太的懇求得到了帕爾默先生的熱烈支持。在她的極力挽留下，上校只是假意推託了幾句，然後立即表示了贊同，因為這其實完全符合他內心強烈的意願。

帕爾默先生走了兩天了，瑪麗安的病情依舊。哈里斯醫生每天都來看她，仍然堅持說她很快就會復元，艾莉諾也同樣樂觀，但其他人卻沒有那麼樂觀。詹寧斯太太在瑪麗安發病初期就斷定她不會痊癒了，布蘭登上校聽著詹寧斯太太的預言，無法使自己不產生恐懼的想法。他試圖說服自己拋棄恐懼，從醫生的判斷來看，這種恐懼似乎是荒謬的，但是，他每天大部分時間都是一個人獨處，因此很容易產生悲觀的念頭，上校太害怕再也見不到瑪麗安了。

第三天早上，布蘭登上校和詹寧斯太太的焦慮幾乎消除了，因為哈里斯醫生診斷後宣布，病人的情況大有好轉，她的脈搏有力多了，所有的症狀都比上次就診時減輕很多。艾莉諾更是開心極了，立即高興地寫信給母親，把瑪麗安的病情輕描淡寫地交代了一下，甚至還確定了她們動身回家的時間。

但是，這一天的結束並不像開始時那麼吉利。黃昏時分，瑪麗安又發病了，而且比之前更嚴重，精神處於極度不安穩的狀態。不過，艾莉諾仍然持樂觀態度，認為出現這種情況只是因為在給瑪麗安鋪床時讓她坐了一會兒，因而累壞了，休息之後就會沒事。艾莉諾給妹妹服了醫生開的鎮定劑，滿意地看著她終於入睡，並決定一直守在妹妹身邊，以觀察效果。這個時候，詹寧斯太太早已上床睡覺，完全不知道病人有什麼變化，她的女僕——也是主要照顧瑪麗安的人之一——正在女管家的房間裡休息，於是只剩下艾莉諾和瑪麗安在一起。

瑪麗安睡得越來越不安穩，艾莉諾目不轉睛地盯著她不停地翻身，聽著她不斷地發出呢喃囈語，正打算把妹妹從痛苦的睡眠中喚醒，不料瑪麗安突然從床上爬了起來，瘋狂地大聲問道：

「媽媽來了嗎？」

「還沒有。」艾莉諾回答，心裡已是驚恐萬分，急忙扶著瑪麗安躺下，又說：「不過，我想她很快就會來了。你知道，從巴頓到這裡有很長一段路程呢！」

「但是，要她千萬不要從倫敦繞道過來！如果她去倫敦的話，我就永遠見不到她了。」瑪麗安急切的喊道。

艾莉諾發現瑪麗安已經神志不清了，很是吃驚，一邊努力安慰她，一邊摸了摸她的脈搏。此時，她的脈搏比任何時候都更微弱、更急促，嘴裡仍然在發狂似地喊著媽媽，艾莉諾心裡十分恐懼，感到事態非常嚴重，於是她當機立斷，決定馬上派人去請哈里斯醫生，同時派人去巴頓把母親接來。做了決定之後，她馬上想到找布蘭登上校商量一下，於是拉鈴叫來女僕替她照顧妹妹，然後急忙下樓去客廳找布蘭登上校。

她當即向上校說出了自己的恐懼和困難。對於她的恐懼，上校既沒有勇氣也沒有信心幫她消除，他更加恐懼地默默聽著她說。但是，她的困難馬上得到了解決，上校毫不猶豫地提出，由他去巴頓把達什伍德太太接來，艾莉諾沒有表示反對，簡短而真誠地向他表示了感謝。接著，上校立即吩咐僕人送信給哈里斯醫生，並去驛站租借馬車，艾莉諾則上樓給母親寫了一封短箋。

艾莉諾的內心對上校充滿感激和敬佩之情。此時此刻，像布蘭登上校這樣的朋友給人的安慰是多麼大啊！母親在來的路途上有這樣的人作伴，是多麼令人慶幸啊！他的理性能指引母親該怎麼辦，他的關懷能減輕母親的痛苦，他的友情能使母親得到安慰！

這個時候，無論上校有怎樣的感受，但他的頭腦是冷靜的，行動迅速而確實。他快速做了所有必要的安排，並準時牽來了馬，然後嚴肅地看了一眼艾莉諾，緊握了一下她的手，低聲說了幾個她也沒聽清的字，就急匆匆地鑽進了馬車，這時大約是午夜十二點。艾莉諾回到妹妹的房間，等候醫生的到來，同時觀察妹妹。這一夜，對於兩姊妹來說是一樣痛苦難熬的。瑪麗安輾轉難眠，不斷地囈語，艾莉諾則憂心如焚，而陪伴她的女僕總是暗示她的女主人詹寧斯太太的一貫看法——瑪麗安沒有痊癒的希望了，這更使她備受折磨。

昏迷中的瑪麗安仍然斷斷續續地提到母親，這讓艾莉諾感到極度痛苦，責備自己一直沒把妹妹的病當一回事。艾莉諾盼望幫妹妹消除病痛，但她又怕所有的努力都無濟於事，一切都耽擱得太久了。她還胡思亂想著母親悲痛欲絕的樣子，因為她來得太晚了，不能見到她心愛的孩子，或者說不能見到她清醒的孩子。

哈里斯醫生來的時候，已經是凌晨五點多了，雖然來晚了，但是他的意見多少彌補了一點他晚到的過失。他承認病情發生了意想不到的惡化，但病人不會有生命危險，並且非常自信地認為一種新療法一定能治好瑪麗安的病，這種自信多少給了艾莉諾幾分希望。治療結束後，哈里斯醫生答應過三、四個小時再來，他離開時，病人和焦慮的照顧者都比之前鎮定多了。

詹寧斯太太一早聽說了夜裡發生的事，大為關切，不斷責備她們沒有叫醒她幫忙。現在，詹寧斯太太認為她先前的擔憂完全是有理由的，這使她內心毫不懷疑會發生那件悲慘的事。她很想安慰艾莉諾，但她又深信瑪麗安有危險，覺得安慰也毫無作用，這讓詹寧斯太太很悲傷。像瑪麗安這麼年輕、漂亮的一個姑娘，在生命之花燦爛之季卻迅速凋謝、死亡，任何人都會為之感到痛惜，而詹寧斯太太更有理由給予無限的憐憫。三個月來，瑪麗安和她一直生活在一起，受到她的照顧，而且瑪麗安還遭受到極大的傷害和打擊，有好長一段時間都不快活。看著深陷痛苦之中的艾莉諾，詹寧斯太太一樣同情她。至於她們的母親，她想，瑪麗安對於她母親來說大概就像夏洛蒂對於她自己一樣寶貝，因此她給予達什伍德太太發自肺腑的同情。

哈里斯先生準時進行了第二次診視。他上次開立的藥並沒有發揮作用，高燒仍然沒有退，瑪麗安只是更安靜了，但並沒有清醒一些，有那麼一瞬間，艾莉諾看見哈里斯醫生的眼神裡流露出了恐慌。不過，哈里斯醫生很快就鎮定下來了，他決定嘗試一種新藥，對於它的療效，他和上次一樣充滿信心。最後，他向大家做了一番鼓舞人心的保證，可是這些話艾莉諾已置若罔聞。現在，艾莉諾完全處於絕望之中，除了在想起母親的時候，悲傷情緒一直持續到中午。她始終守在妹妹的床邊，腦子裡胡亂想著各種悲慘的情景，及朋友們痛苦的樣子，而詹寧斯太太的話更使她的情緒跌到最低點。詹寧斯太太毫無顧忌地說，瑪麗安這次嚴重病情，完全是因為她受到失戀的打擊，幾個星期來悶悶不樂造成的。

大約中午的時候，艾莉諾又開始懷著希望，希望能從妹妹的脈搏中發現細微好轉的跡象，因為前幾次希望的落空，她沒有把自己的行動告訴任何人。她小心謹慎地觀察著，一遍又一遍地檢查著瑪麗安的脈搏，最後，她外表的冷靜掩飾不住內心的激動，大膽地說出了自己的判斷——瑪麗安的病情好轉了。儘管詹寧斯太太檢查了之後也認為瑪麗安的病情暫時好轉了，但她還是勸艾莉諾不要過於樂觀。艾莉諾提醒自己不要抱太大希望，可是，瑪麗安的種種好轉跡象已深深地植入她的心裡，她明顯地感覺到了希望，而且還感覺到希望給她帶來的焦躁不安。她俯下身去仔細觀察妹妹，半個小時過去了，那可喜的跡象依然存在，甚至還出現了別的好轉跡象——從瑪麗安的呼吸、皮膚和嘴唇觀察，一切都證明病情正在好轉，尤其是瑪麗安還用疲倦但清醒的目光凝視著她，這讓艾莉諾興奮不已。此刻，憂慮和希望交織著，艾莉諾的心情一刻也不能平靜。四點鐘時，哈里斯醫生來了，他檢查後向艾莉諾說，她妹妹的病情好轉得很快，大大出乎他的意料，並向她表示祝賀，艾莉諾這才感到了安慰，不禁流下了欣喜的眼淚。

瑪麗安在各方面都大有好轉，哈里斯醫生宣布她已完全脫離危險了。詹寧斯太太也許對自己的預感在上次病危時被部分證實而感到滿意，她表示相信醫生的判斷，並真誠地為瑪麗安的康復感到開心。

艾莉諾的快樂並沒有溢於言表。瑪麗安恢復了健康，重新獲得了生命，又回到了朋友們和溺愛她的母親的身邊，想到這些，她不由得感到無比欣喜，對仁慈的上帝充滿了熾烈的感激之情。不過，她覺得現在還不是真正高興的時候，妹妹還在病中，病情還有可能復發，因而她把快樂藏在心裡，什麼也沒有說。

整個下午艾莉諾一直守護在妹妹身邊，觀察著她的每一個眼神、每一次呼吸。經過反覆仔細的檢查，她發現所有的好轉跡象都持續著，直到六點鐘，當瑪麗安平靜、安穩地進入夢鄉的時候，艾莉諾的一切疑懼才徹底消除了。

該是布蘭登上校返回的時間了。艾莉諾相信，母親一路上一定是提心吊膽，上校也是，可憐的人兒！但十點鐘或十點多一點時，他們都會從可怕的懸念中得到解脫。

七點鐘，瑪麗安仍然沉睡在甜美的夢鄉中，於是艾莉諾來到客廳和詹寧斯太太一起用茶。因為擔驚受怕，早餐、午餐她都沒有吃什麼，現在帶著愉快的心情吃茶點，感覺非常愜意。詹寧斯太太勸她用完茶點後，在她母親到來之前去休息一下，讓她去照顧瑪麗安，但是在這種時候，艾莉諾沒有感到絲毫疲勞，她一分鐘都不願意離開妹妹。於是，詹寧斯太太陪著她上樓到了病人的房間，看到一切都很正常，便滿意地回到自己房中寫信、睡覺去了。

這是一個寒冷的暴風雨之夜，狂風在房子周圍呼嘯，雨點敲擊著窗戶，可是艾莉諾的心情卻快樂無比。瑪麗安在狂風中熟睡著，而正在趕路的人雖然會遇到種種不便，但是等待他們的將是令人快意的消息。

時鐘敲了八下。如果是敲十下的話，艾莉諾會確信一輛馬車正向房子駛來，但是現在還太早，他們根本不可能到達。但是，艾莉諾感覺自己確實聽到了馬車聲，於是她走進旁邊的更衣室，打開一扇百葉窗，想聽清楚究竟是怎麼回事。天哪！她的耳朵並沒有欺騙她，她看見了一輛馬車閃爍的車燈，在昏暗的燈光下，她分辨出那是一輛由四匹馬拉著的馬車，這說明她的母親當時是多麼驚恐，也說明了他們為什麼會來得如此迅速。

艾莉諾的心情從來沒有像此時這樣難以平靜過，母親一定充滿了懷疑、恐懼，或是絕望！現在她需要平靜，她需要的是儘可能快速告訴母親這個好消息！她急忙把詹寧斯太太的女僕叫來照顧妹妹，接著就匆匆跑下樓去了。

艾莉諾走過一道門廊的時候，聽到門廳那邊傳來嘈雜的聲音，她確信他們已經進屋了，於是朝客廳跑去，可是她看到的卻是威洛比。

44

一見到威洛比，艾莉諾大驚失色，不由自主地往後退了幾步，隨即一股怒火湧上心頭，她立即轉身就要離開。她的手已經抓住了門鎖，這時，威洛比急忙上前阻止她，並用一種與其說是懇求，不如說是命令的語氣說：

「達什伍德小姐，我懇求你等一下，半個小時，哪怕十分鐘也行。」

艾莉諾堅決地回答：「不！先生，我不想待在這裡，你不會有事找我。我想一定是僕人們忘了告訴你帕爾默先生不在家。」

威洛比激動地說：「即使他們告訴我，帕爾默先生和他的親屬全都下地獄了，我也不會離開這裡。我是來找你的，只找你一個人。」

艾莉諾非常驚訝地說：「找我？好吧！先生，請你趕快說，也請你不要這麼激動，如果你做得到的話。」

「請你坐下，這兩點我都能做到。」

艾莉諾又猶豫起來，不知道該怎麼辦。她突然想到布蘭登上校隨時可能會回來，如果上校發現威洛比在這裡，那情形該是多麼尷尬啊！可是，她剛才已經答應聽他說了，而且她很想知道他究竟要說什麼。經過片刻考慮之後，她決定保持沉默，儘可能讓威洛比趕快把話說完。於是，她默默地走到桌子旁邊坐下來，威洛比在她對面的椅子上坐下來，兩人沉默了好一會兒，誰也沒有說話。

「請你快點說吧！先生，我可沒有時間。」艾莉諾不耐煩地說。

威洛比坐在那兒像是在沉思，似乎沒有聽見她的話。

過了一會兒他突然說：「你妹妹——我剛才聽僕人說，已經脫離危險了。感謝上帝！她真的脫離危險了嗎？是真的嗎？」

艾莉諾不想告訴他這些，沒有回答，於是他更加急切地問：

「看在上帝的份上，請你告訴我，她是脫離危險了嗎？」

「我們希望她已經脫離危險了。」

威洛比站起來，走到房間的另一頭。

「如果我半個小時前就知道這個情況——可是，既然我已經來了——」他坐回椅子上，裝作快活的樣子說：「又有什麼關係呢？達什伍德小姐，讓我們一起高興吧！僅此一次，也許這是最後一次了。我現在心情好極了，請你坦率地告訴我——」

說到這裡，他的兩頰一下子變得通紅。

他又繼續說：「你認為我究竟是一個混蛋呢？還是一個笨蛋？」

艾莉諾萬分驚訝地看著他，以為他一定是喝醉了，否則很難解釋這樣奇怪的來訪、奇怪的舉止，於是她立即站起來說：

「威洛比先生，我勸你現在回庫姆去，我沒有閒工夫和你待下去。不管你找我有什麼事，最好還是等到明天再說。」

威洛比露出富於表情的笑容，用鎮定的語氣說：「我明白你的意思，是的，我喝醉了，在馬爾博羅我喝了一品脫黑啤酒，還吃了冷牛肉。」

「馬爾博羅？」艾莉諾驚訝不已，越來越不明白他到底想幹什麼了。

「我今天早上八點離開倫敦，從那時到現在，我只在馬爾博羅停過一次馬車，花十分鐘吃了一點東西。」

看到威洛比說話時的鎮定和他的眼神，艾莉諾相信，無論他是基於什麼不可原諒的愚蠢動機，但他絕對不是喝醉了才來到克利夫蘭的，她考慮了一下，然後說：

「威洛比先生，你應該非常清楚，在發生了那些事情後，你冒昧地來到這裡，而且非要找我談，那你一定有什麼特殊理由。說吧！你來這裡幹什麼？」

威洛比認真地說：「我想，如果可能的話，使你比現在少恨我一點。我想做些解釋，想為過去的事表示歉意，想把心裡的話都告訴你，並讓你相信，儘管我一直是個笨蛋，但我並不一直是個混蛋。我想，希望透過解釋能得到瑪——你妹妹的一點寬恕。」

「這就是你來這裡的目的？」

「是！我發誓。」威洛比激動地回答，這使艾莉諾想起了過去的威洛比，也使她不由自主地覺得他的話是發自內心。

「如果你是為這個來的，那你不用再說什麼了，你現在就可以滿意了，因為瑪麗安已經寬恕了你，她早就寬恕你了。」

「她早就寬恕我了！如果她能聽到我要講的話，她就更有理由原諒我了。那麼，現在聽我說，好嗎？」威洛比急切地說。

艾莉諾點了點頭。

威洛比思考了一下，然後說：「我不知道，關於我對你妹妹的行為，你們會有怎樣的評價，也許你們認為我是基於邪惡的動機，也許你們把我想得很壞，但是，我一定要把我的一切事情都告訴你，看看能否改變你們對我的看法。我最初與你們家交往的時候，只想在我不得不待在德文郡的日子過得愉快些，並沒有別的用心和意圖。當然，我是很喜歡你妹妹可愛的容貌和有趣的舉止，而她對我的態度，幾乎從一開始就是一種……現在回想起她的態度、她的神情，簡直令人吃驚，當時我的心竟然麻木不仁！但是，我必須承認，在開始時，瑪麗安對我的態度只是激起了我的虛榮心，我不關心她的幸福，只想到自己快活，於是我以一貫尋歡作樂的伎倆，千方百計地討她喜歡，卻從來沒有打算要回報她的愛情。」

聽到這裡，達什伍德小姐用憤怒、輕蔑的目光盯著他，打斷了他的話：

「你不必講下去了，威洛比先生，也不值得我聽下去，這一段開場白已經夠了，後面的話不會有什麼意義，不要讓我痛苦地聽你說了。」

「不！我一定要你聽完。我的財產從來就不多，但我總是過著奢侈的生活，總是和那些有錢人交往。我想，自從我成年以後，甚至在成年以前，我的債務就在逐年增加，儘管史密斯太太去世後我可以擺脫困境，但誰知道那會是什麼時候的事，可能遙遙無期，於是我一直想娶個有錢的女人，以此來改變我的窘迫處境。因此，要我去愛你妹妹是不可能的，我是卑鄙、自私、殘忍的，對於我的惡劣品行，你以任何憤怒、輕蔑的態度斥責，一點都不過分。我努力想要贏得瑪麗安的愛情，卻從來沒有想過去愛她。但是，儘管我當時的行為很自私、虛榮和可恨，但有一點必須說明，那就是我並不知道這樣做會傷害她，因為我當時根本不懂得什麼是愛。但是我後來懂得了嗎？這是值得懷疑的，因為如果我真的懂得了什麼是愛，我會為了滿足我的虛榮心和貪欲而犧牲我的愛情嗎？或者，我會為了這些而犧牲瑪麗安對我的愛情嗎？但是我卻這樣做了。為了避免陷入貧窮的生活，我現在已經富有了，但卻失去了帶來幸福的一切東西，而瑪麗安的愛情原本可以使貧窮變得完全不可怕。」

「這麼說，你當時的確一度認為你愛上了她。」艾莉諾有點心軟地說。

「世上有多少男人能夠抵禦這樣的魅力和柔情呢？我發現自己不知不覺地愛上了她，我生命中最幸福的時刻就是和她在一起度過的那段時光。當時，我覺得自己的感情是無可指責的，自己的盤算也是正當的。但是，即使在當時我已經完全決定了向她求婚的時候，我卻還是日復一日地拖延著不去做這件事，因為我不願意在極其窘迫的境況下訂婚。在這件事情上我不想做任何解釋，也不想聽你數落我多麼荒唐。在我的良心要求我必須去做的時候，我卻猶豫不前，事實證明我是個狡猾的笨蛋，因為我謹小慎微地尋找機會，最後卻使自己成為一個永遠受人蔑視的可憐蟲！但在當時，我的確下定了決心，一有機會就約瑪麗安單獨相會，用行動證明我的追求是正當的，向她坦白我的愛情。但是，就在這時候，就在我有機會私下對瑪麗安說這件事前的幾個小時發生了一件不幸的事，它毀掉了我的一切決定，同時也毀掉了我的幸福。史密斯太太發現了一件事……」

說到這兒他有些遲疑，低垂著眼皮，過了一會兒才接著說：

「不知道她是怎麼聽說的，我猜是一位遠房親戚告訴她的，那個遠房親戚的目的就是讓我失去史密斯太太的歡心，失去繼承權，失去這門親戚關係……我想，我不必再解釋了……」

他的臉脹得通紅，用詢問的目光看著艾莉諾，隨後又繼續說：

「你和布蘭登上校的關係非常親密，他大概早就把那件事告訴你了。」

「是的！」

艾莉諾的臉也紅了，但一想到那件事，她的心也再度變得冷酷起來，不再對威洛比有絲毫的同情。

「這些我都聽說了，我不知道你在那件可怕的事情上如何為自己開罪。」

威洛比大聲說：「請你好好想一想，你是聽誰說的，難道其中沒有私心嗎？我承認，伊麗莎的身分和人格應該受到我的尊重。我並不想為自己辯解，說我做得對，但是我也不能讓你認為一切錯都在於我，而伊麗莎因為受到了傷害就毫無錯誤，好像因為我是個放蕩的人，她就一定是個聖人。如果她的感情不那麼熱烈，她的認知不那麼膚淺的話——但是，我不是要為自己辯護。伊麗莎對我的一片深情，應該受到好一些的對待，我經常自責的回憶起她的柔情，那種在很短的時間內就讓我心動的情感。噢，我希望，我真的希望，從來就沒有發生過那件事。我不僅傷害了伊麗莎，而且還傷害了另一個人，這個人對我的愛——我可以這樣說嗎？並不亞於伊麗莎，而這個人的人格真是高尚啊！」

「儘管談論這件事讓我很不愉快，但是我必須說，你對那個不幸姑娘的冷漠態度並不能為你殘忍拋棄她的行為做辯解，你也不能把她先天或後天的原因造成認知方面的缺點作為你肆意妄為的藉口。你應該知道，當你在德文郡盡情享樂，高興地追求新歡的時候，她卻陷入了極端悲慘的境地。」

「我敢發誓，當時我並不知道這一點！我記得我把我的地址告訴了她，而只要稍有一點普通常識就可以找到我。」威洛比激動地說。

「先生，當時史密斯太太說了些什麼？」

「她一見到我就指責我對伊麗莎犯下的過錯，我的慌亂可想而知。史密斯太太一生清白，不曉世故，觀念保守，她一定痛恨我的行為。我無法否認我做錯了，所以努力想要平息史密斯太太的怒氣，結果徒勞無益。我相信，在此以前她就曾懷疑我行為不檢點，而這次我來艾倫罕對她不夠關心，陪伴她的時間很少，因而對我更加不滿。總之，這件事讓我和她徹底決裂了。其實，如果我答應史密斯太太的要求，是可以擺脫困境的，並且依然維持我的財產繼承人的地位。她提出，如果我願意娶伊麗莎，她就原諒我的過錯。但這是不可能的！於是，她正式宣布不喜歡我了，把我趕出她家，這件事就發生在我走之前的那個晚上，我一直反覆思考下一步該怎麼辦？不過很快就有了結果。我艾瑪麗安，我相信她也愛我，可是這些都無法讓我克服對貧窮的恐懼，我本來就貪圖享受，奢靡的社交生活又增強了我的欲望，我有絕對的把握，如果我向我現在的妻子求婚，是不會遭到拒絕的。事情就這麼決定了，我不再有任何顧慮，我必須去倫敦求婚。可是，在離開德文郡前，我還必須面對一個嚴峻的場面，因為約好了那天去你們家吃飯，如果我不能赴約，就必須表示道歉，究竟是寫信還是親口說，我一直舉棋不定。去見瑪麗安吧！我感到很可怕，擔心見到她之後我還能否堅持自己的決定，但事實證明我低估了自己的能力，因為我去了，不僅見到了她，還見到了她很痛苦，並在她痛苦時離開了她，還希望永遠不要再見到她。」

「你當時為什麼要來我家呢？寫一張便條就可以了，為什麼一定要來呢？」艾莉諾用責備的口吻說。

「如果我悄然離去，一定會讓周圍的人懷疑我與史密斯太太之間發生了什麼事，為了滿足我的自尊心，我必須這麼做，於是我決定在去霍尼頓的途中順便到別墅去一下。可是，見到你妹妹確實讓我很難過，而且只有她一個人在，不知你們到哪裡去了。想想吧！我頭一天晚上離開她的時候，還決定要向她表白愛情呢，只要再幾個小時，我和她的命運就將永遠結合在一起了。我記得，當我從別墅走向艾倫罕的時候，我心滿意足，我喜歡世上的每一個人，但是，在巴頓的最後一次見面中，我是懷著罪惡感去見瑪麗安的。當我告訴她我必須馬上離開德文郡時，她是那樣悲傷，那樣失望，我是永遠不會忘記的，這些和她對我的信任是分不開的！啊！上帝！我真是個狠心的混蛋！」

兩人沉默了一會兒，艾莉諾首先開口說：

「你告訴她你很快就會回來嗎？」

「我不知道告訴了她些什麼，我想不起來了，回想這些讓我受不了。你親愛的母親表示出的慈愛和信任更讓我深受折磨，那太痛苦了，你是無法想像的。達什伍德小姐，回憶這些痛苦能讓我從中得到安慰，我的愚蠢和卑鄙是我過去一切痛苦的根源，但我已經得到了報應，我罪有應得。我終於走了，離開了巴頓，離開了我所愛的一切，去和那些我只能冷漠相待的人在一起。在去倫敦的路上我回憶起往事，因為我是一個人騎馬走的，旅途很乏味，想起往事讓我快樂許多；而展望未來，一切都那麼令人期待！現在，回想起巴頓，回想起那美麗的景色，啊！那真是一次令人愉快的旅行。」

他停了下來。

「先生，你都說完了嗎？」艾莉諾不耐煩地說，她雖然同情他，但是希望他趕快離開。

「說完了？你忘了城裡發生的事嗎？我寫的那封無恥的信！瑪麗安給你看了嗎？」

「看過，你們來往的信件我都看過了。」

「當我收到她的第一封信的時候，實在難以用言語來形容我的心情，簡單地說，那時非常、非常的痛苦。上面的每一個字就像一把把刀插在我的心頭，得知瑪麗安人就在城裡，對我來說猶如青天霹靂！如果瑪麗安知道了我現在的情況，她會怎樣責備我啊！因為我瞭解她的感受、她的看法，甚至比對我自己的更瞭解。」

在這次不同尋常的談話中，艾莉諾的情緒經歷了多次變化，現在雖然緩和了下來，但她覺得自己有義務制止威洛比再說出類似於剛才所說的那些話。

「你應該自重，威洛比先生，請你記住，你已經結婚了，你只要說那些你良心上認為需要說給我聽的話！」

「瑪麗安在信中對我說，儘管我們分別了好幾個星期，但她仍像以前一樣愛我，並深信我也像以前一樣愛她。她的話喚醒了我的悔恨之情，我之所以說喚醒，那是因為我回到倫敦後，一天到晚忙於交際和放蕩，心漸漸平靜了下來，從某種意義上來說，我正在變成一個冷酷無情的無賴。我對她冷淡了，以為她也對我冷淡了，我對自己說，我和她之間的戀愛不過是無足輕重的小事，猶如過眼雲煙，然後消除了所有的自責和顧慮，還不時暗地裡想：『如果她出嫁了，我將由衷地感到高興。』但是她這封信讓我更看輕了自己，我真實地感到，對我來說，她比任何女子都可愛、可親，而我卻無恥地對待她。但是，我和格雷小姐的婚事剛剛確定下來，是不可能退婚的，我唯一能做的就是躲避你們。我沒有回信給瑪麗安，想以這樣的方式讓她不再惦念我，我甚至決定不去伯克利街拜訪你們，但最後我認為，比較聰明的辦法就擺出一副冷漠的態度，表示我們之間只是普通的朋友關係。所以，那天早上，我看著你們所有人出了家門後，便進去留下了名片。」

「你看著我們出了家門？」

「你聽了可能會很吃驚，我看見過你們無數次，又有無數次差點兒和你們相遇。有好幾次，當你們的馬車駛過的時候，我急忙躲進商店，不讓你們看見，還有，我住在邦德街，幾乎每天都能看見你們當中的某一位。因為不願意讓你們見到我，我時時都保持警惕，所以我們才會在那麼長的一段時間裡都沒碰面。我也儘可能回避米德爾頓夫婦，回避我們雙方可能認識的其他任何人。但是，我不知道米德爾頓夫婦到城裡來了，竟然意外地遇見了約翰・米德爾頓爵士，時間應該是他們進城的當天，也就是我去詹寧斯太太家留下名片的第二天。他邀請我晚上去他家參加一個舞會，如果他沒有告訴我你們姊妹都要去的話，我一定會去的。第二天早上，我又收到了瑪麗安的一封短信，字裡行間仍然是那麼深情、率真，毫不做作，充滿了信任，這讓我的行為顯得更可恨。我曾經想回信，但一句話也寫不出來，從那時起我就無時無刻不想念著瑪麗安。如果你同情我，就請你理解我當時的處境吧！我全身心地思念著你妹妹，但卻不得不充當另外一個女子的親密愛人！那三、四個星期是我一生中最難過的日子。那天晚上我們終於不期而遇了，我傷害了一個多麼可愛的人啊！那是個多麼痛苦的夜晚！一邊是天使般美麗的瑪麗安，用那樣溫柔的聲音呼喚著我的名字。啊！上帝！她向我伸出手，一雙迷人的眼睛焦急地望著我，要我做出解釋；而另一邊是如惡魔般嫉妒的索菲亞……哎呀！說這些幹什麼，現在一切都過去了。那晚我只想儘快逃走，但我走之前還看了瑪麗安一眼，她臉色慘白，像個死人般，這就是我看到她最後的一眼，她留在我腦海中的最後樣子，簡直太可怕了！可是今天，當我想到瑪麗安真的要死去時，當我往這裡來的時候，彷彿瑪麗安又出現在我眼前，不斷地出現，還是那個樣子，還是那種死人般慘白的臉色。」

而後是一陣短暫的沉默，兩人都思緒萬千。威洛比首先從沉思中驚醒，說：

「讓我趕快說完，然後離開這裡吧！你妹妹確定脫離危險了嗎？」

「我們確信她脫離危險了。」

「你那可憐的母親知道這個消息嗎？她向來是那樣的溺愛瑪麗安。」

「可是，威洛比先生，你對那封信，你自己寫的那封信，有什麼要解釋的嗎？」

「沒錯！我要特別加以解釋。你知道，那晚之後的第二天早上，你妹妹又寫了一封信給我，你一定已經知道信的內容了。當時，我正在埃利森夫婦家吃早飯，我的所有信件都從我的住所送到了那裡。索菲亞首先注意到了瑪麗安的信，信封的尺寸、紙張的精緻、秀麗的筆跡立即使她起了疑心。在此以前，有傳言說我在德文郡和一位年輕的小姐相愛，索菲亞早就有所耳聞，而她在頭一天晚上看到的情況顯示，她知道了那位年輕的小姐長什麼模樣，這時她比以往任何時候都更加嫉妒。因此，她假裝開玩笑（那是戀愛中的女人很喜歡玩的把戲），拆開信讀了起來，不過，她的無禮行為馬上得到了報復，因為她讀到了使她痛苦的東西。我可以無視索菲亞的痛苦，但卻不能不理會她的惡意，無論如何我必須讓它平息，簡單地說，你覺得我妻子寫信的文筆如何？文雅、細膩，充滿真正的女人味，不是嗎？」

「你妻子的！但那封信是你的筆跡呀！」

「是！但我只是恭順地抄寫了一遍而已，並簽上了我的名，我感到羞愧。信是索菲亞寫的，她用禮貌的措詞表達了她自己的想法，她因此得意洋洋。但我當時有什麼辦法？我們訂婚了，一切都在準備之中，結婚的日子幾乎定下來了——我現在覺得自己說起話來像個笨蛋，什麼準備、日子，不過都是藉口！我還是直說吧！我需要她的錢，當時我的境況是為了不使關係破裂，什麼事都幹得出來的。說穿了是無論我回信的措詞隱含著什麼意思，無論瑪麗安和她的朋友們怎麼看我的人品，這些又有什麼關係呢？總之，我的行為只會產生一種結果：我承認自己是個混蛋，至於怎麼做的無關緊要。當我漫不經心地抄寫回信並和瑪麗安的幾件信物告別的時候，心裡暗想：『我永遠失去她們了，再也不可能和她們有什麼交往了，她們絕對會把我看成無恥之徒，只會認為我是個爛人。』瑪麗安寫給我的三封信和她的那綹頭髮，全放在我的皮夾子裡，但我不得不把信件交出來，甚至不能吻一下，而那綹頭髮則被那位女士憤恨地搜查出來了。啊！那親愛的頭髮——所有的信物，都被她拿走了。」

艾莉諾嚴肅地說，但語調中卻自然地流露出了對他的同情：

「你錯了，你太應該受到責備了！你不應該用這樣的語氣說話，無論你談論的是威洛比夫人還是我妹妹，一切都是你自己的選擇，並沒有人強加於你，你這是自作自受。但是，至少你妻子有權要求你以禮相待，有權要求你尊重她，她一定愛你，否則不會和你結婚的。不好好地對待她，輕蔑地談論她，這並不能彌補你對瑪麗安犯下的過錯，我認為也不能讓你的良心得到解脫。」

威洛比深深地嘆了口氣：「請不要談起我的妻子，她不值得你同情。我們結婚的時候，她知道我不愛她，但我們還是結婚了，隨後去了庫姆享受蜜月，然後又回到城裡尋歡作樂。達什伍德小姐，現在你是同情我呢？還是我所說的根本毫無用處？你認為，我的罪過減輕一點了嗎？有時候，我的願望並非總是卑劣的。」

「你的確減輕了一點罪過。總之，你並不像我原來認為的那麼卑劣，你的心還沒那麼惡毒，不過，我不知道你也遭到了不幸，你太不幸了。」

「你妹妹康復後，你能把我對你說的話轉告她嗎？請讓我在她的心目中像在你的心目中一樣，也稍稍減輕一點罪過吧！你說她已經寬恕我了，那麼，請答應我，把這些告訴她，讓她更瞭解我的心，瞭解我的真實感情，讓我能得到她出自本能的感情，也能得到她充滿溫情的原諒，而不是基於寬宏大量的寬恕。請告訴她我的痛苦和懺悔，請告訴她我的心從來都是忠於她的，如果你願意，請告訴她此刻的我比以往任何時候都更愛她。」

「我一定把那些對你來說可以讓你減輕一點罪過的事告訴她。但是，到現在你還沒有跟我解釋你今天為什麼要來這裡，也沒有解釋你是怎麼得知她生病的。」

「昨天晚上，在特魯利劇院的休息廳裡，我偶然碰見了約翰·米德爾頓爵士。當他看見我後，竟跟我說起話來，這完全出乎我意料，而這是近兩個月來的第一次，因為自從我結婚後他就和我絕交了，對此我並不感到驚訝和怨恨。當時，這個善良誠實而頭腦糊塗的人，懷著對我的憤怒和對你妹妹的關心，把他認為會讓我的良心感到不安的事告訴了我。他直截了當地說：『瑪麗安．達什伍德在克利夫蘭得了斑疹傷寒，生命垂危，上午收到詹寧斯太太的一封信，說她危在旦夕，把帕爾默夫婦嚇跑了……』聽到這個消息，我大為震驚，我無法裝出一副無動於衷的樣子，就連遲鈍的約翰．米德爾頓爵士也察覺到這一點。他見我痛苦模樣，心也軟了下來，對我的敵意也減少了幾分，甚至在分別時還差一點跟我握了手，他還提醒我不要忘了曾經答應過送給他一隻小獵犬的事。得知你妹妹生命垂危，而且在她生命的最後時刻依然認為我是世上最大的混蛋，蔑視我，仇恨我，我心裡是什麼滋味呀？我又怎麼知道，她是不是認為我對她的行為完全是基於某種卑鄙的動機呢？我深信只有一個人能幫助我，那就是你。我立即決定到這裡來，今天早上八點就坐上馬車。」

艾莉諾沒有回答，陷入了沉思之中。一個才貌出眾的人，生性坦率誠實、多情善感，卻因過早獨立生活，而養成遊手好閒、放蕩、奢侈的習慣，對他的心靈、品格和幸福造成了不可彌補的影響，使他變得放蕩、虛榮，而放蕩虛榮又使他變得冷漠、自私。因為虛榮，他不惜損害別人來滿足自己可恥的欲望，而當他真正墮入情網時，對奢侈的追逐又要求他犧牲愛情。可以說，所有使他犯下過錯的不良思想，也讓他受到了懲罰。他不顧自己的良心、感情和幸福，毅然拋棄了愛情，但這種愛情卻支配了他的全部思想，而他毫不猶豫地追求的婚姻，對她妹妹造成了極大痛苦，如今看來，事情已無可挽回，對他來說更是一種無法彌補的不幸。威洛比的話把艾莉諾從沉思中拉回到了現實，他站起來準備走了。

「我待在這裡已毫無用處，我該走了。」

「回城裡嗎？」

「去庫姆，我去那兒辦點事，過兩天再回城裡。再見。」

威洛比伸出手，艾莉諾不能拒絕，他親切地握緊了她的手。

「你現在對我的看法真的比以前好多了嗎？」

他說著鬆開她的手，斜靠著壁爐，似乎忘了要離開。

艾莉諾肯定地表示確實是這樣，同時表示原諒他、同情他、祝福他，甚至對他的幸福表示了關心——就如何得到幸福，對他的行為提出了溫柔的忠告，而威洛比的回答卻顯得他自己對此不抱希望。

「至於這一點，我現在是得過且過，根本談不上什麼家庭幸福。不過，如果你們能讓我覺得有人在關心我的行為和命運的話，這會成為我生存的一種動力，會讓我時時告誡自己。當然，我永遠地失去瑪麗安了，如果我能重新獲得自由的話……」

艾莉諾用責備打斷了他的話。

「那麼，讓我們再說一聲再見吧！我要走了，只是今後最害怕聽到一件事。」

「你指什麼？」

「你妹妹的婚事。」

「這太離譜了，你已經永遠地失去她了。」

「但別人會得到她的芳心。如果那個人偏偏是我最不能容忍的人……我無法再待下去了。我不能讓你知道我最不能原諒的人竟是被我傷害最深的人，且以此來換取你的同情。再見，上帝保佑你！」

說罷，他幾乎是跑著離開了客廳。

45

在威洛比走後，甚至在他的馬車聲消失以後好長一段時間，艾莉諾仍然沉浸在紛繁的思緒中，以至於忘記了她妹妹。

威洛比——半小時前還令她深惡痛絕的最卑劣的人，儘管有千錯萬錯，但是這些過錯已使他遭受到痛苦的折磨，也多少引起了她對他的同情和憐憫，因此，當她想到從此以後他和她們家再無任何關係時，心中不免感到了一絲遺憾和惆悵。但是，她很快意識到，自己之所以會產生這種感情，完全是因為威洛比的願望，而與他的品行優劣無關。艾莉諾發現，一些無關緊要的細節，卻左右了她的看法，其中包括他那英俊的外表和坦率、多情的性格——其實這算不上什麼優點；以及他對瑪麗安仍有強烈的愛——其實沉迷於其中甚至不能算無辜。經過很長一段時間，艾莉諾才感到這種對自己看法的影響稍稍減弱。

最後，艾莉諾回到瑪麗安身邊，發現她剛好醒來，舒服地睡了一覺之後已使她的精神恢復了許多。艾莉諾思緒萬千，過去的事——威洛比的來訪、現在的事——瑪麗安的脫離危險、將來的事——母親的到來，這一切使她情緒激動，絲毫沒有疲勞之感，只是擔心不小心向妹妹洩漏了實情。不過，在威洛比走後不到半個小時，又傳來了一輛馬車的聲音，艾莉諾再次奔下樓，她知道一定是媽媽來了。為了不使母親多忍受一秒鐘的痛苦，她立即跑進大廳，而母親剛好進門。

達什伍德太太一路上提心吊膽，甚至認定瑪麗安已經不在人世了，連話都說不出來。艾莉諾不等母親開口詢問，立即告訴了她令人欣慰的消息，向來容易激動的母親一下子興奮得不知如何是好，就像她之前被嚇得不知所措一樣。她在女兒和布蘭登上校的攙扶下走進客廳，流下了喜悅的淚水，儘管她仍然說不出話來。她一遍又一遍地擁抱艾莉諾，並不時轉過身去緊握布蘭登上校的手，目光中充滿對上校的無限感激，同時也表示她深信上校也在分享此刻的幸福，不過，上校分享這種幸福時表現得比達什伍德太太更加沉默。

達什伍德太太平靜下來後，第一個願望就是去看望瑪麗安，於是兩分鐘之內她就和自己親愛的孩子在一起了，因為分離、不幸和危險，瑪麗安對她來說比任何時候都更加寶貝。因為瑪麗安的身體還很虛弱，需要安靜地休養，大家的快樂情緒都表現得比較克制。達什伍德太太堅決要整夜守在瑪麗安身邊，艾莉諾依從了母親的願望，然後睡覺去了。

艾莉諾已經一天一夜未闔眼了，再加上好幾個小時都是在焦急中度過的，因此她太需要好好休息一下了，但她仍感到很興奮，根本無法平靜下來。

威洛比不斷出現在她的腦海中，「可憐的威洛比」——她現在允許自己這樣稱呼他了，並時而責備自己以前不該苛責他，時而又覺得自己做得沒錯。而讓艾莉諾感到十分為難的是，她已答應把他的話轉告給妹妹，但卻擔心這會對瑪麗安產生影響。

她害怕這麼一解釋，會影響瑪麗安將來的幸福，一時之間，艾莉諾甚至希望威洛比成為一個鰥夫，但是她馬上想起了布蘭登上校，內心深感自責。艾莉諾清醒地意識到，瑪麗安應該對布蘭登上校的不幸和忠實給予報答，而根本不應該對他的情敵——威洛比的不幸和忠實給予任何回報，於是艾莉諾又真心希望威洛比太太不要死去。

因為達什伍德太太之前就知道瑪麗安生病了，雖然艾莉諾在信中說得並不嚴重，但她已經有些心神不寧了，因此，當布蘭登上校趕到巴頓時，所引起的震驚並沒有想像中的劇烈，她原本就打算當天出發到克利夫蘭。在布蘭登上校尚未到達之前，她就做好了準備，凱里夫婦隨時會來將瑪格麗特接走，因為她不想把瑪格麗特帶到一個可能會被傳染的地方。

瑪麗安的病情每天都在好轉，達什伍德太太處於萬分快樂之中，並宣稱自己是世上最幸福的母親。艾莉諾聽著母親的話，看著她喜悅的神情，有時難免想到，母親是否還記得她和愛德華之間的事。事實上，艾莉諾在給母親的信中對自己的失落心情只是輕描淡寫，達什伍德太太對此深信不疑，因而只想著那些能使她更加快樂的事。瑪麗安度過了危險，再次回到親人身邊，達什伍德太太的確應該感到高興，同時她開始意識到，當初因為自己的錯誤判斷而鼓勵瑪麗安和威洛比戀愛，才使瑪麗安陷入不幸，還險些使她丟了性命。艾莉諾沒有想到，除了瑪麗安逐漸康復這件事，她母親之所以如此高興還有其他的原因。

當母女兩人可以私下交談的時候，達什伍德太太對艾莉諾說：

「艾莉諾，你還不知道我為何快樂呢！布蘭登上校愛上了瑪麗安，這是他親口對我說的。」

艾莉諾沒有說話，專注地聽著母親講，時而高興，時而難過，時而訝異，又時而平靜。

「親愛的艾莉諾，你從來都不像我，遇事總是很鎮定。我確信布蘭登上校和你們姊妹中的任一個結婚都是很棒的一件事，而且我認為，瑪麗安和他在一起會更幸福。」

艾莉諾不想問母親這樣認為的理由，因為母親完全不能根據她和妹妹的年齡、性格和感情等方面進行分析，並說出任何理由，母親總是自由聯想她認為有趣的事情，因此她沒有提問，只是淡淡一笑。

「昨天我們趕路的時候，上校把他的心裡話都告訴了我，相當突然，也相當意外。一路上我開口閉口都在談論我的孩子，而上校也掩飾不住自己的悲傷，我發現他的痛苦和我的一樣強烈。我猜測，也許他認為純粹的友誼不該懷有這樣深切的同情，或許他什麼都沒想，而是無法抑制他的感情，把他對瑪麗安的誠摯、溫柔和忠貞的愛情告訴了我。他愛她，他從第一眼看見瑪麗安的那一刻起就愛上她了。」

艾莉諾這才發現，並不是布蘭登上校說了什麼、表白了什麼，而是她母親又像往常一樣，運用她那豐富的想像力，把事情按照她自己的意願想像成自己所希望的樣子。

「上校對瑪麗安的愛，遠遠超過了威洛比那真假難辨的愛，他的愛熱烈得多，更真誠、更專一。在明知瑪麗安愛上了那個卑鄙的年輕人之後，他依然愛她，依然無怨無悔地愛著她，他的心多麼高貴啊！多麼坦率、真誠啊！他不會欺騙任何人的。」

「布蘭登上校的出色人品是眾所周知的。」

她母親嚴肅地回答：「我知道，如果不是這樣的話，在有了前車之鑑後，我是不會鼓勵這樣的愛情的，甚至也不會為此感到高興。可是上校如此真誠、友善地來接我，足以證明他是個高尚的人。」

「他的人品並不僅僅表現在一件好事上，即使不是基於對瑪麗安的愛情，他的人道主義也會促使他這樣做的。詹寧斯太太、米德爾頓夫婦長期以來就和他交往密切，他們一直都很喜愛他、敬重他，至於我本人，雖然最近才瞭解他，但我非常欽佩他、尊敬他。如果瑪麗安和他在一起能夠幸福的話，我會和你一樣高興，這件婚事將是我們家最幸運的事。對了，你是怎麼回答他的？你給他希望了嗎？」

「哎呀！親愛的，在當時的那種情況下，我還能談什麼希望，你要知道，瑪麗安那時正奄奄一息呢！事實上，上校並沒有請求我給予他希望或鼓勵，只是他信任我，他向我抒發了內心不可抑制的感情，而不是向一個母親提出請求。可是，過了一段時間，我倒是跟他說，如果瑪麗安還活著（我相信她會的），我的最大快樂就是促成他們的婚事。自從我們到達這裡，得知瑪麗安脫離危險的消息後，我向他重申了我的希望，並設法鼓勵他。我告訴他，只要短短的一段時間，一切問題都會解決的。瑪麗安的心不會永遠浪費在威洛比這樣的人身上，上校的優點一定能很快贏得她的心。」

「不過，從上校的情緒來看，他並不像你一樣樂觀。」

「上校認為瑪麗安的感情陷得太深，經過很長時間也難以有所改變，而且他非常缺乏自信，甚至悲觀地認為，即使瑪麗安從失戀中解脫了，但他們兩人的年齡和性格上相差太大，恐怕也不能使瑪麗安喜歡上他。但在這一點上，他完全錯了。他和瑪麗安的年齡差距大正好是個有利條件，說明他的性格定型了，而我深信他的性格絕對是可以讓你妹妹感到幸福的那種。而且他的相貌、舉止也不錯，我並不是因為偏愛而變得盲目，他的確不如威洛比英俊，但他的神情中有一種更討人喜歡的氣質。不知道你記不記得，威洛比的眼神裡常常有一種我不喜歡的神情。」

艾莉諾並不記得有這麼回事，但母親沒等她回答又接著說：

「在我看來，上校的舉止，不僅比威洛比的更討人喜歡，而且能吸引瑪麗安。上校有禮貌，關心他人，為人正直，富有男子氣概，而威洛比的言談舉止矯揉造作、不合時宜，兩相比較之下，上校和瑪麗安的真實性格更合適、和諧得多。我敢肯定，即使威洛比真的討人喜歡，而不是像他的行為實際證明的那樣，瑪麗安和他結婚也不會像和布蘭登上校結婚那樣幸福。」

艾莉諾並不完全贊同母親的意見，但達什伍德太太沒聽見她的反對意見，就已感到滿意了。

「我住在巴頓，瑪麗安住在德拉福德，兩地相距並不遠，更何況我聽說那是個大村子，附近一定會有像我們現在住的這種小房子或別墅，也適合我們居住。」

可憐的艾莉諾，又一個要她去德拉福德的新計畫！

「還有他的財產！你知道，人人都關心這一點，尤其是到了我這個年紀。儘管我不知道也不想知道他究竟有多少財產，但我敢肯定那個數目一定很大。」

因為有人進來了，打斷了她們的談話，於是艾莉諾離開了，打算好好考慮這件事。她祝福布蘭登上校能夠獲得成功，但同時又情不自禁地為威洛比感到痛苦。

46

雖然瑪麗安的病情很嚴重，但是發病的時間並不長，再加上年輕、體質好，並有母親的細心照護，她的身體痊癒得非常順利，在她母親到達的第四天，她已經能走進帕爾默夫人的化粧室了。在瑪麗安的請求下，布蘭登上校來看望她，她急切地就上校把她母親接來一事向他表達了感激之意。

上校走進化粧室，看到瑪麗安形容憔悴，當接過她伸出來的蒼白的手時，他顯得異常激動。艾莉諾猜測，他的激動一定不僅僅是因為他對瑪麗安的愛，也不僅僅是他意識到別人已經知道了他的愛情所向，因為艾莉諾很快從瑪麗安憂鬱的眼神和變化的神情中發現，因為瑪麗安與伊麗莎太像了，此刻上校的腦海裡一定浮現出許多過去不幸的情景，加上瑪麗安凹陷的眼睛、蒼白的皮膚、孱弱的身體、感激的熱情，進一步強化了那不幸的情景。

對於眼前的景象，達什伍德太太也注意到了，但她的想法和艾莉諾的卻大不相同。對於上校的舉動，她認為不過是感情的自然流露，而對於瑪麗安的言談舉止，她確信已經萌發了一種超乎感激之情的情愫。

又過了一兩天，瑪麗安的身體明顯好多了，達什伍德太太開始說起回巴頓的事。經過商議，在布蘭登上校和詹寧斯太太的請求下，達什伍德太太同意乘坐上校的馬車回家，這可以讓瑪麗安在旅途中舒適一些，而在達什伍德太太和詹寧斯太太的邀請下，上校高興地答應在幾星期內去巴頓別墅拜訪。詹寧斯太太生性熱情、善良，不僅自己殷勤好客，而且還代別人表示殷勤好客之情。

離別的日子到了，瑪麗安向詹寧斯太太做了一次長長的特別道別，那是一個真誠的、充滿感激和敬意的祝福，由此看來她已意識到自己過去在禮貌上的疏忽。然後，她以朋友般的熱誠向布蘭登上校道別。在上校小心翼翼的攙扶下，瑪麗安上了馬車，然後達什伍德太太和艾莉諾也上了車。達什伍德母女啟程後，布蘭登上校和詹寧斯太太談論了她們一會兒，緊接著也告別了，詹寧斯太太離開了克利夫蘭，布蘭登上校則回德拉福德去了。

達什伍德母女走了兩天之後，瑪麗安經受了顛簸的旅途但沒有感到特別疲勞，一路上大家對她親切愛撫、關懷備至，盡一切可能讓她感到舒適，也從她身體的舒適和心情的平靜中得到了莫大安慰。對於艾莉諾來說，曾經目睹瑪麗安長期備受痛苦的煎熬，現在看到妹妹心定神靜，她感到格外高興，並相信這是經過認真思考的結果，最後必將讓妹妹感到滿意和快樂。

接近巴頓的時候，一些熟悉的景色緩緩映入眼簾，那裡的每一片土地、每一棵樹木都有著一段痛楚的回憶，瑪麗安變得沉默了起來，她轉過臉，出神地凝視著窗外，對此艾莉諾既不訝異也沒有責備。當艾莉諾攙扶妹妹下車時，發現瑪麗安一直在流淚，她認為這是一種很自然的感情流露，不禁心生愛憐之情，而瑪麗安克制著情緒默默流淚這一行為，令艾莉諾極為讚賞。在此以後，瑪麗安的言行可以說完全聽從了理性的支配。她們一走進起居室，瑪麗安就以堅定的目光環視四周，似乎決心立即要讓自己習慣於會聯想起威洛比的所有東西。瑪麗安很少說話，但她努力快樂地表達每一句話，儘管她有時抑制不住發出一聲嘆息，但隨即總要代之以笑容。晚飯後，她想彈鋼琴，第一眼看到的是一部歌劇樂譜，那是威洛比幫她找來的，裡面有一些他們喜歡的二重唱，封面還有他親筆寫下的她的名字，她搖搖頭，把樂譜放到一邊。彈奏了一會兒後，她抱怨指力太弱，便闔上了琴蓋，不過，她堅定地表示以後要多加練習。

第二天早上，瑪麗安仍保持著這種理性。經過休息，她的身心狀況都十分良好，言談舉止顯得更有精神了。她想像著瑪格麗特回家後全家人團聚的快樂，還談到大家共同的消遣和娛樂，並把這些說成是唯一值得期待的樂事。

「等天氣放晴，我的體力也恢復了之後，我們每天一起散步，走到很遠的地方去，我們要到丘陵那邊的農舍裡看看孩子們怎麼樣了，要到約翰．米德爾頓爵士在巴頓和艾比蘭新種的植物園去，還要常到普頓奧利的遺址去，去探索它的地基原貌，我們會很快樂的，一定會度過一個愉快的夏天。我已經訂了一個計畫，我決定要好好學習一番，每天六點之前要起床，一直到吃晚飯前的這段時間，我的全部精力都要練習鋼琴、唱歌或讀書。我們自己的書房裡除了消遣之類的書籍外，已經沒有什麼可讀的了，但是巴頓莊園有許多書值得一讀，還有，從布蘭登上校那裡可以借到一些現代作品。只要我每天堅持讀六個小時的書，一年內就能獲得大量的知識，而這些是我現在覺得很欠缺的。」

艾莉諾對妹妹制定的這一計畫感到很佩服。過去很長一段時間裡，瑪麗安都陷入無精打采、自怨自艾的狀態中，而現在又走向另一個極端，打算完全置身於理性的學習和自我克制之中，想到這些，艾莉諾有些忍俊不禁。可是，當艾莉諾想起自己對威洛比的諾言，又不禁嘆了口氣，她十分擔心在告訴了瑪麗安一些事情後，可能再度使她心神不寧，至少在一段時間內破壞這種忙碌而平靜的生活，於是艾莉諾決定等妹妹身體康復之後再告訴她。

她們回到巴頓後天氣一直不好，兩、三天之後，終於出現了一個溫暖宜人的早上，達什伍德太太同意瑪麗安在艾莉諾的攙扶下外出散步。

因為瑪麗安身體還很虛弱，姊妹倆慢慢地走出家門。轉到別墅後面，那座小山的全貌出現在她們眼前，瑪麗安停下來，舉目望著它，平靜地說：

「那兒，就在那兒……」瑪麗安一隻手指著小山，「在那個山岡上，我摔倒了，第一次見到了威洛比。」

在說「威洛比」的名字時，她的聲音低沉下來，但隨即又恢復了正常，接著說：

「現在我可以平靜地遙望那個地方，我很高興！我們能談論這件事嗎？艾莉諾，我希望我現在可以理性地談論這件事。」她有些遲疑地說。

艾莉諾溫柔地鼓勵她繼續說下去。

「至於說到遺憾，所有與他有關的事，我現在已經完全沒遺憾了。我不想跟你談我以前對他的感情如何，而只想談現在我的想法。目前，如果我能有理由認為他不是一直在做戲，不是一直在欺騙我的感情，我就感到很知足了，尤其是在聽說了那個不幸的姑娘的遭遇後，如果他並不像我有時想像的那樣卑劣的人……」

瑪麗安頓住了，艾莉諾聽到這番話感到很高興，於是問道：

「如果你能有理由相信這一點，你真的會安心嗎？」

「會！會讓我的心情更加平靜，因為不僅懷疑一個對我那麼好的人竟然心懷不軌是可怕的，而且會顯得我是個什麼樣的人啊？我會處於什麼地位啊？要知道，只有最不體面、最不謹慎的愛情，才會讓我處於……」

「那麼，你是如何解釋他的行為的呢？」

「我想把他的行為看作……如果能想成只是缺乏定性，非常、非常的缺乏定性，我會很高興啊！」

艾莉諾沒有說話，她正在考慮，是馬上告訴她，還是等到她身體更健康一些以後再告訴他。姊妹倆默默地走了好幾分鐘。

「我的意思並不是說希望他的行為原本有多好，當他回想起來一定也不愉快，而我希望他回想起這段往事來不要比我痛苦。」最後瑪麗安嘆口氣說。

「你比較過你自己的行為和他的行為嗎？」

「沒有，但是我把自己的實際行為和應當表現出來的理性行為做了比較，並和你的行為做了比較。」

「我們的處境並沒有多少相似之處啊！」

「和我們的行為比較起來，我們的處境更為相似。親愛的艾莉諾，對於那些你肯定會責備的東西，不要好心地為我辯解了，因為在患病期間我已經認真、平靜地思考過了。仔細回想過去，自從去年秋天與威洛比相識的時候開始，我所表現出來的除了輕率的行為和對別人不友好的態度之外，就沒有別的了；因為感情的不幸讓我萬分痛苦，而面對痛苦我又缺乏堅強，幾乎把我送進了墳墓。我很清楚，我的病完全是自作自受，因為甚至在知道自己錯了的時候，仍然毫不顧自己的身體，如果我死了，那是自取滅亡。但是，當我這樣思考以後，病情竟逐漸好轉，我對自己的康復感到訝異，那是因為我渴望活下去，渴望向上帝、向你們補償我的罪過，這強烈的願望讓我活了下來。天哪，如果我死了，會給你——我的照顧者、朋友和姊姊，帶來多大的痛苦啊！你看到了我在那段日子裡所有表現出來的煩躁、自私的行為，你瞭解我的一切胡思亂想，我會在你的記憶中留下怎樣的形象啊？還有我們的母親，你怎麼安慰她啊！我無法表達自己是多麼痛恨自己。每當回想過去，我都會看到被我忽視的義務、被縱容的缺點，我似乎傷害了每一個人。對詹寧斯太太的仁慈，我回報以輕蔑，簡直就是忘恩負義；對米德爾頓夫婦、帕爾默夫婦、斯蒂爾姊妹，甚至對每一個交情一般的人，我都是傲慢無禮的、偏頗的，根本無視於他們的優點，對他們的禮貌竟以厭煩的態度相待；對約翰·達什伍德、芬妮——即使是對他們，我也沒有表現應有的禮貌。而對你，尤其是對你，你受到我的無禮對待更甚於母親，因為只有我瞭解你的心事，知道你的痛苦，可是這有什麼用呢？並沒有引起我的同情和憐憫。你為我樹立了最好的榜樣，可是這又有什麼用呢？我有沒有對你多關心一些呢？我有沒有學習你的忍耐和克制力，為你分擔一點禮貌性的應酬呢？沒有！在知道你的不幸之後，我的行為依然故我，沒有做任何努力去盡義務，也沒表現出友愛之情。我向來都只想著自己的痛苦，從不考慮別人的痛苦，儘管我自稱對你充滿無限的愛，但卻時常讓你為我痛苦。」

對於妹妹的自責和悔悟，艾莉諾立即真誠地給予了稱讚和鼓勵。瑪麗安緊握著姊姊的手回答說：

「你太好了！未來一定會為我作證的，我已經制定了計畫，如果我能堅持，我就能克制自己的感情、改善自己的脾氣，它們將不再使別人感到煩惱，也不再折磨我自己了。從今以後，我將只為我的家人活著，對我來說，你、媽媽和瑪格麗特就是我的整個世界，你們將分享我全部的愛，永遠不會有什麼能讓我離開你們，離開我們的家。如果我去參與社交活動，表示我的態度已變得謙恭、我的心靈已得到洗滌，我能做到保持溫良恭儉讓的禮貌。對於威洛比，如果說我很快就能忘掉他，那是假話，無論環境和看法如何改變，都不能讓我忘記他，但這種感情將受到控制，將為信仰、理性和忙碌所遏止。」瑪麗安停頓了一下，接著小聲補充說：「如果我能瞭解他的心，那麼，一切都將變得更容易接受了。」

艾莉諾一直在考慮是否冒險告訴瑪麗安，聽到這番話後，她馬上做出了決定。艾莉諾簡要、如實地敘述了威洛比為自己辯解的幾點理由，恰如其分地傳達了他的悔恨，而只是輕描淡寫地談及他現在還愛她。瑪麗安默默地聽著，眼睛直盯著地面，渾身發抖，嘴唇比生病時還要蒼白，她心中有上千個疑問，但一個也沒有問。瑪麗安仔細地聽著每一個字，心臟劇烈地跳動，她的手不由自主地緊緊抓住了姊姊的手，已是淚流滿面。

艾莉諾怕瑪麗安太疲勞了，扶著她往家裡走。儘管瑪麗安一直沒問什麼，但艾莉諾知道她對什麼事感興趣，因而一路上都在說威洛比及他們之間的談話。她們剛一回家，瑪麗安就感激地親吻了一下姊姊，哭泣著說了句「告訴媽媽」，然後慢慢地朝樓上走去。瑪麗安現在有理由獨自靜靜地思考了，艾莉諾不會去打擾她，只擔心這番話究竟會造成什麼後果。艾莉諾決定，如果瑪麗安沒有勇氣重提此事，她會主動提起這個話題，她想著走進客廳，去做瑪麗安吩咐她做的事情。

47

達什伍德太太聽了威洛比的辯解和告白，她為他能夠開脫一部分罪過而感到高興，同時為他感到惋惜，也祝他幸福，但是，過去的感情已經不復存在，沒有什麼能使他再次獲得完全的信任，沒有什麼能使人忘記瑪麗安因他而遭受的痛苦，也沒有什麼能夠洗刷他對伊麗莎犯下的罪行，因此，任何事情都不能使威洛比重新得到達什伍德太太的敬意，同時任何事情也損害不了布蘭登上校的利益。

如果達什伍德太太能夠親耳聽到威洛比的辯解，親眼看到他那痛苦的樣子，受到他的神情舉止的感染，她可能會更加同情他，但是，要讓艾莉諾去喚起別人產生她曾經感受到的那種感情，她既沒有這個能力，也沒有這個願望，她只想簡單、如實地說明事情真相。

晚上，她們在一起的時候，瑪麗安坐在那裡忐忑不安，然後主動說起了威洛比，不過她的臉脹得通紅，聲音顫抖。

「希望你們相信，我明白了所有的事，就像你們希望的那樣。」瑪麗安說。

達什伍德太太馬上想去安慰瑪麗安，但被艾莉諾的神情阻止了，她很想聽聽妹妹的看法。瑪麗安緩緩地說：

「艾莉諾今天早上告訴我的事，對我來說是極大的安慰，我已經聽到了我想要聽到的事。」她的聲音有些哽咽，但她很快又鎮定下來，更冷靜地繼續說：

「我現在完全滿意了。事實上，我並不指望有什麼變化，在知道那些事後，我和他在一起是永遠不會幸福的，我不會信任他、尊重他，因為那些事不會從我的頭腦中消除。」

「這我知道，我知道！和一個放蕩的人在一起會幸福嗎？和一個嚴重傷害了我們最親愛的朋友也是世上最好的男人的人在一起會幸福嗎？這樣的人是不能讓我的瑪麗安幸福的！」她母親大聲說。

瑪麗安嘆了口氣，只是重複說：「我並不指望有什麼變化。」

艾莉諾說：「你這樣思考問題，正像一個有頭腦、有見識的人思考問題，而且我相信，在這一點及其他許多方面，你和我一樣都充分認識到，如果你和他結婚，一定會使你陷入大麻煩和失望之中。他對你的感情會反覆無常，也不會顧及養家，你會永遠貧窮，連他自己也承認他揮霍無度，而他的全部行為說明他根本不懂得什麼叫做『克己』。他對金錢的需求，加上你缺乏生活經驗，依靠那麼一點點收入，一定會帶來許多苦難，而且這種苦難不會因為你以前不知道或完全沒想到而減輕幾分。我知道，當你意識到自己的艱難處境時，你的自尊會促使你儘可能節約，哪怕你自己縮衣節食也不會有任何抱怨，但是，對於阻止在你們結婚前就已開始的經濟崩潰，單單依靠你一個人的努力能有什麼作用呢？另外，如果你試圖節制他的享樂，難道你就不擔心，結果不是你說服他放棄享樂，而是他開始厭惡你，並對使他陷入困境的婚姻感到後悔嗎？」

瑪麗安的嘴唇不停地顫動，她反覆說著「自私」這個詞，那語氣彷彿是說：「你真的認為他自私嗎？」

艾莉諾回答：「他的全部行為，自始至終都是建立在自私的基礎上的，包括你和他之間這件事。因為自私，他先是玩弄你的感情；因為自私，當他後來決定向你求婚時又遲遲不肯表白；因為自私，最後他離開了巴頓。他自己的享樂，或者說他自己的奢侈生活，在任何情況下都是他高於一切的人生原則。」

「沒錯，他從來沒把我的幸福放在心上。」

艾莉諾接下去說：「現在，他對自己做過的事感到懊悔了，為什麼呢？因為他發現這樣做沒有使他感到心滿意足，沒有讓他感到幸福，事實上，他的境況並不窘迫——他遭受的不是這樣的不幸，他只是覺得他所娶的女人性情不如你溫柔、可愛，但這就意味著他和你結婚就會幸福嗎？不幸之處是不一樣的，那時他就會因為缺少金錢而感到痛苦，而因為他現在的婚姻並不存在這個問題，他才會認為無所謂。如果你們結了婚，他會擁有一個在性情上無可指責的妻子，但他會總是覺得缺錢，總覺得貧困，很有可能他很快就會認為，對家庭幸福來說，一筆豐厚的產業比一個只是性情溫柔可愛的妻子重要得多。」

瑪麗安說：「我同意，一切都是因為我的愚蠢造成的，我也沒有什麼好懊悔的。」

達什伍德太太說：「還不如埋怨你母親的輕率吧！我的孩子，我是應該負責任的。」

瑪麗安不願意母親說下去，她不想讓母親感到自責。艾莉諾高興地看到她們都認識到了自己的錯誤，為了繼續話題，她決定不再談論妹妹和威洛比之間的事，以免減低妹妹的興致。

艾莉諾說：「我想，從整個事件可以得出一個結論，威洛比的一切罪過都起因於他最初對伊麗莎．威廉斯的不道德行為，這個罪過是他其他罪過的根源，也是他現在產生一切不滿和抱怨的根源。」

瑪麗安深有感觸地贊同這個結論，而她們的母親則基於友誼和願望，馬上熱烈地列舉了布蘭登上校所受到的傷害和美德，可是瑪麗安似乎都沒有留意聽她說的話。

正像艾莉諾預料的那樣，在之後的兩、三天裡，瑪麗安並沒有像過去那樣繼續恢復體力，但是她仍然努力表現得愉快和輕鬆，顯示她的決心並未動搖，這使艾莉諾堅信，隨著時間的推移，她的身心很快就會康復的。

瑪格麗特回來了，一家人又團聚一起，恢復了過去平靜的生活。

艾莉諾開始迫不及待地希望得到愛德華的消息。自從離開倫敦後，她就沒有聽到過他的任何消息，甚至不知道他現在確切的行蹤。因為瑪麗安生病的緣故，艾莉諾與她哥哥有書信往來，約翰．達什伍德在第一封信裡有這麼一句話：「……我們不知道愛德華的消息，也不敢對這樣一個忌諱的話題詢問什麼，不過我們猜測他還在牛津。」除此以外，她哥哥在以後的任何一封信中再也沒有提到過愛德華。但是，艾莉諾一定會得到有關愛德華的消息的。

一天早上，她們家的男僕湯瑪斯去埃克塞特辦事，回來後在伺候進餐的時候，達什伍德太太詢問辦事的結果，她感到很滿意，而男僕在回答了女主人的問話後順口說：

「太太，我想你已經知道了吧！費拉爾斯先生結婚了。」

瑪麗安大吃一驚，眼睛直直地盯著艾莉諾，看到姊姊的臉色一下子變得慘白，癱坐在椅子裡，瑪麗安頓時痛苦了起來，而達什伍德太太在回答僕人的詢問時，眼睛茫然地看著同一個地方，當她從艾莉諾的臉色看出她非常痛苦的時候，不禁大為震驚，隨即又見瑪麗安悲痛的樣子，一時之間，她簡直不知所措，不知道應該照顧哪個孩子。

男僕只知道瑪麗安小姐生病了，於是叫來了一個女僕，和達什伍德太太一起把瑪麗安扶進了另一個房間。此時，瑪麗安已經緩過來了，於是她母親把她交給瑪格麗特和女僕照料，自己回到艾莉諾身邊。艾莉諾雖然心如亂麻，但已恢復了理智，能開口詢問湯瑪斯消息的來源了，但達什伍德太太馬上搶了發問權。

「誰告訴你費拉爾斯先生結婚了？湯瑪斯。」

「今天早上在埃克塞特，我看見費拉爾斯先生了，還有他的夫人，就是斯蒂爾小姐。他們乘坐一輛四輪馬車，停在新倫敦旅館門前，當時我正拿著巴頓莊園薩莉的一封信，替她送給她當郵差的兄弟。我走過那輛馬車的時候，碰巧抬眼看了一下，看見了最年輕的那位斯蒂爾小姐。我摘下帽子向她致意，她認出是我之後，跟我打了招呼，並問起了你，還問起了幾位小姐，尤其是瑪麗安小姐，她還吩咐我向你們轉達她和費拉爾斯先生的問候，最衷心、最殷切的問候，並要我向你們轉達他們非常抱歉沒有時間來看望你們，他說他們急著趕路，不過她說回來的時候一定來看望你們。」

「那麼，她告訴你她結婚了嗎？」

「是，太太，她笑著說一到了這兒她就改了姓。她一直是個和藹可親、心直口快的年輕女士，而且舉止溫文爾雅，於是我就祝她幸福了。」

「費拉爾斯先生和她都在馬車裡嗎？」

「是，太太，我看見他坐在車廂的後面，但他沒有抬頭看我，他從來就是一位言語不多的紳士。」

艾莉諾不難解釋愛德華為什麼沒有露面，達什伍德太太也可能找到了同樣的解釋。

「馬車裡沒有別人嗎？」

「沒有，只有他們兩人。」

「你知道他們從哪兒來的嗎？」

「他們從城裡來的，露西小姐——費拉爾斯夫人是這樣告訴我的。」

「他們打算繼續往西走嗎？」

「是，但不是要到很遠的地方去，他們很快就會回來，那時候一定會來這裡。」

達什伍德太太看著女兒，可是艾莉諾心裡很清楚，他們是不會來的。從這個消息中，她更清楚地認識了露西這個人，而且她相信愛德華永遠不會再接近她們了。她輕聲對母親說，他們可能去了普利茅斯附近的普拉特先生的家。

湯瑪斯的話似乎說完了，不過看起來艾莉諾還想聽到更多一些消息，於是她母親繼續詢問。

「你看見他們出發了嗎？」

「沒有，太太，馬剛剛牽來，我不能耽擱太久了，擔心誤事。」

「費拉爾斯夫人好嗎？」

「太太，她說她好極了。她是個非常漂亮的小姐，而且看起來非常心滿意足的樣子。」

達什伍德太太想不出別的問題了，於是吩咐湯瑪斯把餐桌上的東西都撤走。瑪麗安早已打發人來說她不想再吃什麼，達什伍德太太和艾莉諾也沒有了食欲，或許只有瑪格麗特認為自己的日子過得還算快樂，胃口不錯，不像兩個姊姊最近總是心神不定，動不動就不吃飯。

當水果和葡萄酒擺上桌的時候，只剩下達什伍德太太和艾莉諾兩個人。她們長時間都處於沉思之中，達什伍德太太不敢發表任何評論，唯恐出言有失，也不敢貿然安慰女兒，擔心適得其反。達什伍德太太此刻認識到，她過去相信艾莉諾的解釋其實是完全錯誤的，因而感到自責。艾莉諾把一切說得輕描淡寫，是為了不增添她的痛苦，因為當時她正為瑪麗安的事感到悲傷，可是女兒的體貼卻讓她產生了誤解，以為艾莉諾對愛德華的感情並沒有多強烈。因為這個看法，她現在覺得自己一直以來對待艾莉諾是不公平的，是忽視的——不！幾乎是不仁慈的，瑪麗安的痛苦明顯而強烈地流露出來，使她的柔情和關懷都傾注在瑪麗安一個人身上，完全忘記了自己還有一個女兒艾莉諾，而這個女兒堅強地忍受著幾乎同樣強烈的痛苦。

48

艾莉諾現在發現，對於一件不幸的事，無論事前經過如何理性的思考，無論做好了怎樣的心理準備，當它實際發生後給人帶來的感覺是完全不一樣的。事實上，她過去總是抱有一線希望，希望出現什麼事，使愛德華不能和露西結婚，或說希望愛德華做出某種決定、朋友們從中斡旋、露西遇到其他良緣，從而使大家皆大歡喜。但是，愛德華現在結婚了，艾莉諾責備自己不該心存幻想，而幻想的破滅大大增加了她的痛苦。

愛德華竟然這麼快就結婚了，甚至在他能夠享有那筆牧師薪水前就結婚了，一開始確實使艾莉諾感到吃驚，不過她很快就想到，很可能是露西基於對自己利益的深謀遠慮，寧願不顧一切趕快結婚，也不願冒險耽擱下去。他們結了婚，在城裡結了婚，現在正急著趕往她叔叔家裡，而愛德華來到距離巴頓不過四英里的地方，看到了她母親的男僕，聽到了露西的話，他做何感想呢？

艾莉諾想，他們很快就會在德拉福德定居下來。德拉福德，這個那麼多人希望她去的地方，這個她充滿興趣而又想躲避的地方！艾莉諾幾乎已經看到，他們住在牧師住所裡，露西既想要保持體面的漂亮外表又必須勤儉持家，同時還擔心別人看出她在節儉，她繼續千方百計地做著對自己有益的事，極力討好布蘭登上校、詹寧斯太太以及每一個有錢的朋友。艾莉諾想像不出愛德華是什麼樣子，她也不想看見，無論他是否幸福，這都不會使她感到高興。

艾莉諾以為可以感到安慰的是，她們在倫敦的親戚會寫信告訴她們這件事，並且提供詳情，但是日子一天天過去了，卻沒有收到任何來信。艾莉諾不知道該責怪誰，但對那裡的每一位朋友都感到不滿，認為他們不是沒腦子就是太懶惰。

「媽媽，你什麼時候寫信給布蘭登上校？」艾莉諾問道，她太急於想得到他們的消息了。

「親愛的，我上個星期給他寫了封信，我希望能再見到他，懇切地邀請他來巴頓做客，或許今天、明天，或是任何一天，他就會出現在我們面前。」

這讓艾莉諾有了盼望，布蘭登上校一定能帶來一些消息。這時，一位騎馬的男士吸引了艾莉諾的目光，她情不自禁地走到窗戶前。那個人在她家門口勒住了馬，是一位紳士，應該是布蘭登上校，現在她可以聽到更多的消息了，身體不禁顫抖起來。但是，這個人不是布蘭登上校，既不是他那種風度，也沒有他那麼高大，如果可能的話，她會認為是愛德華。她仔細地看了看，他剛剛下馬，她沒有搞錯，的確就是愛德華。艾莉諾離開窗邊，坐了下來，心裡對自己說：「他特意從普拉特先生那兒來看望我們，我一定要鎮定，一定要控制住自己的情緒。」

剎那間，艾莉諾發覺其他人同樣意識到是怎麼一回事，她看見母親和瑪麗安的臉色都變了，兩人相互看了看，耳語了幾句。此時此刻，她多麼希望自己能說出話來，希望她們對他不要表現出冷淡和輕蔑的態度，可是她根本說不出話來，只好隨她們自行其是了。

她們靜靜地等待著客人的出現。先是聽到他走在礫石小道上的腳步聲，一會兒，他進了走廊，又過了一會兒，他出現在她們面前。

愛德華走進房間時表情並不快樂，而且面色發白，侷促不安，看起來他好像擔心受到不好的對待。但是，達什伍德太太的行為像她女兒所希望的那樣，她強作笑顏地迎上前去，把手伸給他，並祝他幸福。

愛德華的臉紅了，結結巴巴地回答了一句，誰也聽不懂他在說什麼。艾莉諾的嘴唇動了動，心想應該和她母親剛才所說的話一樣，隨後她希望自己也和他握握手，但是太晚了，愛德華已經坐了下來，於是她努力表現出坦率的態度，開始談起了天氣。

瑪麗安坐得遠遠的，不讓別人看到她悲痛的樣子，瑪格麗特瞭解一部分實情，她認為自己應該保持尊嚴，於是在離愛德華儘可能遠的地方坐下，一言不發。

艾莉諾表示對於乾燥的氣候感到很高興，之後出現了一段尷尬的沉默。達什伍德太太結束了這種局面，她希望愛德華離家時費拉爾斯太太一切都好，愛德華急忙給予了肯定的回答。

又是一陣尷尬的沉默。

艾莉諾雖然害怕自己的聲音洩漏她激動不安的心情，但她決意使自己振作起來，於是問道：

「費拉爾斯太太在朗斯特普爾嗎？」

「不！我母親在城裡。」愛德華露出驚訝的神情。

「我的意思是——」艾莉諾說，同時從桌上胡亂拿起一件針線活兒。「問候愛德華．費拉爾斯太太。」

艾莉諾不敢抬眼看，但她母親和瑪麗安都把目光投向了愛德華。愛德華的臉紅紅的，神情似乎很茫然，看起來疑惑不解。他遲疑了一會兒，說：

「也許你指的是……我弟弟……你指的是……羅伯特．費拉爾斯太太。」

「羅伯特．費拉爾斯太太！」

瑪麗安和她母親萬分驚愕地重複著，而艾莉諾雖然說不出話來，但她帶著同樣驚訝的眼神盯著愛德華。愛德華猛地從座位上站起來，走到窗戶前，顯然不知所措，隨手拿起放在那兒的剪刀，一邊說話一邊剪著剪刀的皮套，結果把兩樣東西都弄壞了。他急切地說：

「也許你們還不知道……你們可能還沒聽說，我弟弟最近和……和最年輕的……露西．斯蒂爾小姐結婚了。」

除艾莉諾外，他的話引起了所有人無法形容的驚愕反應。艾莉諾正埋頭在針線活兒上，只感覺萬分激動，頭腦裡一片空白。

「他們上個星期結的婚，現在在道利希。」

艾莉諾再也坐不住了，幾乎是跑出了房間。門剛一關上，歡樂的眼淚就奪眶而出，她盡情地流淚，似乎這歡樂的淚水永遠也流不盡。愛德華之前一直看著別的地方，這時他看見她急急忙忙地跑出去了，也許還看見——甚至聽見——她的激動表現。之後，愛德華馬上陷入沉思之中，無論達什伍德太太說什麼、詢問什麼、慈愛地表示什麼，都無法把他從沉思中喚醒。最後，他一言不發地離開了，他朝村子裡走去，把驚訝和困惑留給了屋子裡的人，任憑她們去猜測。

49

儘管愛德華解除婚約一事看起來不可思議，但他確實是自由了，而由此帶來的好處所有人都不難推測了。

在經歷了一種輕率的私訂的婚約之後，在那個婚約失敗的時候，愛德華需要的只是馬上另訂一個婚約。事實上，愛德華這次來巴頓的目的很簡單，就是向艾莉諾求婚。照理說，在訂婚這種事情上愛德華應該是有經驗的，可他竟表現得惴惴不安，實在令人訝異。

不過，愛德華花了多九的時間做出決定，他是怎樣表白的，又是怎樣被接受的，這些都無需贅述。當愛德華到達巴頓三個小時後，大約四點鐘的時候，他已經贏得了艾莉諾的心，並得到了她母親的同意，他現在真正是世上最幸福的人了。愛德華的確是大喜過望，他得到的不僅僅是一個心滿意足的婚約，更重要的是，他毫無自責地獲得了自由，從一個長期使他痛苦的愛情糾葛中、從一個他早已不愛的女人那裡徹底解脫了出來，而且馬上得到了另一個女人的愛，而這原本是他一想起來就感到絕望的事，可以說，他從不幸的深淵一下子躍升到了幸福的巔峰。愛德華滔滔不絕地談到這種變化，毫不掩飾內心的喜悅之情，這種表現是她們以前從未見過的。

他向艾莉諾敞開了心扉，承認了自己的弱點和錯誤，以一個二十四歲的人所具有的理性態度分析了自己和露西之間的幼稚戀情。

「這是我愚蠢輕率、不瞭解世事和無所事事的結果。我十八歲時脫離了普拉特先生的照管，如果我母親能讓我做點事情，我想——我敢肯定，這種事絕不會發生。儘管我離開朗斯特普爾時很喜愛露西，但是，如果當時我有所追求，忙於其他事務而幾個月見不到她，尤其是在進一步瞭解世事後，我很快就會擺脫這種幼稚的戀情。可是，我回到家卻無所事事，自那時起整整十八個月的時間，既沒有幫我選擇一個職業，也不允許我自己選擇任何職業，我甚至連大學都沒讀，直到十九歲才進入牛津。那個時候，我除了沉溺於幼稚的戀情中之外，完全無事可做，再加上我母親沒幫我安排個舒適的家，我沒有朋友，和我弟弟合不來，討厭結識新朋友，所以我自然經常去朗斯特普爾，在那裡總覺得自由自在，而且總是受到歡迎。就這樣，從十八歲到十九歲，我大部分時間都是在那裡度過的。再說露西，她表現出的一切都是那麼和藹可親、溫文爾雅，長得也很漂亮，至少我當時是這麼認為的，因為我很少接觸其他的年輕女子，沒辦法做比較，看不出她有什麼缺點。因此，儘管我們訂婚這件事很愚蠢，但從當時的情況來看，這並不是一個不可寬恕的行為。」

僅僅幾個小時，達什伍德母女的心情就發生了翻天覆地的變化，每個人都度過一個不眠之夜。達什伍德太太高興得有些不知所措，簡直不知道該如何疼愛愛德華和稱讚艾莉諾，不知道該如何為愛德華沒有傷害自己就獲得解脫而感激上帝，也不知道該如何給他們充裕的時間互訴衷情，她只是盡情地享受著快樂。

瑪麗安只能用眼淚來表示她的喜悅。雖然她對姊姊的愛是真心誠意的，但難免會做比較，內心不禁充滿懊悔。

那麼，艾莉諾的心情又是怎樣的呢？從得知露西嫁給了別人、愛德華解除了婚約、她的希望得到證實的那一刻起，艾莉諾的心情就難以平靜，而且感慨萬千。之後，隨著一切疑惑的消除，看到愛德華正式地解除了婚約，看到他向自己求婚，正像她過去一直希望的那樣向她表白了忠貞的愛情，她不禁把自己之前的處境和現在的處境兩相比照，心中悲喜交加，經過了好幾個小時才讓自己平靜下來。

現在，愛德華至少要在這裡待一個星期，因為無論有多麼重要的事，他都不會放棄和艾莉諾在一起的快樂，而少於一個星期的時間根本不夠他們暢談過去、現在和將來。熱戀中的人總是有說不完的悄悄話，而且沒完沒了，一個話題至少得反覆談論二十遍才能說完。

露西的婚事讓所有人感到訝異，這當然成了兩個戀人最先談論的話題之一。艾莉諾對露西和羅伯特都熟悉，因此，無論從哪個角度看，她都認為這是一件最離奇、最不可思議的事情。讓她百思不解的是，他們是怎麼湊到一起的，羅伯特又是被怎樣的魅力所吸引而和露西結婚的，因為她親耳聽見他說過露西是沒氣質、不優雅、長相不漂亮的鄉下姑娘，更何況這個姑娘已經和他哥哥訂了婚，而他哥哥為此還被他的家庭拋棄了。在艾莉諾看來，發生這件事她心裡當然很高興，不過還是覺得事情太荒謬了，令人難以想像。

愛德華只能試著解釋，設想他們可能先是偶然相遇，一個人善於阿諛奉承，一個人有著強烈的虛榮心，於是逐漸導致了現在的後果。艾莉諾記起了羅伯特在哈利街對她說的話，關於他會出面調解他哥哥的事情等等，於是她向愛德華複述了那些話。

愛德華馬上說：「那正像羅伯特的為人，也許，從他們剛認識起他就產生了那種想法，而露西開始時也許只想尋求他的幫助，那種想法可能是後來才有的。」

其實，露西和羅伯特之間的事情究竟是怎麼發生的，愛德華像艾莉諾一樣不清楚，因為自從離開倫敦後他一直待在牛津，露西的情況都是從她寄來的信件中得知的，而且一直以來，露西的信既沒有減少也一直充滿深情，愛德華從來沒有過絲毫懷疑。最後，當露西寫信來挑明那件事的時候，他驚呆了，完全處於一種驚訝、顫慄和快樂交織的情緒中。他拿出那封信，放在艾莉諾的手裡。

親愛的先生：

我確信我早已失去了你的愛情，我認為我有權利去愛另一個人，而且我相信和他在一起一定會幸福，就像我曾經認為我和你在一起一定會幸福一樣。當你的心已經被別人占據的時候，我是不屑於接受你的愛情的，我衷心地希望你的選擇能夠使你得到幸福，而如果我們不能做永遠的朋友，那可不是我的過錯。我可以保證，我對你沒有惡意，並相信你是一個寬宏大量的人，不會讓我們感到難堪，因為你弟弟完全贏得了我的愛情。我們兩人已不能分離，否則無法活下去，我們剛剛從教堂結婚回來，現在正在去道利希的途中，打算在那裡待幾個星期，因為你親愛的弟弟對那裡充滿好奇。不過，我們認為我應該寫信告訴你。

你忠實的、誠摯的祝福者、朋友和弟媳

露西．費拉爾斯

PS.我已銷毀了你的所有來信，有機會我會把你的畫像還給你。請銷毀我寫給你的信，希望你能保存有我頭髮的那個戒指。

艾莉諾看完信，沒有說什麼，就還給了愛德華。

「我並不是想徵求你的意見，要是在以前，無論如何我也不會把她的信給你看。作為一個弟媳，寫出這樣的東西已經夠糟糕的了，更何況是作為一個妻子！她寫的信讓我覺得很丟臉！」

過了一會兒，艾莉諾說：「不管事情是怎麼發生的，他們一定是結婚了，你母親自作自受，這懲罰恰如其分。她因為對你不滿，所以把一筆資產給了羅伯特，讓他經濟獨立，因而有能力自己做選擇，實際上，你母親是在用每年一千鎊來收買一個兒子，去做被剝奪了財產繼承權的另一個兒子打算做卻沒法做的事。我想，羅伯特和露西結婚給她的打擊並不亞於你和露西結婚給她的打擊。」

「她受到的打擊一定更大，因為羅伯特一直是她的寵兒，所以她應該也會很快就原諒他。」

愛德華不知道他母親和羅伯特現在的關係如何，因為他還沒有和家裡的任何人聯繫過。在收到露西的信後不到二十四小時，愛德華就離開了牛津，他心裡只有一個目標，就是選擇最近的路趕到巴頓，而在他確定他和艾莉諾的命運前，什麼事情也做不了。從愛德華如此積極追求這一種命運的情況看來，可以想像的是，儘管他曾經嫉妒布蘭登上校，儘管他在評價自己時很謙虛，他卻沒有預料到自己會受到這樣痛苦的對待。當然，現在他可以說那正是他預料之中的事，而且還說得繪聲繪影。一年後他對這件事又會怎麼說，那就留給他們夫妻去想像了。

現在看來，露西讓湯瑪斯給她們帶口信是想欺騙她們，讓她們對愛德華產生怨恨，對於這一點，艾莉諾完全清楚了，愛德華也徹底覺悟了，明白露西是個什麼樣的人了，他毫不懷疑她能夠做出任何卑鄙的事。在認識艾莉諾前，雖然愛德華已經發現了露西的無知和狹隘，但他把這些缺點歸咎於她缺乏教育，直到收到她的最後一封信之前，他一直認為她是個心地善良的姑娘，而且執著地愛著他，正是基於這個看法，愛德華才沒有解除婚約。其實，早在他母親知道這個婚約並大發雷霆前，愛德華已經為自己的輕率行為感到懊悔了。

「當我母親不承認有我這麼一個兒子，我陷入孤立無援的時候，我認為，無論我的真實感情如何，讓露西選擇是否繼續保持婚約是我的責任。在我一無所有的情況下，沒有什麼東西可以引誘人的貪婪欲望和虛榮心，而露西又是那樣真誠、熱情地堅持要與我同甘共苦，我怎麼想得到，她的動機除了無私的愛情還會有什麼其他目的呢？即使是現在，我也無法理解，到底是基於什麼動機或什麼好處，讓她願意委身於一個她絲毫不愛而且全部財產只有兩千鎊的人，當時她根本無法預見布蘭登上校會送我一份牧師薪水。」

「她是無法預見，不過也許她想到，說不定會出現對你有利的情況，你的家庭最後或許會接納你，而且繼續保持這個婚約對她並無損失，因為她的行為已經證明了，這個婚約既不能束縛她的意願，也不能束縛她的行動。這當然是一個體面的婚約，可能讓她贏得了朋友的尊重，即使最終沒有出現什麼有利的情況，對她來說，嫁給你總比單身要好。」

愛德華馬上認識到，露西的行為再自然不過了，她的行為動機也再明顯不過了。

艾莉諾開始嚴厲地責備愛德華，數落他和她們在諾蘭莊園共處了那麼長時間，他應該為自己的不專一感到自責。

「你的行為當然是大錯特錯的，因為不僅是我確信你對我有感情，就連我哥哥、嫂嫂都產生了誤解，一心期待著在你當時的處境下永遠不可能發生的事情。」

愛德華只好辯解說，那是因為他沒有意識到自己內心的真實感情，而誤信了婚約的力量。

「我當時想得很簡單，認為我已經和別人訂婚，和你在一起不會有危險，而且只要想到婚約，就能使我的心和我的名譽一樣聖潔。我覺得自己愛慕你，但我總是對自己說這不過是友情，直到我開始把你和露西進行比較，才知道我有多糊塗啊！從這之後，我覺得自己不應該在蘇塞克斯待得太久，但是我之所以仍然繼續待在那裡，我的理由是：危險是我一個人的，除我自己外，不會傷及任何人。」

艾莉諾嫣然一笑，搖了搖頭。

愛德華聽說布蘭登上校即將來到巴頓，為此十分高興，他不僅希望和布蘭登上校做朋友，而

她寫道：「我認為這件事太詭譎了，因為兩天前露西還來我這裡待了兩、三個小時。沒有一個人看出一點端倪，就連南茜這個可憐人兒，也沒想到會發生這樣的事！第二天她哭著來找我，她害怕費拉爾斯太太去找她算帳，也不知道該如何去普利茅斯，因為露西在出走結婚前把她的錢全借走了，一定是露西想要顯顯闊，但南茜可就慘了，她半毛錢也沒有了，於是我很樂意給了她五個幾尼，她想去埃克塞特的伯吉斯太太家待三、四個星期，希望能再次碰到博士。露西竟然沒帶南茜一起走，真是太可惡了！可憐的愛德華，我沒法忘掉他，你們應當邀請他來巴頓，瑪麗安小姐要盡力安慰他。」

約翰．達什伍德來信的語氣更加嚴肅，他認為，費拉爾斯太太是世上最不幸的女人，而可憐的芬妮在感情上也遭受了很大的痛苦，在這樣巨大的打擊下，他認為她們兩人還能活著可真是個奇蹟呢！羅伯特的罪不可饒恕，露西則更是罪大惡極，他們兩人的名字再也沒有在費拉爾斯太太面前提起過，即使今後費拉爾斯太太原諒了她兒子，她也永遠不會承認露西是她的媳婦，也不會允許她出現在面前。他們兩人對這件事嚴守祕密，更加重了他們的罪行，因為如果這件事引起了懷疑，必然會採取適當的措施來阻止這個婚事。達什伍德先生向艾莉諾表示，他對這件事感到遺憾，他說與其讓露西給這個家庭造成這樣更大的不幸，還不如當初讓她與愛德華結婚呢！然後，他又這樣寫道：

「費拉爾斯太太還沒有提起過愛德華的名字，對此我們並不訝異，而真正讓我們吃驚的是，到目前為止，我們沒有收到愛德華的隻言片語。也許，他保持沉默是怕惹他母親生氣，因此我打算寫封信到牛津，給他一個提示，他姊姊和我都認為，他可以寫一封恰當的求情信寄給芬妮，再由芬妮交給母親。費拉爾斯太太一定不會責怪他的，因為我們都知道，她心腸好，最希望和自己的孩子們好好相處了。」

這段話對於愛德華的前景和行動頗為重要，他決定努力求得和解，但不完全是按照他姊姊和姊夫提出的方式。

愛德華說：「一封中肯的求情信！是羅伯特對她忘恩負義並損害了我的榮譽，難道他們想讓我為羅伯特的行為而請求母親原諒我嗎？我絕不委曲求全！過去的事既沒有讓我變得卑躬屈膝，也沒有讓我感到後悔，儘管我越來越幸福，但絕不委曲求全，而且我也不知道什麼樣的求情對我來說是『恰當』的。」

「你當然可以請求原諒，因為你惹她生氣了，而且我認為你現在完全可以大膽地承認你又訂了一個讓她生氣的婚約。」

愛德華同意了。

「當她原諒了你後，也許當你承認第二個婚約和第一個婚約同樣輕率的時候，你可以稍稍有一些謙恭的表示。」

愛德華說不出反對這麼做的理由，但仍然拒絕寫求情信。愛德華覺得，如果一定要做出讓步的表示，那他寧肯口頭表達也不願採取寫信的方式。為了不使他覺得難受，他們決定不寫信給芬妮，而是愛德華親自去倫敦，當面懇求芬妮的幫助。

瑪麗安現在變得理性多了，她公正地說：「如果他們真的願意促成這次和解的話，我會認為，約翰．達什伍德和芬妮也不是毫無優點。」

布蘭登上校待了三、四天後，兩位先生便一起離開了巴頓，立即趕往德拉福德，好讓愛德華瞭解一下他未來的住所，並幫助他的恩人和朋友決定一下哪些地方需要修繕，在那裡待兩天後，他將前往倫敦。

50

費拉爾斯太太在進行了一番適度的抗拒之後，同意見愛德華，然後宣布他又是她的兒子了。

費拉爾斯太太的家庭最近一直處於動盪不安的狀態中。多年來，她一直有兩個兒子，但是幾週前，愛德華因為罪過而「消失」，她失去了一個兒子，然後，十四天之前，羅伯特因為同樣的罪過而「消失」，她一個兒子也沒有了，而現在，因為愛德華的「復活」，她又有一個兒子了。

儘管愛德華再次獲得了「生存」的權利，但在他說出他目前的婚約前，他並不覺得自己的繼續「生存」是有保障的，因為一旦他宣布這個婚約，恐怕還會像第一次一樣迅速失去「生存」的權利。他小心翼翼地說出了這件事，但出乎意料的是，費拉爾斯太太表現得十分鎮靜。聽完之後，她儘可能舉出一切事證好言規勸他不要和達什伍德小姐結婚，然後告訴他，如果和莫頓小姐結婚，他會得到一個既有錢財又有地位的女人，隨後還把兩個人進行了一番比較。她說，莫頓小姐是貴族的女兒，有三萬鎊財產，而達什伍德小姐只是平民的女兒，財產不會超過三千鎊。但是，當她發現，儘管愛德華承認她說的千真萬確，但完全不想聽從她的意願，鑑於以往的經驗教訓，最明智的做法還是遂了他的心願。於是，為了維護做母親的尊嚴，為了防止一切對她的好心的猜疑，經過一段怏怏不快的時間後，她終於宣布了她的判決，同意愛德華與艾莉諾結婚。

接下來，費拉爾斯太太需要考慮的是，為了增加他們的收入，她能資助他們什麼。但有一點已非常明確，雖然愛德華現在是她唯一的兒子，但已不是她的長子了，因為她把長子的權利給了羅伯特。費拉爾斯太太認為，既然她每年必須給羅伯特一千鎊，就沒有任何理由反對愛德華為了最多二百五十鎊的收入去做牧師，同時她允諾可能在現在或將來給愛德華一萬鎊財產，除此之外，她再也不會多給他們一毛錢了。不過，這已經足夠了，完全補足了愛德華和艾莉諾所需要的數目，而且遠遠超乎了他們的期望。

就這樣，他們有驚無險地得到了一筆完全能夠滿足他們需要的財產。在愛德華獲得牧師職位後，除了等待房子外，他們的婚事已是水到渠成，為了使艾莉諾住得更舒適，布蘭登上校正將房子進行大規模的改造和修繕。他們耐心地等待了一段時間，可是工匠們拖拖拉拉的，使工程一再延期，遲遲不能竣工。在遭受了一次又一次的失望後，艾莉諾改變了自己最初設想的一切不準備就緒就不結婚的決定，在初秋時節，他們在巴頓的教堂裡舉行了婚禮。

他們結婚後的第一個月居住在布蘭登上校的莊園裡，這樣一來，他們就可以直接監督和指揮牧師住所的改建工程，可以親自選擇糊牆紙、規劃灌木叢，並設計出一條彎彎曲曲的小路。詹寧斯太太的預言雖然亂點鴛鴦，但大致上是實現了，因為她在米迦勒節之前一定可以到牧師住所拜訪愛德華和他的妻子，而且像她確信的那樣，艾莉諾和她的丈夫是世上最幸福的伴侶。其實他們也沒別的奢望，只希望布蘭登上校和瑪麗安早日締結良緣，他們養的乳牛能吃到上好的牧草，而艾莉諾和愛德華對目前的一切均感到心滿意足。

他們剛搬入牧師住所，幾乎所有的親戚朋友都趕來拜訪。費拉爾斯太太特意來看看這一對夫妻，看他們是否幸福，因為當初答應他們結婚時，她還感到羞愧呢！達什伍德夫婦也不惜破費從蘇塞克斯遠道而來，向他們祝賀新婚愉快。

一天早上，艾莉諾和約翰．達什伍德一起在德拉福德教堂前散步。

「親愛的妹妹，我並不是說我感到失望，這樣說未免太過分了，但你的確是世上最幸運的女人之一。坦白說，如果能稱呼布蘭登上校為妹夫，我會更高興。他在這裡的財產、地位和房子……所有的一切都是那樣值得尊敬，那樣的優越出色，還有他的樹林！我在多塞特郡其他地方，從未見到過像這裡長得這麼好的樹木呢！我想，也許瑪麗安對他的吸引力並不大，但是，你可以常邀請他們來這裡，和你們待在一起，因為布蘭登上校似乎很少出門，總是待在家裡。如果兩個人總是碰到一起，又難得見到其他人，誰也說不準會發生什麼事，而且你總能把瑪麗安打扮得漂漂亮亮的……簡而言之，你可以給她一個機會，你應該明白我的意思。」

費拉爾斯太太雖然來看望了兒子媳婦，對他們的態度也相當慈愛，但其實他們從來沒有得到過她的歡心和寵愛，這一切還要歸功於羅伯特的愚蠢行為和他妻子的狡猾奸詐，因為才幾個月的時間他們就又贏得了費拉爾斯太太的歡心和偏愛。露西的自私自利與精明算計，最初使羅伯特陷入窘境，現在又成了使他擺脫窘境的重要手段，因為一旦得到機會，露西就會施展謙卑恭敬、大獻殷勤、百般奉承的本領，很快地便平息了費拉爾斯太太對羅伯特的憤怒，而且重建了羅伯特的地位，使他完全贏得了母親的青睞。

露西的所作所為和她所獲得的圓滿成功，可以作為鼓舞人心的例證，說明一個為了自身利益而不屈不撓地追求的人，無論開始時多麼無可奈何、困難重重，最後也一定能夠獲得命運之神賜予的一切好處，而除了時間和良心之外，無須付出別的代價。

事實上，羅伯特當初認識露西並去巴特利特大廈拜訪時，只是為了他哥哥，他打算勸說她放棄這個婚約。因為露西和愛德華之間除了感情並不牽涉其他麻煩，羅伯特很自然地認為，經過一、兩次談話就能解決問題。但是，在這一點上羅伯特完全錯了。儘管露西很快就給了他希望，讓他覺得憑著自己的能言善辯很快就會說服她，但卻總是需要下一次見面、下一次談話，才能得到確切的結果，每次他們分手之後，露西總會出現新的疑問，只有和他再交談半個小時才能解決。透過這種手段，露西一步步把羅伯特抓在了自己手心裡，往後的事情就順理成章了。漸漸地，他們不再談論愛德華，而是談論羅伯特，羅伯特對於這樣的話題總是興致勃勃，而露西馬上就會顯示出和他本人同樣的興趣。總之，事情很快就明朗了——羅伯特已經完全取代了他哥哥。羅伯特為他贏得了勝利而自豪，為他欺騙了愛德華而驕傲，為不經母親同意就祕密結婚而感到得意，這之後發生的事情大家已經知道了。他們在道利希非常快樂地過了幾個月，因為露西有許多親戚朋友可以交往，而羅伯特則設計出了幾座豪華別墅。他們回到城裡後，在露西的慫恿下，羅伯特採取了請求寬恕最簡單的方法，很快就得到了費拉爾斯太太的寬恕。儘管在接下來的好幾個星期露西一直沒有得到寬恕，但她堅持不懈地表示謙卑，主動承擔羅伯特的罪過，對自己受到的冷遇表示感激。就這樣，費拉爾斯太太開始傲慢地注意到露西，而露西則把這種傲慢地注意說成是費拉爾斯太太對她的關愛，因而感激不盡，露西很快就得到了最受寵愛、最有影響的地位。對於費拉爾斯太太來說，露西變得與羅伯特和芬妮一樣重要，而愛德華因為曾經打算和她結婚卻一直沒有得到寬恕，艾莉諾雖然在財產和出身方面都勝過她，但卻被認為是闖入這個家庭的不受歡迎的人，與此同時，露西在所有方面都被公認為是最討人喜歡的孩子。羅伯特和露西在城裡定居下來，得到了費拉爾斯太太非常慷慨的幫助，並以可以想像得到的最好的方式和達什伍德夫婦和平相處。假如撇開露西和芬妮之間的嫉妒和惡意不談（她們各自的丈夫當然參與到了其中），假如撇開露西和羅伯特夫妻之間頻繁的爭吵不談，他們的生活還是比較和諧的。

那麼，愛德華究竟做了什麼以至於他失去了長子的地位，這個問題讓很多人不解，而羅伯特究竟又做了什麼以至於得到了長子的地位，這個問題可能會使很多人更加不解。就把它當作一種命運的安排吧！從它的原因看是很不公平的，但從它的結果看又是很公平的。從羅伯特的生活派頭和說話氣勢來看，他從來沒有為給自己的財產太多、給他哥哥的財產太少而感到不安；如果從愛德華欣然地履行自己在各方面的義務、從他越來越鍾愛他的妻子、從他總是神采奕奕的表情來判斷，他對自己的命運和羅伯特一樣感到滿意，而且他和羅伯特一樣一點兒也不希望和對方調換位置。

艾莉諾結婚後，經過用心安排，總是儘量和家人在一起，因而她母親和妹妹的大部分時間都是在她那裡度過的。達什伍德太太經常到德拉福德，一方面是因為想散散心，一方面是策略上的考慮，因為她和約翰·達什伍德都希望瑪麗安和布蘭登上校能夠在一起，只是她採取的方式比約翰·達什伍德所說的更加光明磊落。儘管女兒的陪伴很寶貴，但是達什伍德太太寧願放棄這樣寶貴的東西，而把它讓給她所尊敬的朋友。況且能看到瑪麗安和布蘭登上校結婚，也是愛德華和艾莉諾的願望，他們兩人很同情遭受痛苦的上校，對上校的恩惠非常感激，並且一致認為瑪麗安和他結婚是對他的最好的安慰和報答。

在大家的共同願望的作用下，儘管過了很久瑪麗安才茅塞頓開，但她畢竟是明白了一件事——在這種情況下，還能怎麼辦呢？

瑪麗安天生就有一種與眾不同的命運。她注定要發現自己的看法是錯誤的，而且用她的行動去否定她曾經最堅持的戀愛準則，她注定要克服在十七歲時所形成的愛情觀念，而且懷著強烈的敬意和真摯的友誼，自願地把心獻給那個人！而那個人，因為過去曾遭受一次打擊，遭受的痛苦並不比她輕，而且在兩年前，她還認為他已經老得不能結婚了，更何況他還要穿法蘭絨背心呢！

不過，瑪麗安並沒有像她當初天真地期望那樣，不可抗拒地成為感情的犧牲品，也沒有像她後來冷靜下來後所做的決定那樣，準備一輩子和母親守在一起，唯一的樂趣就是閱讀。如今她已十九歲，她服從了命運的安排，接受了她的第二次愛情，開始擔負起新的任務，住進了一個新家，成為了一個妻子、一個女主人、一個村子的女庇護人。

布蘭登上校現在得到了他應有的幸福，這是喜愛他的人們所期待的。他過去的一切苦難都從瑪麗安那兒得到了慰藉，有了她的愛情和陪伴，他的思想又活躍起來，他的情緒又快樂起來。瑪麗安發現，在使上校獲得幸福的同時，自己也獲得了幸福，這也是喜愛他的人們非常樂於見到的。依照瑪麗安的性格，她從來就不會半心半意地愛一個人，於是她的心，很快就像它曾經獻給威洛比一樣，現在已完全獻給了她的丈夫。

威洛比聽到瑪麗安結婚的消息，感到極度的痛苦。在此之後不久，史密斯太太故意寬恕他，以此將對他的懲罰推到頂點，並明確表示，她同意他選擇一個品行良好的女子結婚，這使威洛比有理由相信，如果當初他的行為不那麼卑劣，能夠善待瑪麗安的話，他馬上就會獲得幸福，而且也會很富有。威洛比打從內心對自己的不道德行為感到悔恨，這一點毋庸置疑；有一段時間只要他一想起布蘭登上校就滿心嫉妒，一想起瑪麗安就懊悔不已，這一點也毋庸置疑。但是，要說他永遠得不到安慰、遠離浮華的社交界、形成陰鬱的性格，或是心碎而死，一定是不可能的，因為他活著就是為了盡情地享樂。他的妻子並非總是情緒不好，他的家也並非總是沉悶乏味，在對馬和狗的飼養和逗樂中，在各種各樣的運動中，他都得到了不少的家庭歡樂。

儘管威洛比因為永遠失去瑪麗安而變得粗野，但一直眷戀著她，他總是不忘關切發生在瑪麗安身上的一切，她在他內心深處已是一個完美無缺的女性典範，因而即使在往後的日子裡，仍有許多新出名的美人出現在他身邊，但他卻對她們嗤之以鼻，因為她們根本無法與布蘭登太太相提並論。

達什伍德太太經過慎重考慮，選擇了留在巴頓別墅，而對約翰．米德爾頓爵士和詹寧斯太太來說，讓他們感到幸運的是，瑪麗安出嫁之後，瑪格麗特已是適合社交的年齡，已到了有意中人的年紀了。

在巴頓和德拉福德之間，因為強烈的情感聯繫著，自然是音信往來不斷，而說到艾莉諾和瑪麗安的優點和幸福，有一點頗值得一提——不僅姊妹倆住得近，常常碰面，感情更加親密，她們的丈夫也情同手足。

（全文完）

延伸閱讀

《曼斯費爾德莊園》（Mansfield Park）一八一四年

芬妮．普萊斯十歲的時候被送到富有的親戚伯特倫家撫養，過著寄人籬下的生活。長大之後，芬妮出落成一個既有思想又有理性的漂亮姑娘。有錢有勢的亨利喜歡上了芬妮，但是芬妮認為亨利人品不端，拒絕了亨利的求婚，芬妮真正愛的是亨利的弟弟，聰明而正直的艾德蒙。此時，艾德蒙一心愛著美麗而富有的貴族小姐克勞福德，但克勞福德卻是一個冷酷、自私的人。經過一段時間後，艾德蒙終於認清了克勞福德的冷漠無情、自私自利，同時也發現芬妮是個溫柔善良、和藹可親、聰慧理性的姑娘。最終，芬妮與艾德蒙結婚，過著甜蜜幸福的生活。本書表達了這樣一個觀點：愛情要以理智為基礎，心靈的美好和靈魂的契合，才是婚姻最重要的條件。

《傲慢與偏見》（Pride and Prejudice）一八一三年

透過描寫四對男女的戀愛婚姻，表達了女性和男性在思想感情的交流與溝通上是平等的，都有選擇自己喜愛的人的自由，都有追求幸福的權利。

女主人翁伊莉莎白聰明伶俐、知書達理、幽默機智、善良活潑，她對愛情與婚姻有著自己的見解。有身分有地位並且將來會繼承一大筆遺產的柯林斯向她求婚，但伊莉莎白果斷地拒絕了，因為她並不愛他，認為這樣的婚姻是不可能有幸福的。年輕英俊的貴族達西富有而傲慢，被伊莉莎白的卓越見識所吸引而向她求婚。因為門第觀念作祟，達西認為自己向伊莉莎白求婚是對她的抬舉，應該被愉快地接受，不料卻遭到伊莉莎白的堅決拒絕，因為在伊莉莎白看來，達西十分傲慢，他們之間的婚姻必然是建立在不平等、不尊重的基礎上的，而這樣的婚姻一定是不可能使人幸福的。後來，達西和伊莉莎白兩人透過不斷的相處，逐漸瞭解和體諒了對方，達西拋棄了自己的傲慢，他們彼此欣賞、彼此理解，最後結婚了，而且是世上最幸福最美滿的婚姻。